KB260751

제 비 꽃

제 비 꽃

제비꽃은 여러 꽃 가운데 가장 먼저 봄을 알려주는 꽃의 하나다.
남쪽에서 제비가 돌아올 때 쯤 꽃이 피는데다가
그 모양새가 제비와 비슷하기 때문에
'제비꽃'이라는 이름이 붙었다고 한다.

이 꽃은 청초하고 깜찍하게 예쁜데다가
깊고 그윽한 향기로 시공을 떠나
많은 사람들로부터 사랑을 받고 있다.
원산지는 유럽이지만 세계 각처에서 잘 자란다.
꽃 빛깔은 연보라색, 진한 보라색, 흰색, 노란색 등 종류가 많다.
꽃말은 '진실한 사랑' '당신만을 사랑하리' '성실과 겸양' 등이다.

뉴욕 허드슨 강 언덕에 제비꽃이 필 때 나의 친구는 저 하늘로 갔다.
제비꽃이 피면 나는 친구가 그립고
친구가 그리울 때면 나는 제비꽃을 그린다.

그의 빚을 갚는 헌사

"젊은이들이 취직을 못해 아우성이에요. 이제 그만 후배를 위해 퇴직하세요."

어느 날 저녁 아내가 불쑥 한마디 뱉고는 이튿날 강원도로 훌쩍 떠났다. 그동안 나는 학생들에게 몸으로 바르게 가르치는 훈장이라기보다 매달 꼬박꼬박 월급이나 챙기는 샐러리맨이었다. 보충수업비, 야간자율학습지도비, 어쩌다 학부모가 떨어트린 촌지, 그런 가욋돈을 지갑 속에 꼬불치고는 동료들과 어울려 소주잔을 나누거나 고스톱을 즐겼던 땟국에 찌든 교사였다.

언제부터 아내는 그런 남편을 마냥 바라보고 살기에 진력이 났나 보다. 아내는 강원도 산골 외딴마을에 다 쓰러져가는 폐가 직전의 집을 거저 얻고는 둥지를 틀었다. 그래도 나는 정년퇴직을 해야 한다고, 한 학기를 더 버티다가 마침내 사표를 던졌다. 그리고는 앞으로 글이나 써야겠다며 아내가 마련한 둥지로 내려왔다. 하지만 그 글이 동네강아지 이름으로 그리 쉽게 쓰이겠는가.

두어 해 동안 반거들충이 시골 농사꾼으로 지냈다. 산골 하루 일과 가운데 아침저녁 아궁이에 장작을 넣고 군불을 때는 시간이 가장 즐거웠다. 마른 장작들이 '딱 딱'소리를 내며 타오르는 불꽃 사이로 그리운 얼굴들이 나타났다가 사라지곤 했다. 어느 겨울날 장작 불꽃더미 속에서 불쑥 장지수가 나타났다. 나는 불타고 있는 장작들을 방고래 쪽으로 깊숙이 밀어 넣고는 아래채 내 글방으로 들어가 노트북을 켰다. 그의 영혼이 나를 일깨웠다.

1961년 봄, 나는 고등학교 신입생으로 입학금을 내지 못해 등교치 못하다가 개학 일주일이 지난 뒤에야 간신히 입학수속을 마쳤다. 두꺼운 돋보기안경을 쓴 담임선생님을 뒤따라 교실로 갔다.

"옆자리가 빈 학생, 손들어 봐!"
"선생님, 여기예요."

한 학생이 손을 번쩍 들었다. 바로 그가 장지수로 이 소설의 주인공이다. 그때 그는 가난한 시골뜨기를 감싸줬는데, 늘그막에는 추억의 친구로, 무능한 늦깎이작가의 글감을 만들어주고 있으니, 그야말로 그는 나에게 목숨이 아깝지 않는 문경지우(刎頸之友)다. 하지만 나는 이승에서 그에게 빚만 잔뜩 졌다. 그래서 이번 작품은 그의 빚을 갚는 헌사이다.

이 작품을 쓰는 데 제자 찰스 리의 도움을 많이 받았다. 그가 들려준 오랜 미국생활 이야기는 글감을 푸짐케 했다. 작품 취재

길에 뉴욕에서 다시 만난 이철우(이용호), 김윤호(이동호) 두 고교 동창생과 길안내를 해준 이수영(이도영) 박사님에게 고마움을 전한다. 그리고 지수의 소식을 알 수 있게 실마리를 마련해 준 누리꾼 '동준아빠'와 난생처음 무등산 뒷자락 생오지마을에서 만난 인연으로 이 책을 선뜻 엮어준 오래출판사 황인욱 대표에게도.

일찍이 독일의 철학자 니체는 '독자는 저자가 피와 눈물로써 쓴 글만을 좋아한다'고 하였다. 나는 작품을 쓰는 동안 나이에 걸맞지 않게 숱한 눈물을 쏟았다. 이 작품은 나의 첫 작품집 〈사람은 누군가를 그리며 산다〉 이후 17년 만에 펴내는 장편소설이다.

나는 이 작품을 취재하고 집필하는 동안 내내 행복했다. 지수 그 친구를 30년 만에 만나 함께 밥도 먹고, 차도 마시고, 잠도 자면서 실컷 수다도 떨었기 때문이다. 작품을 탈고한 뒤 이 머리글을 쓰면서 나는 참 행복한 사람으로, 이제 '죽어도 좋다'는 생각이 들었다. 지수, 그를 다시 만날 수 있기에….

2011년 여름

원주 치악산 아래 '박도글방'에서

박도

차 례

그의 빚을 갚는 헌사 <책머리에 붙이는 군말>　5
프롤로그: '빈센트'　11

1. 친구의 여자친구　21
2. 친구 찾아 삼만 리　30
3. 로테르담에서 온 엽서　37
4. "선생님, 여기예요"　45
5. 뉴욕 행 여객기　54
6. 휴 학　63
7. 워 커　75
8. 신문배달　83
9. 복 학　91
10. 누가 이 사람을 모르시나요?　98
11. 슬픈 사연과 만남들　105
12. 기다리는 마음　117
13. 플러싱(1)　127
14. 플러싱(2)　139
15. 허드슨 강변의 추모 예배　152
16. 산중다원　160
17. 맨해튼의 추모 모임　166

18. 영혼의 대화　178

19. NARA의 한국전쟁 사진들　187

20. 임금님 귀는 당나귀 귀　199

21. 한라산의 철쭉　206

22. 세난도 국립공원　217

23. 볼티모어　229

24. 겨울비　244

25. 칼리지파크의 밤　251

26. 새로운 날　258

27. 백두산의 해돋이　268

28. 찢어진 워커　277

29. 이복동생　285

30. 지수의 아버지　299

31. 현의 어머니　306

32. 러브스토리　319

33. 브로드웨이 32번가　330

에필로그: 합장　342

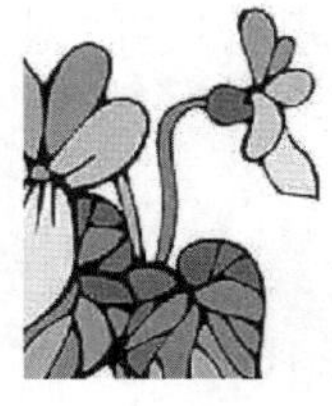

프롤로그: '빈센트'

이즈음 날씨는 도무지 종잡을 수가 없었다. 조현이 어제 새벽 인천공항에 내릴 때는 갑자기 기온이 곤두박질쳤다. 설달 중순인데도 영하 9도까지 내려가고 바람도 세차게 불어 현은 출국 때와 같은 콤비 차림이라 몹시 떨었다. 그런데 오늘 아침은 최저 기온이 영하 3도라는데 바람도 잦고 해가 솟자 곧 영상 5도로 봄날처럼 따사했다. 하루 사이에 계절이 바뀐 듯했다. 짙은 밤색 반코트차림에 잿빛 헌팅캡을 쓴 현은 숙명여고 교문을 벗어나며 손 전화 다이얼을 눌렀다. 곧 전화기에서 음악이 흘러나왔다. 귀에 익은 돈 맥클린의 '빈센트'였다.

"네, 강숙자입니다."
"음악이 매우 아름답습니다."
"감사합니다. 근데 누구시죠?"
"저… 조현이라고 합니다."
"……"

"워낙 오랜 세월이 지나 저를 기억하실지 모르겠습니다. 장지수 친구 조현입니다."

"……."

"죄송합니다. 갑자기 뜬금없는 전화를 해서."

"……."

"아마 1965년 가을 무렵 연세대 앞 독수리다방에선가 한 번 뵌 적이 있을 겁니다."

"……."

"지수 고1 때 짝이었던 조현입니다."

"…… 네, 잘 기억하고 있습니다. 더 이상 말씀하지 않아도. 그런데 갑자기 무슨 일로."

"실은 제가 어제 뉴욕에서 돌아왔습니다. 전할 말씀이 있기에….."

"무슨 말씀인지는 몰라도… 이미 빛바랜 이야기가 아닐까요?"

"하지만 강 교수님을 만나 뵙고 지수의 말을 꼭 전해야 합니다."

"제가 사양한다면….."

"굳이 그러신다면 할 수 없지만…. 하지만 제 청을 들어주시리라 믿습니다."

"어머, 선생님도. 지레 짐작을 잘하시네요."

"강 교수님이 지수를 그리 쉬 잊지 않았으리라는 믿음 때문입니다."

"벌써 오래 전에 잊었습니다."

"그렇다면 제 이름도 까마득히 잊으셨을 테지요."

"어머, 제 속내를 꼭꼭 찍어내시네요."

"대체로 사람들은 사춘기 시절의 러브스토리는 세월이 지나도 쉬 잊히지 않지요."

"역시 글을 쓰는 분이라 독심술이 대단하십니다. 그런데, 제 전화번호는 어떻게 아셨나요?"

"강 교수님 모교로 찾아갔습니다."

"어머머, 티브이 무슨 프로 같습니다. 제가 그럴 만한 인물이라도 되나요."

"그럼요. 되고도 남습니다."

"괜히 비행기 태우지 마십시오."

"아닙니다. 티브이에는 별난 사람만 나오나요? 그동안 강 교수님이 가르친 제자가 얼만데…."

"하기는 작품 때문에 티브이에 몇 번 출연한 적은 있지요."

"언젠가 저도 어느 티브이에서 뵌 듯합니다. 그런데 종로구 수송동에 있던 숙명학교가 이미 오래 전에 강남구 도곡동으로 이전했더군요."

"벌써 옮긴 지가 삼십 년은 될 겁니다. 아마 옆에 있던 중동학교보다 먼저 옮겨간 걸로 압니다."

"숙명학교 교감 선생님을 찾아뵙고 강 교수님의 주소를 물었더니, 개인정보 유출로 곤란하다는 걸 중동출신으로 전직 교사라고 하니까, 싱긋 웃고는 동창회 명부에서 학교와 전화번호를 가

르쳐 주셨습니다. 곧장 강릉에 있는 대학으로 전화했더니 조교가
오늘은 강의가 없는 날이라고, 강 교수님 손 전화번호를 가르쳐
주더군요.”

“네, 그러셨군요. 아무튼 열정이 대단하십니다.”

“감사합니다.”

“근데 지금도 학교에 계세요?”

“이태 전 퇴직하여 지금은 강원도에 삽니다.”

“어머, 그러세요. 그럼 저와 이웃이네요.”

“이웃이라고 하기에는 좀 먼 안흥입니다. 자동차로 한 시간
남짓한 거리이더군요. 가까운 날에 강릉으로 강 교수님을 찾아뵙
고 싶습니다.”

“저, 요즘 개인전 준비로 좀 바쁘거든요. 이 일이 끝나면 제
가 조 선생님에게 전화 드리겠습니다. 핸드폰에 찍힌 전화번호로
하면 되지요.”

“네, 그러십시오. 가능한 빠른 시일 내에 만나 뵙고 싶습니다.”

“노력하겠습니다.”

“그럼, 기다리겠습니다. 안녕히 계십시오.”

“네, 안녕히 계세요.”

현은 전화의 폴더를 닫고, 다음 일정인 출판사로 가고자 숙명
학교에서 조금 떨어진 3호선 도곡역에서 지하철을 탔다. 이번 책
을 펴낼 이슬출판사는 사진전문 출판사로 마포구 성산동에 있었
다. 그래서 현은 을지로3가역에 내려 다시 2호선으로 갈아탔다.

현은 출판사와 가장 가까운 홍대입구역에서 내렸다. 이슬출판사는 여느 출판사와는 달리 주택가 한옥을 통째로 빌려 사무실로 쓰고 있었다. 그래서 출판사에는 마당도 있고, 그 마당에는 꽃도 정원수도 있었다. 더욱이 그 일대가 주택가라서 매우 조용하고 아늑했다. 초인종을 누르자 쪽문이 열리고 현관에서는 이호선 대표와 편집실 직원들이 모두 나란히 나와 현을 반겨 맞았다.

"아직 여독도 풀리지 않으실 텐데, 천천히 오시지 않고서."

이호선 대표가 현의 손을 잡고 말했다.

"거의 다 풀렸습니다. 어제 아침 인천공항에 도착한 뒤 아이들 집에 가서 샤워를 한 뒤 그대로 쓰러져 오늘 아침까지 푹 잤습니다. 아침에 일어나니까 몸이 가뿐하네요."

"고맙습니다. 곧장 찾아주셔서. 아무래도 저희는 선생님이 찾아온 사진자료들을 하루 한 시간이라도 더 빨리 보고 싶지요."

현은 이 대표의 안내로 응접실 소파에 앉은 뒤 가방에서 CD 다섯 장을 꺼냈다. 이 CD에는 한국전쟁 사진들이 담겨 있었다. 현이 지난 열하루 동안 미국 워싱턴 근교, 메릴랜드 주 칼리지파크에 있는 아카이브(미국 국립문서기록보관청)에 다녀왔다. 그는 그곳 5층 사진자료실에 소장된 한국전쟁 사진 상자에서 사료가 될 만한 사진들을 골라 낱낱이 스캔하여 CD에 담아왔다. 이 대표는 CD를 건네받고는 자기 방으로 갔다. 현도 뒤따랐다. 이 대표는 컴퓨터를 켜고는 CD를 넣어 '슬라이드 쇼 보기'로 사진파일들을 하나하나 살폈다.

"마침 이번 리서치 기간에는 버지니아 주 최남단에 있는 노
퍽 맥아더기념관에도 찾아가 맥아더 관련 사진도 수집해 왔습니
다. 그리고 아카이브에 오래 드나든 방선주 박사를 만나 그분 도
움으로 북한 노획물과 사진도 50여 점 입수해 CD에 담아왔습니
다. 북한 노획물 가운데 남하 공작원 명단이나 세포수첩, 노동당
등록심사청구서와 같은 특급 비밀문서를 발굴할 때는 오싹하면
서도 짜릿한 괘감도 느꼈습니다. 마치 월척을 낚는 기분처럼. 인
민군 아내가 몸을 풀고는 남편에게 쓴 편지를 보고는 이데올로
기를 떠나 가슴이 뭉클했고요."

"네, 그러셨군요. 지난 번 사진보다 종류도 다양하고 해상도
도 훨씬 좋습니다. 북한 노획물에는 충격적인 장면도, 문서도 있
네요. 아마도 한국에서 최초로 공개되는 자료가 되겠습니다."

"아마, 그럴 겁니다. 한국전쟁 당시 북한의 웬만한 곳은 폐허
가 되었다지요."

이 대표의 입가에 잔잔한 미소가 떠나지 않았다.

"이번 사진집은 소중한 한국전쟁 자료집이 되겠습니다."

"그렇게 말씀하니 다행입니다. 저는 여비만 축내지 않았나
하고 염려했는데. 이번에는 스캐너 성능도 지난번보다 더 좋았
고, 스캔하는 솜씨도 그동안 노하우가 쌓였나 봅니다."

"지난번도 그랬지만 역시 조 선생님은 사진 보는 눈이 높습
니다. 아카이브에 있는 그 많은 자료 가운데 저희 출판사가 필요
한 것만 꼭꼭 찍어 골라 왔습니다."

"과찬입니다."

"아닙니다. 어느 것 한 장 버릴 게 없습니다. 이번 사진집도 다가오는 6월 25일, 한국전쟁 기념일에 맞춰 출간하겠습니다."

"그 일은 출판사에서 알아서 하십시오. 사진 캡션은 정리하여 모두 마지막 CD에 담았습니다. 이제 저는 후기나 써서 보내고 마지막 교정쇄나 보면 되겠지요."

"그럼요. 나머지는 저희들이 다 알아서 제작하겠습니다. 후기는 가능한 이달 말일까지 써주시면 고맙겠습니다."

"그러죠."

"그동안 정말 수고하셨습니다. 빈약한 우리나라 현대사 사진 자료를 보완하는 귀한 보물이 되겠습니다."

"그렇게 봐 주시니 다행입니다."

"오늘은 저희 출판사가 마치 '빈집에 소 들어 온 격'으로, 갑자기 부자가 된 기분입니다. 귀한 사진자료 700여 매가 한꺼번에 들어왔으니까."

"역시 사진 매니어는 다릅니다. 제가 아는 한 시인은 '발표하지 않은 시 두 편만 가슴에 간직해도 부자 부럽지 않다'고 하더군요."

"역시 시인답군요. 참, 제가 그만 사진에만 정신이 팔린 나머지 친구 방문 일은 여쭤보지 못하였습니다. 그래 뉴욕의 친구들은 다 만나 보셨습니까?"

네, 덕분에 모두 만나고 왔습니다. 뉴욕 맨해튼 시가지가 환히 내려다보이는 허드슨 강 언덕에서 지수 친구의 추도식도 올렸고요.”

“이제 사진집 출판 일은 까마득히 잊으시고 열심히 소설이나 쓰십시오. 기왕이면 조 선생님 소설도 이번 사진집과 함께 동시에 출판되었으면 좋겠습니다.”

“아무렴, 그렇게 빨리 쓸 수 있겠습니까. 아마 한두 번 몸살을 된통 앓든지, 어딘가 탈이 난 뒤에야 작품이 완성될 겁니다.”

이호선 대표는 다섯 매의 CD에 담긴 700여 장 되는 사진들을 번갈아 한 차례 더 ‘슬라이드 쇼 보기’로 훑고는 컴퓨터를 껐다.

“가시죠.”

두 사람은 출판사에서 조금 떨어진 매운탕 집으로 갔다. 이런저런 얘기를 나누며 갓 나온 대구탕에 수저를 들려는데 현의 손 전화가 울렸다. 현이 몸을 돌려 전화를 받았다.

“네, 조현입니다.”

“선생님, 저 강숙자예요. 전화 받으실 수 있습니까?”

“네, 괜찮습니다. 말씀 하십시오.”

“지금도 서울에 계세요.”

“그렇습니다.”

“서울에는 언제까지 계실 겁니까?”

“이번 주말까지는 있을 겁니다.”

“그럼, 잘 됐습니다. 모레 토요일 오후에 시간 좀 내 주실 수 있습니까?”

“그러지요. 어디서 뵐까요?”

“제가 그날 오후 2시 인사동 한 화랑에서 후배가 오픈하는 전시회에 가야 하거든요. 거기 잠깐 들렸다가 길 건너 조계사 구내에 있는 찻집 ‘산중다원’으로 가겠습니다. 거기서 뵈었으면 좋겠습니다. 3시쯤 괜찮을까요?”

“좋습니다. 그곳은 바로 우리 모교 옛터 옆이잖습니까?”

“네, 그렇습니다. 제 모교 바로 정문 앞이기도 하고요. 어디로 정할까 생각하는데 얼른 거기가 떠오르더군요. 조 선생님도 그곳은 쉬 찾을 수 있을 것 같고, 또 도심이지만 의외로 조용합니다. 거기서 그 시절 이야기하면 더 좋을 것 같기도 하고….”

“배려해 주셔서 감사합니다.”

“뭘요, 저도 거기가 편해서 정했을 뿐입니다. 아까 조 선생님 전화 받은 뒤 저 입때껏 아무 일도 못했어요. 꼭 여고시절로 돌아간 기분이었습니다. 솔직히 무슨 얘긴지 조금은 궁금하기도 하고요.”

“아직도 청춘이십니다.”

“호호, 마음만 그러나 봅니다.”

“아닙니다. 나이는 숫자에 불과하다고 하지요. 예술 하는 분은 젊게 사셔야 합니다. 그래야 대중에게 외면당하지 않습니다.”

“옳은 말씀이에요. 그림도 그렇지만 소설은 더 그렇겠지요. 조 선생님도 젊게 사세요. 그럼, 토요일 오후에 뵙겠습니다.”

"네, 감사합니다. 그때 뵙지요."

현은 손 전화의 폴더를 닫고서 몸을 바로 했다.

"실례했습니다. 이번에 뉴욕에서 만난 친구의 여자 친구입니다."

"아, 네. 말씀 나누는 게 그런 것 같았습니다."

"여기로 오기 전에 제가 만나자고 하니까, 요즘 개인전 준비로 바쁘다고 날짜를 미루더니, 그새 두 시간도 안 돼 이번 주말에 만나자고 전화가 왔네요."

"젊은 여자든, 나이든 여자든, 자존심이 강한 여자들은 전화 한 통화로 호락호락 쉽게 만나주지 않지요. 더욱이 옛 남자친구의 친구니까 더 그럴 테죠. 하지만 대체로 여자들은 명분과 분위기에 약하다지요. 옛 남자친구 소식 알려준다니까 아마 일이 손에 잡히지 않았을 겁니다. 아무튼 돌아가는 이야기가 재미있습니다. 소설이 무척 기대됩니다."

"글쎄요, 제 필력이 어떨지."

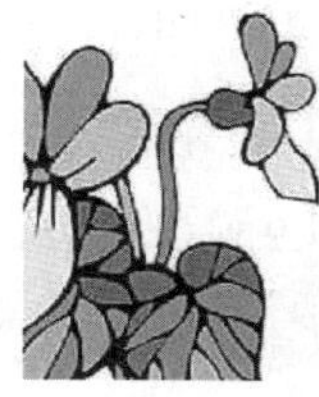

1. 친구의 여자친구

조현이 안국동 로터리에서 수송동으로 접어드는 골목길을 다시 걸어보는 것은 참 오랜만이었다. 서울 어디든 변하지 않는 곳이 거의 없지만 그곳도 예외가 아니었다. 현이 고등학교에 다니던 1960년대에는 안국동에서 창경원을 거쳐 돈암동에 이르는 길에는 전차가 다녔고, 안국동 로터리 한 가운데는 민충정공의 동상이 서 있었다. 그 일대는 학교들이 숱하게 많았다. 중 고등학교만 해도 경기중고, 덕성여중고, 풍문여중고, 창덕여중고, 중동중고, 숙명여중고, 수송중 수송전기고 등이 안국동 로터리에서 부르면 대답할 거리에 있었고, 조금 떨어진 곳에 중앙중고, 휘문중고, 대동상고 등도 있었다. 등하교 때는 그 일대가 온통 학생들로 붐볐다. 특히 동복에서 하복으로 갈아입는 5월 하순 등하교 시간에는 새하얀 교복 행렬로 눈이 부셨다.

하지만 안국동 도로 한복판에 놓인 전찻길은 벌써 오래 전에 사라졌고, 그 대신 땅속으로 지하철이 지나다닌 지도 오래 되었다. 그 일대에 그 많았던 학교는 반 이상이 강남으로 옮겨갔다. 현이 모교인 중동고등학교 교사로 재직했던 1970년대 초만 해도 예나 별로 다름이 없었다. 그러다가 1970년대 중반부터 일대 지각 변동이 일어났다. 강북의 학교들이 새로이 개발되는 강남으로 속속 옮겨갔다. 마치 1848년 전후로 미국 서부 캘리포니아 주에서 금광이 발견되자 동부의 사람들이 서부로 몰려갔던 골드러시 때처럼 오랜 전통의 명문교조차도 가차 없이 옛 둥지를 버리고 거지반 강남으로 옮겼다. 지난날 학교 촌이었던 안국동 일대가 지금은 신흥 빌딩가로 고층 건물들이 비 온 뒤 죽순처럼 불쑥불쑥 솟아났다.

토요일 오후, 현은 약속장소로 가기 위해 안국동 로터리에서 수송동 골목길로 접어들었다. 헤아려보니 그 골목길을 떠난 지 꼭 30년 만이었다. 그 일대도 서울의 다른 곳처럼 그새 뽕나무밭이 바다로 변하듯 바뀌었지만, 그 골목길만은 어렴풋이 옛 모습을 짐작케 했다. 현의 모교였던 중동학교 자리에는 '서머 셋'이라는 고층 고급호텔 겸 사무실 빌딩과 '한국후지쯔' 빌딩이 하늘 높이 치솟았고, 중동학교와 담을 경계로 붙어 있었던 숙명학교 자리에는 '연합뉴스' '코리언' 빌딩이 우람하게 버티고 있었다. 현은 약속시간에 다소 여유가 있기에 옛 추억도 더듬을 겸 그 일대를 한 바퀴 돌아보았다. 옛 흔적을 거의 찾을 수 없는 골목길에서 '중동학교 옛터' '숙명학교 옛터'라는 표지석이 자리를 지키고 있어 그나마 옛날을 말해 주고 있었다.

약속장소인 조계사 구내에 있는 '산중다원'은 바로 옛 숙명학교 정문 앞으로 조계사 범종루 아래층이었다. 현이 '산중다원'에 들어서자 마치 산사의 선방 분위기처럼 조용하고 차분했다. 전통찻집에 어울리게 통나무를 반으로 자른 차상이었고, 손님들이 방석을 깔고 방바닥에 앉도록 마련돼 있었다. 실내에는 가야금산조가 은은히 흘렀다. 도심 한복판에 이런 조용한 찻집이 있을 줄이야.

막 시침이 3시를 넘을 무렵, 초로의 한 여인이 다원에 들어섰다. 버버리코트 차림에 창이 넓은 귤빛 모자에 바이올렛 빛깔의 스카프를 목에 두르고 있었다. 현이 얼른 보아도 그가 강숙자임을 바로 알 수 있었다. 그동안 많은 세월이 흘렀어도 옛 모습은 그대로 남아 있었다. 실내가 한적한 탓으로 강숙자도 머뭇거리지 않고 곧장 현이 앉은 자리로 다가왔다.

"조 선생님, 안녕하세요."

"네, 안녕하세요. 강 교수님!"

강숙자는 모자와 버버리코트를 벗어 옷걸이에 걸고는 현의 앞자리에 다소곳이 앉았다. 크림색 양장차림에 화사한 바이올렛 빛깔의 스카프를 목에 둘렀다.

"저를 곧장 알아보십니다."

"옛 모습이 많이 남아 있네요."

"강 교수님도 옛 모습 그대롭니다. 여전히 예쁘시고 우아합니다. 조금 전 마치 한 마리 나비가 다실로 날아든 줄 알았습니다."

"말씀은 고맙지만 예쁘다는 말씀은 오버입니다. 벌써 할머니가 되었는데요.”

“빈말이 아닙니다. 소녀에게는 소녀다운 아름다움이 있고, 장년에게는 장년의 아름다움이 있지요. 젊음의 아름다움보다 오히려 나이가 든 장년의 원숙한 미랄까, 완숙의 미가 더 아름답습니다.”

“누가 작가 아니라고 할까 봐 세상에서 좋은 말씀만 다 골라 하시는군요.”

“그렇지 않습니다. 사람은 나이에 따라 아름다움의 기준이 달라지는 겁니다.”

“예쁘게 봐 주셔서 감사합니다.”

“목에 두르신 보랏빛 스카프가 눈부십니다. 지수가 제비꽃 바이올렛 빛깔을 무지하게 좋아했지요.”

“어머, 그걸 어떻게 아셨어요?”

“그것도 모르면 지수 친구라고 할 수 없지요. 지수는 제비꽃과 또 비비안 리, 잉그리드 버그만을 매우 좋아했지요.”

강숙자는 자기만이 간직한 비밀이 다 드러난 듯 당황하며 말머리를 돌렸다.

“이곳을 쉽게 찾으셨는지요?”

현도 더 이상 제비꽃 이야기는 꺼내지 않았다.

“그럼요, 아무리 세월이 흘러도 이 수송동 골목이야 손금을 보듯 눈에 환하죠. 이곳은 고교시절 꿈의 광장으로, 저에게는 영원한 홈그라운드입니다.”

　“저희 친구들도 그래요. 그래서 모임이 있을 때면 만나는 장소를 여기로 잘 정해요. 도심의 고도처럼 의외로 조용하고요. 여기서 건너편 모교 옛터를 바라보며 지난날 단발머리 여중, 여고 시절의 추억을 수다 떨기에 안성맞춤이지요.”

　“이 골목길은 언제나 소란스러웠습니다. 바로 길 건너편 ‘중동학교 옛터’ 표지석 놓인 자리가 바로 제 모교 정문이었는데, 아침 등교 때마다 그곳을 조마조마 마음 졸이면서 지나다녔지요. 정문에는 무서웠던 호랑이 훈육주임과 완장을 찬 규율부 선배들이 눈을 부릅뜨고 죽 늘어서서 등교생들의 복장을 살폈지요. 거수경례를 하는데, ‘야, 고1 이리 와!’라고 지적당하여 교문 뒤로 가면, 먼저 엉덩이가 얼얼하도록 몽둥이찜질부터 당하고 주의를 받았습니다.”

　“저도 그때 소음들이 지금도 들리는 듯해요. 결핏하면 중동학생들 매 맞는 소리, 응원 연습 소리, 밴드부의 악기 연주 소리, 축구선수들의 볼 차는 소리, 건너편 교실에서 거울을 비추며 유치하게 고함지르던 소리들이…. 그때는 무척 짜증이 났지요. 그런데 지금은 오히려 그 시절, 그 소리들이 그립네요.”

　“지나가버리면 모두가 다 아름답다고 하지요. 그래서 사람은 어려웠던 지난날을 그리나 봅니다. 저는 이 나이에도 이 골목에 오니까 그때처럼 가슴이 울렁거립니다.”

　“정말이세요?”

　“그럼요.”

“아직도 문청시절이군요.”

그는 손으로 입을 가리며 웃었다.

“그 시절 숙명학교 학생들의 단정한 교복차림과 그 우아함에 매료당했지만, 단 한 번도 용기 있게 근접지 못하고 늘 숙명여고생들을 짝사랑만 하다가 끝났습니다. 그런데 그저께 강남에 있는 숙명학교에 가니까 전혀 그런 감정을 느낄 수 없었습니다.”

“저도 그랬어요. 강남으로 이전한 모교에 두어 번 초대받아 갔으나 모교가 아닌, 꼭 다른 학교를 찾아간 느낌이었어요.”

“학교 이름은 똑같아도 주는 분위기와 감정이 그 시절과는 사뭇 다른 탓이겠지요. 하지만 오늘은 이 골목에 들어서니까 다시 왠지 그 시절로 돌아간 기분으로 괜히 가슴이 설레고 울렁거리네요. 아마도 숙명 출신 강 교수님을 만난다는 설렘 때문인가 보지요. 그 시절이 흘러간 흑백 영화처럼 떠오르고요.”

“감사합니다. 저를 만난다는 설렘이 있었다니…. 사람은 어린 시절의 감정이 평생을 지배한다고 하잖아요. 아마도 그때가 감정이 가장 풍부했던 사춘기 시절이라 그럴 겁니다.”

“헤세 작품세계는 지난날에 대한 향수가 대부분이지요. 그가 어린시절 살았던 칼프라는 고장의 추억들이 〈수레바퀴 밑에서〉 〈데미안〉 등 여러 곳에 나옵니다. 워즈워드도 그랬습니다. ‘하늘의 무지개를 바라보면 내 가슴은 뛰노나니, 내 어린시절도 그러했고, 어른이 된 지금도 그러하거늘…’이라고요.”

“고흐나 고갱, 세잔느와 같은 화가들도 대부분 그래요. 그래서 예술가들에게는 어린시절이 매우 소중한 거죠.”

“그럼요, 제가 아는 한 선배 작가는 어린시절에 본 제주 4·3 사건의 악몽을 평생 떨치지 못하고 가위눌림에 시달리면서 그 기억들을 엮어 작품화하고 있지요.”

“화가들도 그래요. 어릴 때 본 보리밭이나 배추밭만 평생 그린 분도 계세요.”

“참, 시간 괜찮습니까?”

“네, 아무래도 얘기가 길 것 같은 예감에 좀 넉넉히 비워두었습니다.”

“저도 그랬습니다.”

“근데, 뉴욕에는 무슨 볼 일로….”

“지수, 그 친구를 만나기 위해 갔지요.”

“네?”

강숙자는 눈을 동그랗게 뜨고는 몹시 놀란 표정이었다.

“그 친구를 만나고 왔습니다.”

“네?! 정말입니까?”

“그럼요.”

“그렇다면 영혼의 만남이었군요. 하기는 두 분이 대단한 사이였지요. 그런 우정이라면 영혼의 만남도 가능하겠지요. 지난날 지수 씨가 ‘운성’(雲城)이라는 자기 호는 조 선생님이 지어줬다고 자랑 많이 했어요.”

“제 호 ‘설송’(雪松)은 지수, 그 친구가 지었습니다. 그런데,

저는 지수의 호를 잘못 지어준 것 같아요. ‘구름의 성’이라는 호 때문인지, 그 친구는 한 곳에 오래 머물지 못하고 평생을 떠돌다가 구름처럼 사라진 것 같습니다.”

“아무렴 호 때문에 그렇겠습니까. 다 타고난 팔자 탓이겠지요. 아무튼, 뉴욕까지 먼 길도 마다 않고 다녀온 조 선생님의 열정에다 이승과 저승도 넘나드는 두 분 우정이 매우 부럽습니다.”

“제 잘못으로 그 우정이 이승에서 죽 이어오지 못한 게 무척 아쉬웠고… 그의 죽음 앞에 죄스러웠습니다.”

“…….”

‘죽음’이라는 말에 그가 갑자기 침울해졌다.

“죄송합니다.”

“아니에요. 어디까지나 사실이고, 이미 완료형인데요.”

산중다원 주인이 주문한 차를 가지고 와 찻상에 다구를 내려 두고 합장을 하고는 돌아갔다. 그는 익숙한 솜씨로 차를 우려 먼저 현의 잔에 따랐다.

“이건 우전으로, 곡우 전에 딴 차 잎으로 만든 거예요. 향이 깊을 겁니다. 드세요.”

“네, 감사합니다.”

강숙자는 자기 잔에도 차를 따르고는 두 손으로 감쌌다.

“차는 그리움으로 마신다고 하는데, 오늘은 차 맛이 더 좋겠습니다.”

“좋은 차를 마시는 것은 좋은 사람을 만나는 것과 같지요.”

"이 찻집에서 지수 씨 이야기를 듣다니⋯. 지수 씨가 이 세상 사람이 아니라는 것은 오래 전에 전해 들었어요. 참 '세월이 약'이라고 하더니, 이제는 담담히 지수 씨의 얘기를 들을 수 있을 것 같네요."

두 사람은 소리 없이 차를 조금씩 음미했다.

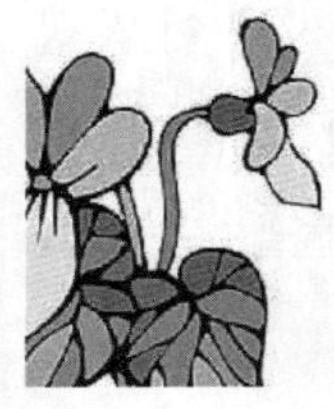

2. 친구 찾아 삼만 리

현이 살고 있는 강원 산골마을에는 멧새들이 꼭두새벽부터 집 뒤꼍 잣나무 숲에 찾아와 재잘거리며 새벽잠을 깨어놓기 일쑤였다. 현은 봄부터 여름 내내 아침에 일어나면 곧장 멧새들을 좇아 뒷산을 오르내렸다. 그러면 기분도 상쾌해지고 아침 밥맛도 좋았다.

"안녕하세요, 조현 아저씨. 좋은 아침이에요."

"안녕, 멧새들아. 그동안 잘 지냈니? 정말 상쾌한 아침이다."

"네, 아저씨. 아저씨도 잘 지내시지요?"

"그럼, 나는 이 산골이 얼마나 좋은지 모르겠구나. 더욱이 요즘 따라 너희들이 이른 새벽부터 노래를 불러줘 기분이 더욱 좋아."

"호호, 사실은 이즈음이 저희들에게는 사랑의 계절이라 서로들 짝을 찾고자 러브 송을 부르는 일에 무척 바빠요. 그래서 날이 새기 전부터 성급하게 노래를 부르며 짝을 찾아다니죠. 아저씨, 단잠을 깨워서 미안해요."

"아니다. 나에게는 너희들의 노래가 상쾌한 기상 멜로디다. 이즈음이 사랑의 계절이라고? 그래서 뻐꾸기도 요즘 아주 신바람이 나 낮도 모자라 밤중까지도 사랑의 노래를 불러대나 보다."

"그럼요, 봄은 우리들에게 아주 뜨거운 사랑의 계절이에요. 저희들은 이때를 놓치면 새끼를 얻을 수 없어요. 그런데 아저씨, 올해는 밭두둑에 비닐도 덮지 않았네요?"

"비닐을 덮지 않은 건 어느 환경전문가가 그것도 공해라기에 그랬는데, 글쎄 내가 들풀한테 견뎌낼지 걱정이다."

"한번 지어보세요. 아마도 들풀 때문에 무척 힘드실 거예요. 한여름 장마철에는 농사꾼이 돌아서면 들풀들이 또 춤춘대요."

"정말 그렇더구나. 지난해 여름을 겪어보니까. 너희들이 보다시피 얼치기 농사꾼 솜씨가 영 말이 아니다. 올해도 고구마순은 뿌리를 잘 내리지 않는구나. 정말 농사가 쉽지 않네."

"세상에는 쉬운 일이 없대요. 아저씨는 그래도 세상에서 가장 어려운, 아이들 가르치는 일을 30년이나 넘게 하셨잖아요. 농사가 그보다는 쉬울 거예요."

"글쎄다. 나에게는 이 세상에 쉬운 일이 하나도 없구나."

"아저씨, 그런 자세로 세상을 살아야 해요. 세상을 쉽게 생각하면 오만하거나 교만해져요. 사실 이 세상에서 오만과 교만, 그게 가장 나쁜 거지요."

"그런데, 너희들이 별걸 다 아는구나. 아이들 가르치는 일이 어려운 것도 알고."

"말을 안 해서 그렇지, 저희 사는 거나 사람 사는 거나 똑같을 거예요. 저희들도 새끼 때문에 속이 아주 폭폭 썩어요. 하기는 그게 세상사는 재미인지도 모르지요."

"충고의 말을 들려줘서 고맙다."

"아니에요, 아저씨. 조현 아저씨가 저희들을 해치지 않고, 늘 친구처럼 대해 주며 푸념에도 귀를 기우려 주시고, 저희들의 이야기를 글로 써 주신 게 더 고마워요."

"귀여운 것들, 안녕!"

"안녕, 아저씨!"

계절이 가을로 접어들어 뒷산 잣나무 낟알이 여물자 청솔모와 다람쥐들이 바삐 쏘다녔다. 그들은 겁도 없이 현의 집 마당을 하루에도 몇 번씩 휙휙 지나다녔다. 그럴 때면 현은 잣송이를 서너 송이 섬돌 위에다 던져둔 채 방문 틈 사이로 카메라 앵글을 맞추고는 무작정 그들을 기다리며 가을날을 보냈다.

다람쥐란 놈은 몇날 며칠 섬돌을 지나치면서 힐끔힐끔 쳐다보더니 별일이 없자 그제야 안심이 되는 양 마침내 섬돌 잣송이를 다 발겨먹고 갔다. 하지만 청솔모란 놈은 여간해서 얼씬도 않았다. 그 놈은 멀리서도 사람 냄새를 맡고는 지레 경계했다. 현은 다람쥐란 놈이 섬돌 위에서 앞발로 잣송이를 돌려가며 잣알을 발겨먹는 걸 창틈으로 지켜보며 카메라 셔터를 눌렀다. 그걸 현상하여 벽에 걸어두거나 메일로 친지에게 보내면서 가을날을 보냈다. 산촌생활이 따분하고 지루할 줄 알았는데 하루하루가 후딱 지나갔다. 산촌생활이 거듭될수록 요일도, 날짜도 모르고 지내는 날이 많았다. 현에게 산촌생활은 출퇴근 시간도, 촌각을 다투는 일도 없기에 요일과 날짜가 별다른 의미가 없었다.

　가을이 깊어지고 겨울이 다가오자 산골사람들이 들판에 곡식들을 다 거둬들이고, 마을 언저리 밤송이나 잣송이, 도토리마저도 다 훑어버렸다. 그러자 산골마을에는 멧새도 청솔모도 다람쥐도 꼴을 볼 수가 없었다. 그들은 더 이상 쏘다녀봤자 먹을거리도 구할 수 없으니 사람이 사는 위험한 마을보다 아주 깊은 산골로 들어가 먹이를 구하는 모양이었다. 아무래도 눈이 펑펑 쏟아져야 먹을거리를 구하고자 다시 마을로 내려올 테다. 멧새와 짐승만 그런 게 아니라 동네사람들도 왕래가 뜸해졌다. 하루 한두 차례 들르던 앞집 노씨도, 늘 집 앞 의자에서 볕을 즐기던 옆집 할머니도, 날씨가 차가워지자 집밖에 나오는 일이 뜸해졌다.

　눈이 내리고 날씨가 추워지자 현도 바깥나들이를 줄인 채 집 안에서 고양이 카사와 이런저런 이야기를 나누며 지냈다. 처음에는 눈길도 한 번 안 주던 러시안 블루종인 카사였는데, 이태 째 함께 살다보니 이제는 서로 웬만큼 대화로 의사소통이 되었다. 하지만 이놈은 개와는 달리 영 의리가 없었다. 아니 야성이 강하다고 보는 게 옳을 것이다. 제 놈을 거둬 먹이고, 화장실 청소해주고, 이따금 샴푸로 목욕까지 시켜주지만, 감사의 인사는커녕 틈만 있으면 바깥으로 뛰쳐나가려고 몸부림을 쳤다. 그나마 때때로 말동무가 돼주는 것이 고마웠다. 혼자 사는 사람들이 개나 고양이를 많이 기르는 것은 그 놈들과 대화하는 즐거움 때문인가 보다. 아무튼 겨울이 깊을수록 산골마을은 따분하기 그지없었다. 더욱이 〈청산별곡〉의 한 구절처럼 '올 사람도 갈 사람도 없는 밤'은 더욱 그러했다.

그런데 다행인 것은, 하루에 한 차례씩 들리는 집배원 오토바이소리는 일 년 내내 변함이 없었다. 그 소리가 현의 집 앞에서 멈추다가 이어지면 집배원이 그날 우편함에다가 편지를 넣고 간 날이요, 그 소리가 먼 곳에서부터 이어지다 그대로 잦아지면 현의 집에 오는 편지가 없는 날이었다.

현은 집배원 오토바이 소리가 집 앞에서 멎으면 하던 일을 멈추고 우편함으로 갔다. 그러면 우편함에 두어 통 우편물이 담겨 있게 마련이다. 그 우편물을 꺼내 살펴봐도 반가운 편지가 있는 날은 거의 없었다. 요즘은 겉봉 주소부터 손수 볼펜이나 만년필로 쓴 우편물보다 거의 인쇄된 우편물이 대부분이다. 카드 회사나 전화국, 한전, 위성 TV 등에서 보낸 통지서나 고지서, 이런저런 단체에서 보낸 초대장, 회보, 월간지 등으로 그 가운데 광고 우편물은 아예 뜯지도 않고 아궁이로 보내곤 한다. 그러다가 정말 가뭄에 콩 나듯이 친필로 써 보낸 편지를 받고는 감격하는데, 주로 나이 드신 은사나 옛 친구들이 보낸 편지였다. 그분들이 한지에다 붓으로, 또는 편지지에다 볼펜이나 만년필로 써 보낸 편지를 읽을 때는 수십 년을 익힌 술을 마신 듯, 그윽한 기분에 젖게 마련이었다. 그래서 행여나 그런 요행을 바라면서 현은 집배원 오토바이 소리를 뒤쫓아 우편함으로 가지만 번번이 속게 마련이었다.

오늘은 집배원 오토바이 소리가 현의 집 앞에서 멎더니 발자국소리와 함께 '계세요?' 하는 집배원 목소리가 들렸다. 이런 날은 등기우편물이나 택배가 있는 날이다. 현이 얼른 '예, 나갑니다'라고 대답을 하고는 마당으로 나갔다. 현이 낯익은 집배원과 인사를 나눈 뒤 우편배달 확인란에다 서명을 해 주고는 등기우편물을 받았다. 그 등기우편물은 서울의 한 여행사에서 보낸 것으로 항공권이 담겨 있었다. 현이 며칠 전에 전화로 여행사에다 항공권을 예매하였더니, 여행사 측에서 굳이 번거롭게 서울까지 올 필요가 없다고 항공권을 등기우편으로 보낸 것이다.

"인천공항 발 OZ 222 편 2005. 11. 27. 20:00 발 뉴욕 케네디 공항 2005. 11. 27. 19:30 착.
뉴욕 케네디 공항 발 OZ 221 편 2005. 12. 10. 00:30 발 인천공항 2005. 12. 11. 05:10 착"

왕복 항공권 시트 한 묶음과 여행사 발권 담당직원이 쓴 여객기 탑승 안내 메모가 들어 있었다.

고객님, 늦어도 비행기 이륙 두 시간 전까지는 인천공항터미널

ㅇㅇ항공 창구로 가서 탑승 수속을 하십시오. 만일 돌아오실 때 탑승 날짜 변경을 하게 되면 약 100불 정도의 추가요금을 내야 합니다. 미주 항공권 변경 및 현지 탑승 확인 전화: 1-800-227-42**

현이 항공권을 손에 쥐자 그동안 '장지수'를 만나려던 막연했던 소망이 마침내 현실로 다가온 느낌이었다. 인천에서 뉴욕까지는 거의 6,900 마일로, 열흘 뒤 현은 지수를 만나고자 지난 날 '친구 찾아 삼만 리'라는 만화 제목과 같은 여행을 하게 될 것이다.

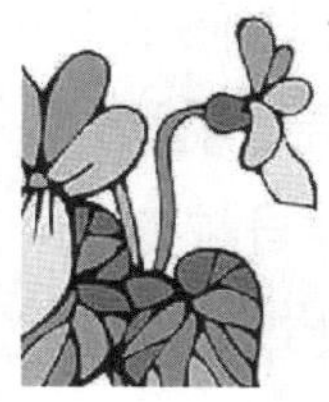

3. 로테르담에서 온 엽서

　도시인 가운데 귀농을 꿈꾸는 이가 많다. 원래 시골 태생이었던 도시인들이 더더욱 그러하다. 하지만 막상 그런 도시인들 가운데 시골로 돌아간 이는 그리 많지 않다. 얼기설기 꼬인 인연의 타래, 곧 학연이나 교우관계, 직장 동료들과 유대, 자녀들 교육이나 혼사 문제 등으로 이미 뿌리를 내린 도시에서 쉬 떠날 수가 없기 때문이다.

　현도 오래 전 도시인이 된 뒤, 그 언제부터인가 도시 탈출을 꿈꾸며 살았다. 특히 직장에서 사람 일로 마음이 상할 때에는 더욱 그랬다. 대자연에 안겨 멧새와 다람쥐들과 이야기를 나누고, 울안에다 약간의 텃밭을 가꾸면서 밤에는 등불을 밝힌 채 원고지 빈칸을 메우는 그날을 유토피아처럼 그리워했다. 이따금 현이 아내에게 그런 얘기를 했다. 그 얘기는 꼭 그렇게 실천하겠다고 하기보다는, 그야말로 꿈같은 얘기로 현실 도피랄까, 현실의 아픔을 이겨나가는 한 방안이기도 했다.

　이태 전, 어느 날 현의 아내가 느닷없이 강원도 산골마을에다 집을 구해 뒀다고 하면서 귀농을 제의했다. 두 아이 중 한 아이는 직장에 다니지만, 한 아이는 여태 대학 재학중인데도, 그들을 두고 떠나자는 아내의 용단에 현은 반갑기보다는 적잖이 놀랐다. 그제야 알았지만 현의 아내는 이미 오래 전부터 귀농준비를 차곡차곡 하고 있었다. 그동안 귀농학교도 다녔고, 천연염색 기법도 열심히 배워둔 모양이었다. 아이들 뒷바라지는 끝도 없고, 학교 졸업이며 결혼 등을 기다리다가는 그때는 늙고 힘이 없어 정작 시골에 갈 수 없게 된다는 것이 현의 아내의 생각이었다. 그러면서 아내는 우리나라도 서양처럼 아이들이 스무살이 넘으면 저희 삶은 스스로 꾸릴 수 있도록 독립시켜야 한다는 지론이었다. 아내는 그동안 아이들에게는 늘 그렇게 교육시켜 왔다. 이미 그는 아이들에게 귀농을 귀띔한 뒤 동의까지 얻었다고 하면서 마지막으로 현을 설득한 것이었다. 현은 막연하였던 꿈이 너무 쉽게 이루어지자 오히려 얼떨떨해지고, 그때까지 잘 다니던 학교를 그만두고 떠나야 할지 몹시 망설여졌다.

현은 한 학기를 줄곧 고민하다가 이태 전 학년말에 정년을 5년이나 남긴 채 학교에서 명예퇴직을 하였다. 언저리 사람들은 열이면 아홉은 조기 퇴직을 말렸다. 이 불황에, 그 나이에 직장에 다니는 것만도 축복이라고, 아무 소리 말고 정년을 채운 뒤에 귀농하라고 만류했다. 하지만 현은 시골로 내려가면 늘 시간에 쫓기는 일상에서 벗어나 자유롭게 글을 쓸 수 있다는 이점과 자기 대신 한 젊은이가 취업할 수 있다는, 이 불황에 곧 기성세대가 신세대에게 자리를 양보하는 미덕도 베풀 수 있다는 언덕거리도 없지 않았다. 누가 알아주건 말건, 배가 풍랑을 만나 정원 초과로 좌초하려 할 때, 나이 든 사람이 젊은 사람을 위해 양보하며 바다에 뛰어내리는 것이 도리일 것이다. 현은 마침내 사표를 내고 서울살림을 정리한 뒤 강원 산골마을로 내려왔다.

현은 강원 산골로 내려온 뒤 삼백 평 남짓한 텃밭을 가꾸면서 농촌생활에 젖었다. 그 텃밭을 가꾸는 봄에서 가을까지는 심심치 않았다. 삼백 평 남짓한 텃밭도 그에게는 여간 벅차지 않았다.

현은 거의 날마다 일기를 쓰듯이 산골생활 이야기를 써서 인터넷 신문에 올리고, 이따금 잡지사나 사보 제작팀에서 오는 청탁 원고를 써 보내는 일로 현직에 있을 때 못지않게 바쁘게 지냈다.

강원 산골마을은 겨울이 유난히 길다. 일 년의 반은 겨울이라고 해도 지나친 말은 아닐 게다. 겨울로 들어서는 신호로 10월 초순에 첫 서리가 내리자 울안의 호박은 그야말로 '서리 맞은 호박잎'이 되어 하루 만에 자지러져 버리고, 텃밭의 다른 작물도 나날이 초록을 잃어버렸다. 일년생 작물들은 더 이상 성장이 멈췄다. 서리가 내리자 산골 농사꾼들은 타작과 겨우살이 준비로 눈코뜰새없이 바쁘게 움직였다. 현 내외도 덩달아 겨울나기 준비에 바빴다. 현은 볕 좋은 날을 골라 텃밭 콩을 거두어 말린 뒤 도리깨질 대신에 막대기로 털었고, 현의 아내는 그들이 살고 있는 집이 워낙 낡은 집이라 온 집채를 비닐로 빙 둘러 덮었다.

현은 아래채 아궁이 군불용 땔감 마련에도 여간 조련치 않았다. 한나절 뒷산에 올라 삭정이를 주어다가 도끼질을 하면 군불감으로 이틀 정도밖에 땔 수가 없었다. 어느 하루 반거들충이의 나무하는 솜씨를 보다못한 앞집 노씨가 경운기에 간벌한 나무를 가득 실어 현의 마당에다 쏟고는 전기톱으로 토막토막 잘라주고 갔다. 현은 볕이 좋은 낮 시간에는 운동삼아 그 나무토막들을 도끼로 빠개면 어느 새 땅거미가 졌다.

하지만 찾아올 사람도 마땅히 갈 곳도 없는 밤 시간은 절대고독 시간이었다. 현은 그 고독을 즐기다가 따분하면 아궁이로 가 군불을 지폈다. 아궁이에 군불을 때는 재미도 쏠쏠하거니와 '딱딱' 소리치며 타는 장작더미를 보면서 그리운 이들의 얼굴들을 불빛에 떠올리곤 하였다. 그러면 시간이 후딱 잘 지나갔다. 현이 군불을 지핀 뒤 다시 글방 컴퓨터 앞으로 돌아와 그리운 사람들의 사연들을 자판에 두드렸다. 그 글이 마무리되면 한 인터넷 신문사로 송고하면서 긴 겨울밤을 보냈다.

하지만 날이면 날마다 그럴 수는 없는 일이었다.

그런 가운데 한 출판사와 5년 전에 펴낸 〈항일유적답사기〉를 재출간하기로 계약했다. 현은 그 책이 나온 뒤, 두 차례나 더 중국 현지답사를 다녀왔기에 추가해야 할 내용이 많았다. 그래서 현은 겨울 내내 묵은 원고를 다시 가다듬으며 추가 답사 내용과 새로운 사진자료를 덧붙이는 작업에 몰두하였다.

마침 지린성 조선족자치주 용정에 있는 명동촌 윤동주 생가 마을 답사 부분의 원고를 가다듬던 중, 지난 번 책이 출판된 뒤 이 대목을 본 시인 김규동 선생이 명동교회를 세운 김약연 목사에 대한 일화를 현에게 편지로 보내준 적이 있었다. 현은 이를 개정판에 덧붙이고자 편지함을 뒤적여 김규동 선생 편지를 찾았다. 그 편지는 옛날 편지지에 만년필로 아주 꼼꼼하게 쓴 곡진한 사연이었다.

김약연 선생은 너그럽게 생기신, 머리가 하얀 노인으로 일 년에 두어 번 함경도 종성 우리 집에 오셨지요. 약국을 경영하시던 아버님이 김약연 선생님 오실 때는 그때 돈 200원, 혹은 300원을 독립자금으로 내놓곤 하시는 걸 저는 어릴 때 보고 자랐습니다.

제 아버님은 문익환 목사의 선친 문재린 목사와 명동학교 동창이었다고 합니다. 이런 일 때문에 아무 것도 모르시는 우리 어머니는 '너희 아버지는 돈 없는 사람한테는 약값도 받지 않고 치료하고, 겨우겨우 먹고살 만큼 돈푼이나 모아놓으면, 너희 아버지는 그 지전을 곱게 인두로 다린 뒤, 흰 수건에 곱게 싸서 무릎을 꿇으시고 김약연 선생님에게 드렸다. 그래서 너희들한테는 된장국이나 조밥만 먹였다. 규동아, 너는 입쌀밥이 그토록 먹고 싶다고 하지만 아버지가 조밥을 하라는 데 너만 입쌀밥 어떻게 먹일 수 있겠느냐?' 어머니는 이와 같은 하소연 같기도 하고, 탄식 같기도 한 이야기를 더러 하셨지요. 지금 생각하면 어머니는 독립운동이 어느 만큼이나 중하고 급한 것인지를 모르시는 탓으로 하신 말씀으로 생각합니다. …

짧은 글이지만 한 세기 전의 일들을 어제 일처럼 또렷하게 증언해 주는 글이었다. 현은 편지글 전문을 자판에 두드려 개정판 원고에 덧붙이고는 다시 원래대로 봉투에 넣어 편지함에다 담는데, 불쑥 엽서 한 장이 볼가져 방바닥에 떨어졌다. 앞면은 네덜란드 로테르담의 고색창연한 건물이 운하에 잠긴 그림이었고, 뒷면은 그 절반이 주소란이며 나머지 절반은 사연을 쓰는 공란이었다. 주소란에는 동명이나 번지는 모두 생략한 채, 서울 남대문 김 서방 찾는 식으로 '중동고등학교 조현 선생님 귀하. Seoul Korea'라고만 썼고, 사연을 쓰는 공란에는 고교시절 친구 장지수가 현에게 보낸 짤막한 사연이었다.

설송(雪松)!
오랜만이구나. 나 지수야. 여기는 운하와 풍차, 튤립의 나라 네덜란드로 이국의 정서가 물씬하다. 오늘따라 고교시절의 일들이 주마등처럼 떠오른다. 네가 모교 교단에 서 있는 모습을 그리니 나도 감개무량하다. 결혼은 했니? 가끔 소식 전해다오. 무척 보고 싶다. 하지만 여기는 너무 멀다.
안녕!
1975. 11. 10.

네덜란드 로테르담에서 운성(雲城)

현은 그 엽서를 들고 한참동안 지수에 대한 생각에 잠겼다. 순간, 까만 교복 입은 지수의 다정다감한 얼굴과 목 자른 '워커

(군화)'가 떠올랐다. 그리고 그가 수업시간 선생님의 눈을 피해 연습장에다 자주 그리던 배우 잉그리드 버그만과 비비안 리의 캐리커처가 눈에 선했다. 현은 고교시절 시골뜨기로 그 무렵 영화배우라면 최은희나 김지미, 김진규 정도밖에 몰랐다. 그런 시골뜨기 촌닭 현에게 지수는 금발에다 파란 눈, 코가 뾰족한 그 서양 여배우들의 이야기를 입에 닳도록 들려주었다. 현은 그 이야기를 하도 여러 번 들었던 터라, 40여 년이 지난 지금도 그 장면들이 어제 일처럼 눈에 선했다.

현이 갑자기 지수를 보고 싶었다. 현이 갈무리하고 있는 다섯 권이나 되는 앨범을 꺼내 다 뒤졌지만, 그의 모습은 찾아볼 수가 없었다. 고등학교 졸업앨범에서도 그를 찾을 수 없었다. 그와 졸업연도가 같지 않았기 때문이다. 어떻게 하면 지수 그 친구를 다시 만날 수 있을까? 그 엽서는 지수에게 1975년에 받은 처음이자 마지막 엽서로, 그새 30년이 지났다. 현은 그 엽서를 볼수록 그를 잊고 살았던 지난 세월이 무척 후회스러웠다.

현은 '설송'이라는 자기 호를 오랜만에 보니까 까마득히 잊었던 옛날의 일들이 다시 새록새록 돋아났다. 고교시절 그와 현은 문학청소년으로 서로 호까지 지어 줬다. 현은 지수를 '운성'(雲城)이라 부르고, 지수는 현을 '설송'(雪松)이라고 불렀다. 이 호는 국어시간에 선생님이 유명 작가들은 대부분 호를 기지고 있다는 얘기를 듣고, 현과 지수는 몇날 며칠 고심해 가며 작명하여 서로 건넨 것으로, 그 이후 두 사람만 썼던 것이다. 그들의 우정은 대학 재학 시절에도 이어졌다. 하지만 현이 모교에 재직할 때 지수가 로테르담에서 보낸 그 엽서를 받고도 답장하지 않았기에 그만 두 사람 우정의 끈이 끊어져 버렸다. 그 잘못은 오로지 답장을 하지 않은 현에게 있었다. 현은 그 이듬해 모교에서 신촌에 있는 이대부고로 옮겼고, 얼마 뒤 지수도 네덜란드를 떠났기 때문에 두 사람의 소식이 아주 끊어져 버렸다.

고교시절, 현에게 지수는 관포지교와 같은 이해를 초월한 친구였다. 사람이 세상을 살아가면서 숱한 친구를 사귀지만 그래도 가장 참다운 친구는 어려울 때의 친구다. 그런 소중한 친구의 안부를 30년 동안 모른다는 것이 이 문명 세상에 도무지 말이나 될 법한 일인가.

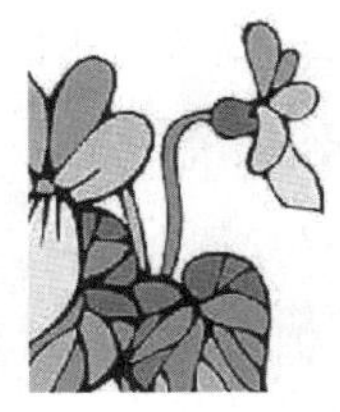

4. "선생님, 여기예요"

　　인천공항에서 뉴욕 행 OZ 222편 여객기는 밤 8시에 출발했다. 하지만 현은 집에서 일찌감치 나섰다. 그가 사는 산마을에서 안흥 장터마을 버스정거장으로 간 뒤, 거기서 12시 40분에 출발하는 동서울 행 시외버스에 올랐다. 동서울터미널에 도착한 뒤 곧장 공항버스로 갈아탔다. 버스가 인천공항터미널에 도착한 것은 오후 5시 30분 무렵이었다. 그날은 일요일 오후로 신혼여행 부부가 유난히 눈에 많이 띄었다. 현은 항공사 창구에서 여행용 가방을 부친 뒤 좌석표를 받았다.

　　"가능한 기내 창 옆 자리를 주세요."

　　"고객님, 뒷자리라도 괜찮겠습니까?"

　　"네, 좋습니다."

　　"61J 석입니다."

　　"감사합니다."

　　현의 미국여행은 이번이 두 번째다. 이태 전 워싱턴 행 여객기를 탄 적이 있기에 현은 공항터미널에서 헤매지 않고 검색대를 통과하여 출국 탑승 대기실로 갔다. 탑승 대기실에는 많은 승객들로 붐볐다. 승객 가운데는 한국인이 가장 많았고, 그 다음이 중국인을 비롯한 아시안, 그리고 백인들이었다. 중국인들은 대부분 환승객들로 대기실 바닥에 짐을 베개 삼아 비스듬히 눕거나 기대고 있었다. 탑승시간은 7시 30분으로, 40분 남짓 시간이 남았다. 현은 대기실 의자에 앉았다.

현은 시골에서 태어나서 중학교까지 다녔다. 그가 태어난 고장은 경북 선산군 구미로, 그 무렵은 인구 일만 남짓한 면소재지였다. 우리나라 사람들의 자녀 교육열은 예나 이제나, 어디서든 매우 극성스러웠다. 그의 고향에서도 초등학교는 대부분 자기 고장 학교에 보내다가 밥술 꽤나 먹는 집은 중학교 때부터 도시학교로 보냈다. 구미에서는 주로 일 백리 떨어진 대구나 그보다 가까운 김천으로 자녀를 보냈다. 하지만 현의 경우는 초등학교를 졸업할 무렵, 집안이 하루아침에 풍비박산이 돼 버렸다. 현의 아버지가 야당후보자로 국회의원에 출마하여 낙선한데다가 그 뒤 사업 파탄 때문이었다. 그래서 현은 대구나 김천으로 유학은커녕, 고향에서 중학교조차도 외가의 학비지원으로 간신히 마칠 수 있었다. 가족마저도 사방으로 뿔뿔이 흩어졌다. 현의 아버지는 빚쟁이를 피해 서울로, 어머니와 막내 동생들은 김천 외가로, 미혼 고모들은 부산에서, 다른 아랫동생은 결혼한 여러 고모 댁으로 흩어졌다. 고향에 남은 현과 할머니는 살던 집을 빚쟁이에게 빼앗긴 채 철길 너머 각산이라는 마을에서 남의 집 행랑채를 얻어 살았다.

그 무렵 각산은 현이 살았던 장터마을과 달리 전깃불조차 들어오지 않아 등잔불을 켜야 했고, 할머니가 거의 날마다 앞산이나 금오산에 가서 땔감 나무를 해다가 밥을 하고 군불을 지폈다. 그러다 보니 현은 학교만 끝나면 지게를 지고 할머니가 해놓은 나무를 집에 나르고자 앞산이나 금오산으로 오르내렸다. 현은 집안 형편상 대구나 김천 등 도시 고등학교 진학은 꿈도 꾸지 못하고, 고향에 있는 농업고등학교에 진학할 셈이었다.

그 무렵 학급당 정원이 60명 내외였지만 구미농고는 한 학년이 겨우 20명 안팎으로 전교생을 합해도 도시 학교의 한 학급 정도였다. 그렇다 보니 구미농고로 진학할 학생에게는 아예 수험준비가 필요 없었다. 그런 가운데, 현이 중3 때 4·19혁명이 일어나자 서울로 간 현의 아버지는 그제야 기지개를 켜고 민주당 중앙당사에도 총리공관에도 드나들었다.

현이 중학교 졸업을 몇 달 앞둔 어느 날, 고향에 내려오신 아버지는 느닷없이 서울에 있는 고등학교로 진학할 준비를 하라고 일렀다. 그 무렵은 구미에서 서울 소재 고등학교로 진학하는 것은 좀체 드문 일이었다. 현은 서울 고교 진학이 기쁘기보다는 입시 때문에 덜컥 겁이 났다. 그래서 현은 아버지가 준 돈으로 먼저 전국고교 입시문제집을 산 뒤, 그때부터 본격 입시준비를 하였다.

현이 밤마다 호롱불 밑에서 공부를 하고 이튿날 세수를 하면

코에서 시꺼먼 등잔불 그을림이 나오곤 하였다. 현의 아버지는 입학시험을 앞두고 전기 고등학교 두 곳, 후기 고등학교 두 곳의 원서를 우편으로 현에게 보냈다. 현은 한꺼번에 원서 네 장을 다 써 가지고 졸업식 다음날 서울 행 완행열차에 올랐다. 현은 할머니가 이불에 팥과 찹쌀 두 됫박까지 담아 꾸린 봇짐을 새끼로 멜빵을 만들어 짊어지고 구미를 떠났다.

현의 아버지가 편지로 서울역에서 택시를 타고 기사에게 가회동파출소까지 데려다 달라고 한 뒤, 순경에게 주소를 보이면 집을 자세히 알려줄 거라고 했다. 현은 서울역에서 택시를 타면서 아버지가 일러준 대로 택시기사에게 가회동파출소에 내려달라고 신신당부했다. 하지만 택시기사가 내려준 곳은 가회동파출소가 아니라 재동파출소였다. 택시 기사는 돈암동 미아리 방면 손님을 잔뜩 합승을 시켰다. 기사가 보자 하니 현이 서울에 처음 오는 시골뜨기인지라, 골목길을 한참 올라가야 하는 가회동 파출소로 가지 않고, 재동 네거리에다 내려놓고 재동파출소를 가회동파출소라고 둘러댄 뒤 냅다 달아나 버렸다. 현이 시골에서 들은 대로, "서울에서는 눈을 감으면 코 베어간다"는 고약한 인심을 첫날부터 단단히 맛본 셈이었다.

현은 이불봇짐을 지고 한참 헤맨 끝에 가회동 파출소를 찾았다. 아버지는 가회동 산 1번지 한옥 문간방에 혼자 세 들어 살고 있었다. 현이 이튿날 새벽, 밥을 짓고자 수돗가에서 쌀을 일고 있는데 대청 문이 열리면서 주인아주머니가 뜰로 나오며 인사를 했다.

"어머, 학생이 밥도 다 할 줄 알아?"

현은 무척이나 수줍어 고개를 들지 못했다.

시골뜨기의 서울 정착은 호락호락하지 않았다. 현은 아버지가 일러준 대로 지원 학교를 더듬거리며 찾아 입학원서를 접수시켰다. 서울 학교의 학생들은 모두가 다 똑똑해 보여서 몹시 주눅이 들었다. 마치 서울 학생들은 자기가 시골학교에서 배우던 것과는 전혀 다른 공부를 하는 것처럼 보였다. 더욱이 시골 중학교에서는 예체능시간은 공이나 차고 그림이나 그렸지 이론이라고는 별로 배운 적이 없었기에 시골뜨기가 모든 교과를 시험 보는 서울 명문 학교 진학은 무척 힘들었다.

현이 전기로 명문 한 공립고교에 응시하였으나 실력부족으로 보기 좋게 낙방을 하였다. 그 무렵 서울의 대부분 명문고교에서는 동일 중학교 출신 지원자는 거의 다 무시험 전형으로 입학시키고, 타교 출신은 한두 반 정도만 뽑았다. 동일계 출신자는 우대하고 타교생은 차별하는 불공정 입시제도로 그 시절은 시골학교나 타교 출신자들의 서울 명문고교 진학이 무척 힘들었다. 다행히 현이 후기로 지원한 중동고등학교에서는 예체능 과목 없이 국어 영어 수학 사회 과학 다섯 과목만 출제하였기에 시골출신으로 예체능 교과목에 약한 그에게는 다소 부담을 덜 수 있었다. 중동고교에서도 동일계 중학교 진학자들을 무시험 전형으로 합격시켰지만, 그 가운데서 전기로 타교에 응시한 학생은 무시험 입학자격을 박탈하였다. 그런 탓으로 다른 학교보다는 사실상 합

격의 문이 조금 더 넓었기에 현이 용케 중동고등학교에 합격할
수 있었다.

현이 어렵게 입학시험에 합격하였지만 입학금을 기일 내에
내지 못하였다. 그 무렵 아버지가 시작하려던 사업이 뒤틀렸기
때문이었다. 현은 입학식 날 등교는커녕 방문을 닫고 지냈다. 며
칠을 그렇게 보내자 그런 낌새를 알아차린 주인집 아주머니가
고맙게도 입학금을 마련해 주었다. 이미 입학식이 끝난 지 일 주
일이나 지난 뒤였다. 현이 아버지와 함께 학교에 갔으나 이미 입
학이 취소돼 있었다. 현의 아버지가 교감 선생님에게 통사정을
하여 간신히 입학허가를 받을 수 있었다. 현은 학교 등록을 마친
뒤 두꺼운 돋보기안경을 쓴 학적담당 선생님을 따라 교실로 갔
다. 교실에 가 보니 60명이 정원이었는데도 80명이나 몰려 있
었다. 나중에 알았지만 반마다 20명씩은 보결생이었다. 마침 그
수업시간은 학적담당이며 담임인 이종우 선생님의 수학시간이
었다.

"옆자리가 빈 학생, 손들어 봐!"

"선생님, 여기예요."

한 학생이 손을 번쩍 들었다. 바로 그가 장지수였다. 현은 그
자리로 갔다. 담임선생은 현에게 그 시간부터 수업을 받으라고
했다. 현은 수업준비는커녕 그날도 구미중학교 교복에 교모를 쓰
고 갔다. 입학이 허가되지 않은 상태에서는 교복 준비도 할 수
없었기 때문이었다. 현은 그날 무턱대고 학교에 갔기에 짝인 지

수가 연습장과 필기도구를 건네주고 교과서도 보여주었다. 쉬는
시간 지수와 언저리 친구들이 몰려들었다.

"얘, 너 어느 중학교를 나왔니?"

"구미중학교 나왔다 아이가."

"아이가? 그 말 참 재미있다. 구미중학교가 어디 있니?"

"경상북도 선산군 구미면에 있다 아이가."

"경상도에서도 아주 깊은 두메산골인가 보다."

"아이다. 구미는 기차정거장도 있고, 경찰서도 있다. 보통급
행기차도 서는 큰 고장이다."

현은 그들이 자기고향 '구미'를 이름 한 번 들어보지 못한 깊
은 두메산골이라고 무시하는 것 같아 자기 고향이 그래도 깊은
산골 두메는 아님을 열심히 설명했다. 하지만 반 친구들은 모두
현의 말을 곧이듣지 않았다. 걔네들은 서울이 아니면 모두 시골
촌놈 취급했다.

그날 하교길에 현은 짝 지수가 가르쳐준 서점에서 교과서도
사고, 신신백화점 교복점에서 교복과 교표가 새겨진 가방은 샀지
만 돈이 모자라 교모는 사지 못했다. 이튿날 지수는 현이 새 교
복에 낡은 모자를 쓴 것을 보고는 다음날 자기가 중학교 때 쓰던
걸 갖다 주었다. 그때 현이 썼던 모자는 담요에 검정 물을 들인
것으로 빛깔이 바래져서 완전히 누렇게 탈색되어 보기에도 매우
흉했다.

현이 어렵사리 등록을 하여 학교에 다녔지만 도시 기를 펼

수가 없었다. 스케치북이니 백지도니 부기장이니 물감과 같은 수업준비물에다가 학급비니 축구경기장 입장료니 자질구레 돈 드는 일이 무척 많았는데 일일이 준비물을 갖추거나 잡부금을 제때에 낼 수가 없었다. 그런 현의 어려운 사정을 모르는 교과 선생님들은 수업준비 불량이라고 현의 손바닥을 때리기도 하고, 교무수첩에다 이름을 체크하기도 했다. 학급반장이나 회계는 잡부금을 내지 못한 현을 따돌리는 듯했다. 짝 지수는 곁에서 보다 못해 자기의 스케치북을 찢어 낱장을 주거나, 다른 반 친구인 중학교 때 단짝 김윤호에게 백지도나 부기장을 빌려다 주기도 했고, 잡부금을 슬그머니 대신 내주기도 했다.

5월이 되자 2기분 등록금 고지서가 나왔다. 납기 마감 날이 다가오자 등록금 독촉이 매우 심했다. 거의 날마다 종례시간이면 담임선생님에게 시달렸다. 학교에서는 각 학년마다 매달 학급을 심사하여 한 학년에 한 반씩 모범반을 표창하였는데, 모범반 선정의 기준은 출결사항, 등록금 납부상황, 수업준비 등인 모양이었다. 새 학기 첫 달 모범반이 된 현의 학급은 계속 모범반을 유지하려고 담임선생님이 학생들을 몹시 닦달했다.

현은 학교생활이 여간 힘들지 않았다. 밥을 지어먹고 다니는 일도 힘들었지만 등록금 독촉, 각종 잡부금, 교재 준비에 드는 자잘한 돈 때문에 학교에서 도시 기를 펼 수가 없었다. 그런 가운데 친정살이에 지친 현의 어머니가 동생을 데리고 서울로 왔다. 현이 밥하는 일은 면했지만 식구가 늘자 집안 형편은 더 어

려웠다. 그때 현의 아버지는 고정수입이 없이 당사나 국회의원사
무실에 들러 지인들에게 밥값이나 용돈을 얻어 가족의 생계비로
썼다. 그 돈은 들쭉날쭉한 그야말로 담배 값 정도의 푼돈으로 가
계비가 될 수 없었다.

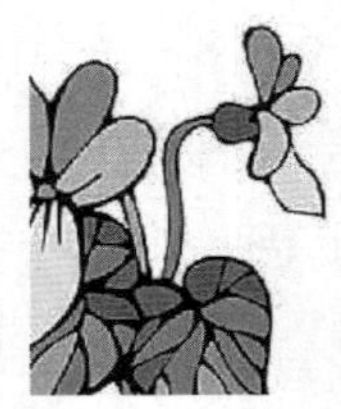

5. 뉴욕 행 여객기

　오후 7시 30분, 마침내 현은 인천공항 탑승 대기실에서 기내로 들어갔다. 현의 좌석은 꽁무니에서 두 번째였는데, 이륙시간이 돼도 옆 좌석에 승객이 오지 않았다. 공석이었다. 현이 지난해 워싱턴에서 귀국할 때는 하필 상대 항공사가 파업을 하여 전 좌석이 만석이었다. 그러다 보니 기내가 사람의 열기로 숨이 막힐 지경이었다. 거기다가 좌우 옆 자리에 육중한 외국인이 앉아 14시간 동안 그 틈바구니에서 매우 고통스럽게 타고 왔다. 그런데 이번 뉴욕 행에 옆 자리가 빈 것은 비즈니스 석이 부럽지 않은 행운이었다.

　뉴욕 행 여객기는 인천공항에서 예정시간보다 10분 늦은 오후 8시 20분에 이륙하였다. 이륙 후 기내 창 덮개를 올리자 곧 인천 시가지가 한눈에 들어왔고, 10여 분 지나자 여객기는 곧 서울 상공을 날았다. 하늘에서 내려다 본 서울은 낮보다 밤이 더 아름다웠다. 서울 시가지가 온통 보석을 뿌려놓은 듯, 일대는 불빛으로 황홀 찬란했다. 하지만 그 황홀경도 잠깐뿐, 곧 지상도 하늘도 온통 먹빛 어둠에 덮였다. 현은 창 덮개를 내리고 기내 객실 앞 스크린을 바라보았다. 대형 스크린에는 동북아시아와 태평양과 북아메리카 주 지도가 비치고, 서울에서 뉴욕까지 비행로에 따라 여객기 모양의 그림이 시시각각으로 지도 위에서 비행로를 따라 움직였다.

9시 10분, 그새 여객기는 시속 900킬로미터, 고도 10,000미터를 유지하며 동해 상공을 날고 있었다. 곧 스크린은 비행항로 대신 영화를 상영하고 있는데, 현에게는 별 흥미 없는 외화로 저 혼자 팬터마임을 하는 듯 돌아갔다. 현은 무료함을 달래고자 좌석 앞에 마련된 리시버를 꽂았다. 베토벤의 '월광곡'이 흘러나왔다.

현의 고1 때 짝 장지수는 서울 말씨를 썼지만, 드문드문 '에미네' '아주마이' '오마니'와 같은 평안도 방언과 '아바이' '간나'와 같은 함경도 방언도 이따금 튀어나왔다. 현이 지수에게 그 까닭을 물었더니 자기 아버지는 함경도 함흥 태생이고, 어머니는 평안도 평양 태생 때문이라고 하였다. 자기는 해방 직전에 함흥에서 태어났지만 그 이듬해 서울로 월남하였기에 고향에 대한 기억은 전혀 없다고 했다. 그 시절 지수는 페미니스트로, 말씨조차도 여자아이들과 비슷했다. 특히 중학교 때부터 단짝이었던 옆 반 김윤호와 만날 때는 말씨만 들으면 둘 다 여자로 착각할 정도였다. 그 두 친구는 영화광이었는데 '꼴통' 훈육주임의 눈을 요리조리 잘도 피하면서 주로 재개봉관인 소공동 조선호텔 옆 경남극장을 단골로 드나들었고, 때로는 종로 우미관과 화신극장, 조

선일보 사옥에 붙은 시네마코리아극장도 이따금 가는 모양이었다. 특히 지수는 잉그리드 버그만이나 비비안 리가 나오는 영화는 빠트리지 않고 보았는데, 그들이 출연한 작품은 한 번만 보는 게 아니라 두어 번 보는 모양이었다. 그래서 그 영화 가운데 명장면은 아주 대사까지 외웠다.

지수는 그 무렵 상영중인 〈누구를 위하여 종은 울리나〉는 큰맘 먹고 충무로 대한극장에서 개봉 다음날 봤다고 자랑하면서, 케리 쿠퍼와 함께 출연한 잉그리드 버그만이 다른 어느 영화에서보다 더 깜찍하게 예뻤다고, 몇날 동안이나 귀에 익도록 그 말을 되풀이했다. 잉그리드 버그만이 머리를 과감히 자른 모습이 마치 산속의 요정처럼 청순했다고 침이 마르도록 칭찬하면서, 케리 쿠퍼와 첫 키스 장면은 아주 대사까지 줄줄 외어가며 사실감 넘치게 이야기했다.

잉그리드 버그만이 '키스하고 싶어요. 그런데 어떻게 하는지 모르겠어요. 코를 어떻게 해야 하는지 알고 싶어요'라고 말하니까, 케리 쿠퍼가 그를 잘 리드하면서 진하게 키스를 해주자, 그는 '코가 방해될 줄 알았어요'라고 말했다고 하면서, 지수는 그 대목에서는 자기가 잉그리드 버그만처럼 눈을 지그시 감았다.

지수의 집은 상도동 143번 시내버스 종점 부근이라고 했다. 그는 날마다 숭실대학교 앞 상도동 버스종점에서 서대문구 모래내를 오가는 143번 버스를 타고 오는데, 장승배기 정류장에서는 거의 날마다 이웃학교인 숙명여고생을 만난다는 것이다. 그 여고생은 중학교 때부터 버스에서 자주 마주쳤지만 처음에는 서로 보고도 못 본 척, 소 닭 보듯 지냈다고 했다. 고등학생이 된 이후 어느 날, 지수가 그에게 치근대는 아무개 고등학생의 목덜미를 버스 안에서 잡아 흔들어주고 난 뒤부터는 서로 목례는 한다고 하더니, 곧 가깝게 된 모양이었다. 현은 지수의 평소 그답지 않은 행동이 의아스러워서 물었다.

"니 우째 그런 깡다구가 다 나왔노?"

"우리 중동학교 교복에 교모를 쓰면 상대방은 기가 죽게 마련이다. 만일 내가 그치에게 터졌다는 사실이 우리 학교 주먹들에게 알려지면 걔네 학교 교문을 몇날 며칠 지키면서라도 그치를 잡아다가 아주 떡을 만들어 놓을 거다. 그런 걸 그치가 아니까 감히 내게 덤비지 못하는 게지."

'깡패학교' '주먹학교'란 별칭이 꼭 나쁜 것만은 아니었다. 지수가 버스에서 숙명 여고생을 만난 날은 등교하자마자 현에게 얘기했고, 얼굴 표정도 더욱 밝았다. 그 여학생은 강숙자로 매우 이지적이며, 외모가 비비안 리처럼 깜찍한데다가 장래 화가 지망생이라고 지수는 무척 자랑했다.

어느 토요일 지수와 윤호는 현에게 극장을 가자고 하였다. 현이 주뼛거리자 그들은 극장 입장료는 걱정하지 말라고 하면서 손을 끌었다. 그때 현의 집은 가회동이라서 늘 학교에서 안국동 로터리 방향으로만 다녔는데, 그날은 청진동 방향인 숙명학교 정문 쪽으로 하교했다. 그 무렵 윤호는 키가 175 센티미터 정도로 크고 체구가 호리호리했는데 내복처럼 착 달라붙는 맘보바지를 입고 다녔다. 윤호는 등교할 때면 통이 넓은 바지를 입었지만, 하교할 때는 늘 화장실로 가서 가방에 숨겨온 통이 몹시 좁은 맘보바지로 갈아입고 교문을 미꾸라지처럼 빠져나갔다. 때로는 하교길에 '꼴통' 훈육주임에게 걸려 바지를 압수도 당하였지만 맘보바지는 빼앗겨도, 두릅 순이 돋아나듯 어디서 또 생기는지 늘 입고 다녔다.

그들은 '금강산도 식후경'이라고 하면서, 종로의 무과수제과점에 들어가서 단팥방과 소보루 빵을 한 쟁반 샀다. 현은 그제까지 소보루 빵을 먹어보지 못했는데 그 빵을 입에 넣자 슬슬 녹는 듯했다. 그들은 빵으로 요기를 한 뒤, 거기서 가까운 조선일보 사옥에 붙어 있는 시네마코리아로 갔다. 영화는 두 편 동시 상영으로, 로버트 테일러와 비비안 리 주연의 〈애수〉와 버트랑 카스터 주연의 〈OK 목장의 결투〉였다. 그런데 두 영화 다 필름이 워낙 낡아 상영 내내 화면에서는 비가 주룩주룩 내려 자막을 제대로 읽을 수가 없는데다가 자꾸만 필름이 끊어져 상영이 중단되었다. 지수가 〈애수〉는 두 번째 본다고 하면서, 비비안 리가 요조숙녀에서 창녀로 어쩌면 저렇게 변신을 잘할 수 있느냐고 감탄을 연발했다. 그러면서 그는 여자들은 두 얼굴을 가진 요물이라고, 마치 자기는 여자 경험이 많은 어른처럼 말했다. 두 편 동시 상영이었지만 걸핏하면 필름이 끊어져 짜증이 나기에 그들은 〈애수〉만 보고 나왔다.

사실 현은 그때까지 '종삼' '창녀' '양아치' 이런 말을 잘 몰랐
다. 그 말의 뜻을 정확하게 가르쳐 준 사람은 친구가 아닌, 뜻밖
에도 독일어 최민석 선생님이었다. 최 선생님은 수업시간에도 아
무 거리낌 없이 그런 말의 뜻을 아주 정확하게 가르쳐 주었다.
'종삼'은 '종로3가'의 준말로 '여자들이 몸을 파는 곳'이라는 아
주 적확한 주석까지 달아주었다. 학생들이 별명을 양아치라고 붙
인 최 선생님은 독일의 한 대학에서 사회학 학위를 따온 분이지
만 대학에서 전임 자리를 얻지 못해 우리 학교에서 독일어를 가
르쳤다. 최 선생님은 수업시간 틈틈이 사회 구석구석 그늘진 이
야기를 거름 없이 말씀하면서 몽둥이를 휘두르는 폭군이었다. 그
때 학생들은 최 선생님이 한 이야기가 사실인지 확인을 겸하여
호기심으로, 서울운동장에 단체로 축구 응원 갈 때는 큰 길을 두
고 일부러 종로3가 뒷골목을 지나갔다. 그곳을 지날 때는 괜히
큰 소리 치거나 휘파람도 부르기도 하면서 야한 장면을 힐끗힐
끗 훔쳐보다가 어떤 녀석은 화장 짙은 누이들에게 모자를 빼앗
기기도 하였다.

1961년 5월 16일 새벽, 현은 아버지가 켜 놓은 라디오 소리
에 잠이 깼다. 라디오에서는 다른 날과는 달리 행진곡과 함께 목
소리가 익은 박종세 아나운서의 떨리면서도 다급한 목소리로 다
음과 같은 내용이 새벽의 정적을 깨트렸다.

친애하는 애국동포 여러분! 은인자중하던 군부는 드디어 금조 미명을 기해서 일제히 행동을 개시하여 국가의 행정, 입법, 사법 의 3권을 완전히 장악하고 이어 군사혁명위원회를 조직하였습니 다. 군부가 궐기한 것은, 부패하고 무능한 현 정권과 기성정치인 들에게 더 이상 국가와 민족의 운명을 맡겨둘 수 없다고 단정하고 백척간두에서 방황하는 조국의 위기를 극복하기 위한 것입니다.

혁명 공약
1. 반공을 국시의 제일의로 삼고, 지금까지 형식적이고 구호에만
   그친 반공태세를 재정비 강화한다.
2. 유엔헌장을 준수하고 국제협약을 충실히 수행할 것이며, 미국
   을 비롯한 자유우방과의 유대를 더욱 공고히 할 것이다.
3. 이 나라 사회의 모든 부패와 구악을 일소하고 퇴폐한 국민도의
   와 민족정기를 바로잡기 위해 청신한 기풍을 진작시킨다.
4. 절망과 기아선상에서 허덕이는 민생고를 시급히 해결하고 국가
   자주경제 재건에 총력을 경주한다.
……………

라디오에 귀를 떼지 않던 현의 아버지 표정이 금세 라디오 방송에 납덩이처럼 굳었다. 그 무렵 현의 아버지는 민주당 중앙 당사와 총리 공관을 드나들면서 재기를 노리던 중이었다. 그래서 누구보다도 시국에 민감하였다. 현의 아버지는 이것은 혁명이 아 니라 반란이요, 군사쿠데타라고 단정했다. 그때 현은 '혁명' '군 사 쿠데타'가 무엇인지도 몰랐다. 현은 평소와 다름없이 책가방 을 들고 등교하였다. 안국동 네거리를 지나는데 그날은 예삿날과

는 달리 총 끝에 칼을 꽂은 군인들이 20~30미터 간격으로 대로 변에 서 있었다. 어딘가 살벌한 공포분위기였다.

현의 아버지는 쿠데타의 주동자가 군사혁명위원회 장도영 의장이 아니고, 사실상의 실권자는 부의장인 박정희 소장이라고 귀띔했다. 바로 그분이 현이 살았던 구미 역 뒤 각산에 사는 신문사네 시동생이라고 하여 현도 깜짝 놀랐다. 신문사네라고 하면 고향 어른들이 늘 귀엣말하던 신문사 지국을 하였던 박상희 씨 부인을 말함이 아닌가. 부인은 그 무렵 찢어지도록 가난하게 살았는데 걸핏하면 양식이 떨어졌다고 현네 집에 바가지를 들고 왔다. 시동생이 부산 군수기지사령관인데도 쌀 한 가마니 빼낼 줄 모르는 앞뒤가 꽉 막힌 사람이라고 흉을 봤다. 부인은 어려운 살림임에도 성품이 매우 낙천적이었다. 현의 할머니랑 땔감을 마련하고자 이따금 금오산으로 갔다. 그럴 때면 현이 낫을 갈아드리기도 했다. 금오산 기슭에서 나무를 하다가 잠깐 쉬는 시간이면 부인은 고무신을 벗어 땅바닥을 치면서 '노세노세 젊어서 놀아 늙어지며는 못노나니…' 하는 노랫가락을 뽑기도 하고, 덩실덩실 춤을 추며 해방공간에서 지아비를 잃은 아픔을 삭였다.

야전 잠바차림에 검은 선글라스를 쓰고 시청 앞에 비로소 모습을 드러낸 군사 쿠데타의 사실상 실권자 박정희 소장, 대다수 사람들은 작달막한 키에 깡마르고, 선글라스로 얼굴 표정을 가린 그분 외모에 오싹한 한기를 느꼈다. 군사혁명위원회는 입법 사법 행정의 전권을 장악하고, 전국에 비상계엄을 선포한 뒤 포고령을 마구 쏟아냈다. 구악을 일소한다고 구정치인을 연금시키고, 깡패들을 잡아들이고, 야간통행 금지도 저녁 8시부터 연장하는 등, 날마다 일련의 강압조치가 줄줄이 쏟아졌다.

"절망과 기아선상에서 허덕이는 민생고를 시급히 해결한다"고 말했지만, 쿠데타 초기에는 시중 미곡상에 쌀이 떨어지고 값은 천정부지로 치솟았다. 미처 동회에 주민등록이 안 된 현의 식구는 배급양곡도 받을 수 없었다. 마침내 돈도 쌀도 떨어져서 현은 학교에 도시락을 싸갈 수 없는 지경에 이르렀다.

점심시간 현은 슬그머니 교실을 벗어나 수돗가로 가서 수도꼭지를 틀고 물로 배를 채웠다. 학급 친구들이 점심밥을 다 먹을 즈음 다시 교실로 돌아왔다. 그런 날이 며칠 계속되자 지수가 그런 낌새를 알고서 아침이면 책상서랍에 빵 봉지를 넣어두었다. 거기에는 단팥빵이나 소보루 빵이 두어 개씩 들어 있었다.

"애, 도시락이 없어 대신 빵을 사왔으니까 아무소리 말고 먹어."

그때의 그 빵이 현에게는 눈물 젖은 빵이었다. 그렇게 달고 맛있을 수 없었다.

5·16군사쿠데타 후 혁신계 정치인과 구정치인들이 오랏줄에 묶여 연행되거나 서리 맞은 호박잎처럼 자지러지자 바깥출입도 삼간 채 현의 아버지는 하루 종일 집안에서 신문과 라디오 뉴스만 보고 들으면서 지내다가 어느 날 새벽 사복경찰들에게 연행당하고 말았다.

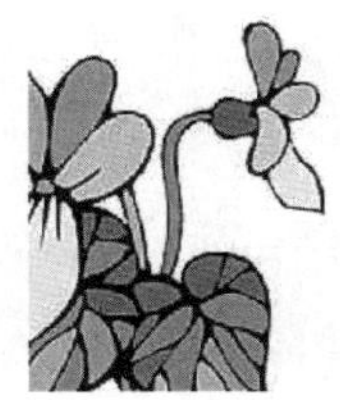

6. 휴　　학

　깜빡 잠이 들었다. 그새 기내 스크린 지도 위 여객기는 캄차 카반도 상공을 지나고 있었다. 기내 창 덮개를 살짝 올리자 지상 에는 눈 덮인 멧부리에 해가 걸쳐 있었다. 지는 해인지 뜨는 해 인지 가늠할 수 없었지만 아무튼 대단히 장엄한 광경이었다. 기 내 창으로 햇살이 확 빨려들었다. 현은 다른 승객에게 수면 방해 가 될까 봐 곧장 덮개를 내렸다. 옆자리에 둔 가방에서 노트북을 꺼내 전원을 켰다. 그는 노트북 바탕 화면에서 '제비꽃'을 클릭 하였다. 현은 다시 1961년 그해 여름으로 돌아갔다.

　현이 그날 학교에서 집으로 돌아오자 아무도 없었다. 땅거미 가 질 무렵에야 어머니가 막내 동생을 업고 돌아왔다. 하루 사이 지만 어머니의 얼굴은 그새 까맣게 그을렸다. 현의 어머니는 자 동차를 타면 멀미를 하기에 온종일 아버지를 찾으러 막내를 업 고 뙤약볕에 걸어다녔기 때문에 그랬을 거라 짐작이 갔다. 어머 니는 집에 돌아오자마자 찬물 한 바가지를 들이킨 뒤 그대로 쓰 러졌다. 울보 막내도 지쳤음인지 저녁밥도 먹지 않은 채 그대로 잠이 들었다. 두어 시간 뒤쯤 어머니가 기운을 차렸는지 눈을 떴다.

"종로경찰서에 갔더니 오늘 오후에… 서대문형무소로… 넘어갔다고 하더라. 물어물어 거기까지 걸어갔으나… 오늘은 면회가 안 된다고 하기에 그냥 왔다."

어머니는 거기까지 울먹이며 더듬거리고는 더 이상 말이 없었다. 잠든 막내를 사이에 두고 현과 어머니는 더 이상 말없이 주룩주룩 눈물만 흘렸다. 한참을 그렇게 지내다 현이 바깥에 나가 세수를 하고 돌아와 다시 불도 켜지 않은 채 어머니와 마주앉았다.

"엄마, 방안에다 연탄화덕을 갖다놓고 그만 우리 세 식구 이대로 죽자."

그리고는 현이 울음을 터트렸다. 그제까지 소리 없이 울던 어머니도 그 말에 흐느꼈다. 옆집 괘종시계가 한 번을 쳤다. 아마도 12시 반 아니면 한 시였나 보다. 어머니는 마당의 수돗가로 화장실로 다녀온 뒤에야 입을 열었다.

"아버지를 형무소에 두고 우리만 죽을 수는 없다."

"엄마, 난 이제 더 이상 학교 못 다니겠다. 매일 담임선생님한테 등록금 졸리는 것도, 교과 선생님들한테는 수업준비 불량이라고 손바닥 맞기도 넌덜머리난다. 고향 친구들에게는 초라해진 꼴을 보이기 싫으니, 우리 안 죽으려면 서울도 고향도 아닌 어디 먼 데로 가자. 나는 꼴머슴이라도 하면서 강의록으로 공부하고 엄마는 남의 집 밥이나 해 주면 입에 풀칠은 안 하겠나?”

“사내자식이 옹졸한 마음먹으면 못 쓴다. 우선 아버지 면회부터 하고, 아버지 나온 다음에 그때 의논하자.”

이튿날 새벽 평소대로 일어난 현은 학교 갈 준비 대신에 노트 한 장을 찢어 휴학계를 썼다. 가정형편상 1년간 휴학하겠다고 쓰고는 이름 옆에 도장을 찍어 봉투에 넣었다. 마침 주인집 아이가 한 울타리에 있는 중동 중학생이기에 그 편에 담임선생에게 보냈다. 어머니는 현의 행동을 물끄러미 바라볼 뿐 말리지 않았다.

현이 학교를 그만두니까 막상 갈 곳이 없었다. 그렇다고 하루 종일 방안에서만 지내기도 답답하였다. 그래서 현은 집에서 가까운 삼청공원 산책로를 몇 바퀴 돌다가 내려오기도 하였다. 현은 낯선 서울에서 아무 희망이 없는 암울한 나날을 보내면서, 매일같이 엉뚱한 생각만 했다. 이대로 혼자 죽어 버릴까? 아니면 가출해 버릴까? 죽는다면 어떻게 죽어야 고통도 없고 흔적도 없이 죽을까? 그 무렵 유행이었던 방안에다 연탄화덕을 들여놓는 방법도 있었고, 수면제를 여러 알 먹으면 죽는 방법도 있다는 걸 알았다. 그래서 현은 어머니 몰래 혼자 죽고자 여러 약국을 돌면서 그걸 사다가 봉투에 담아 주머니에 넣어 다니기도 했다.

현이 학교를 그만둘 때의 심정은 그것이 인생의 끝인 줄로만 알아 갈팡질팡했다. 그때 막내 여동생은 아직 철부지라 매 끼니

때마다 주인집 밥상을 건너다보고 우리 집 밥은 찬밥이 아니라고, 반찬이 없다고 울음을 터트렸다. 그때 막내는 쌀밥을 찬밥이라고 하였다. 그런 막내의 울음에 쩔쩔 매는 어머니를 쳐다보기가 괴롭고 갑갑하여 현은 낯선 서울 시내를 마구 쏘다녔다.

그때 현의 집에는 경향신문을 구독했는데, 신문 대금이 여러 달 밀려 석간 배달 시간이면 매일 같이 신문배달원에게 밀린 신문 대금을 독촉받았다. 당시 덕수상고 1학년 이정식이라는 신문배달원과 현은 여러 날 대하다 보니 그만 그와 친해져 버렸다. 어느 날, 그는 학교도 가지 않고 하루 종일 빈둥거리는 현의 사정을 어림한 듯 신문배달을 권했다. 자기는 사정이 있어 배달 일을 그만두려고 하니 자기 대신 맡아 달라고 했다. 현은 선뜻 대답을 못하고 며칠 생각해 보겠다고 했다. 현은 그날도 정처 없이 쏘다니다가 발길이 멈춘 곳은 종로 탑골공원이었다. 그곳에는 늘 많은 사람들이 몰려 있었다. 실업자, 지게꾼, 잡상인, 날품팔이 노동자, 약장사, 관상쟁이, 장님 점쟁이, 팔각정에서 열변을 토하는 우국지사 등 많은 사람들이 밤낮 없이 들끓었다.

현은 여러 인간상을 대하면서 무료한 시간을 보내다 후문을 통해 공원을 벗어나려는데 거기서 한 거지를 만났다. 그 거지의 두 다리는 무릎 위까지 완전히 끊겨 있었다. 그 끊긴 부분은 고무판으로 상처 부위를 싸맸지만 뾰족이 내민 살갗에는 피고름이 엉겨 있었다. 그 상처에는 쉬파리가 붙어 피고름을 핥고 있는 데도 거지는 상처에 전혀 상관도 않고 지나가는 행인에게 손을 내

밀며 한두 푼을 구걸하고 있었다. 그의 몰골은 시꺼멓게 땟국이 낀 '아! 사람이 저럴 수도 있을까' 싶도록 처참했다.

현은 그 거지를 본 순간, 심장이 멎은 듯한 처절함과 충격으로 온몸이 오싹했다. 그는 예순 살은 넘은 늙은이였다. '이미 인생의 막다른 황혼 길에서 무슨 미련이 있어서 두 손을 다리 삼아 이곳저곳을 옮겨다니면서 삶의 애착에 젖어 있는가. 더 이상 살아봐야 앞으로 무슨 영화가 있다고, 구차한 목숨을 잇겠다고 손발로 엉금엉금 기어다니면서 걸식을 하는가!'

순간 현은 '나는 뭐냐?' '16세의 팔다리가 멀쩡한 녀석이 학교를 못 다니게 됐다고 부모를 원망하고, 세상을 한탄하며, 인생이 괴롭다고 죽음을 생각하는 게 얼마나 못나고 비겁한 일인가.' '그래 지금 내가 죽는다고 치자. 그러나 세상은 조금도 바뀌지 않을 것이고, 내일 아침 해는 그대로 동쪽에서 솟아오를 것이다.' 그런 생각들이 퍼뜩 스쳐 지났다. 다만, 자기 부모만은 가슴에 못이 박힌 채 두고두고 자신을, 비명에 간 자식을 원망할 테다. 곰곰이 생각해 봐도 자기가 죽는다고 해서 이 세상이 아무런 변화도 없을 것이고, 다음날 아침 해는 동쪽에서 떠오를 것이며, 저만 몹쓸 사람이 되는 것 같아 억울하여 도저히 죽을 수 없었다. '그래, 저 거지, 다리도 없는 저 장애인도 살겠다고, 하늘이 준 목숨을 버릴 수 없어 저렇게 온몸으로 몸부림치며 살아가는데, 도대체 나는 뭐란 말인가?'

그날 그 거지는 현에게 생명의 은인이었다. 현은 주머니 속의 알약을 탑골공원 화장실에다 던져 버렸다. 이튿날 현은 이정식과 함께 경향신문 낙원동 보급소를 찾았다.

현이 기내에서 두어 시간 노트북 자판을 두드리자 배터리가 바닥이 난 듯, 전원을 바꾸라는 메시지가 화면에 떴다. 현은 하는 수 없이 노트북 전원을 끈 뒤 가방에 넣었다. 손목시계를 보니 오전 1시 30분을 지나고 있었다. 그새 인천공항을 이륙한 뒤 다섯 시간 남짓 비행한 셈이었다. 아직은 아홉 시간은 더 날아야 뉴욕 케네디 공항에 닿을 것이다. 기내 정면 대형 스크린 위의 여객기는 그새 베링해를 지나 알라스카 상공을 날고 있었다. 스크린 자막에는 여객기가 시속 980킬로미터, 고도 10,500미터로 날고 있다고 깜빡거렸다. 기내 창 덮개를 올리고 밖을 내다보자 어둠이 짙은 한밤중이었다. 대기가 맑고 구름 위인 탓인지 별빛이 한결 또렷하고 아름다웠다. 은하의 별들이 금세 우수수 쏟아질 듯 반짝거렸다. 기내 창 덮개를 내렸다. 미국에서 첫날 일정을 무리 없이 치르자면 조금이라도 눈을 붙여야 한다. 현은 억지로 눈을 감았다. 하지만 잠은 좀처럼 오지 않았다. 현은 다시 1961년 그해 여름으로 돌아갔다.

현은 정식이를 따라 경향신문 낙원동 보급소로 갔다. 보급소는 낙원동 천도교 본부 수운회관 옆에 있었다.
"소장님, 제가 말하던 중동학교 학생입니다."

　　정식이가 보급소 소장에게 현을 소개시키자, 50대 초반의 늙수그레한 소장은 현의 몰골을 훑으면서 물었다.

　　"집이 어디야?"

　　"가회동입니다."

　　"신문배달 해 봤어?"

　　"안 해 봤습니다."

　　"아침저녁 배달하려면 힘들 텐데 배겨내겠어?"

　　"힘껏 해보겠습니다."

　　"우리 보급소에서는 처음 배달하는 사람한테는 보증금이 있어야 하는데…."

　　"얼맙니까?"

　　"오천 환."

　　"지한테는 그런 큰 돈이 없습니다."

　　"매일 신문도 맡기고 수금도 해야 하는데, 그 정도의 보증금은 받아야 돼."

　　"그라믄 할 수 없지요."

　　현이 시무룩이 그냥 돌아서려는데 소장이 불렀다.

　　"그럼 담임선생님 신원보증서는 받아올 수 있나?"

　　"그것도 안 됩니다. 지는 지금 학교에 휴학중입니다."

현보다 정식이가 더 다급한 듯 끼어들었다.

　　"소장님, 집안이 매우 딱한 모양입니다. 첫 달 배달료로 보증금하면 안 되겠습니까?"

소장은 정식이의 제안을 듣고 난감해하더니 현에게 다짐
했다.

"정식이가 말한 대로 그러겠니?"

"네, 그라겠습니다."

"좋다. 그러면 정식이 너는 쟤가 독자 집을 완전히 다 익힐
때까지 가르쳐 준 다음에야 그만두는 거다."

"그럼요. 걱정하지 마십시오."

이튿날 아침부터 현은 보급소로 가서 정식이를 따라다니면서
그가 가르쳐준 집에다 신문을 넣었다. 정식이는 하루라도 빨리
인계하고자 분필을 꺼내들고서는 독자의 대문 구석에 배달 순서
대로 K1, K2, … 라는 암호를 쓰고는 석간 배달부터는 현이 그
암호를 찾아 넣게 하였다. 현이 사흘 만에 독자 집을 다 익히자
신문배달을 완전히 물려받았다. 그 무렵에는 신문이 하루 두 번
씩 발간되었는데 일요일 오후에만 한 번 쉬었다. 아침 조간배달
은 늦어도 4시 30분까지, 석간배달은 오후 4시까지 보급소로 가
서 기다리다가 본사 신문수송차에서 신문을 받아내린 뒤 총무가
세어준 신문을 옆구리에 끼고 배달원들은 구역으로 달음질쳤다.

새벽길은 조용하고 상큼했다. 통금이 갓 풀린 거리는 가로등
만 졸고 있을 뿐, 텅 비어 있었다. 이따금 신문배달원이나 우유
배달원, 두부장수만이 바삐 지날 뿐이었다. 도시는 미처 잠에서
깨어나지 않았다. 그 시간에는 차도 드물어 현은 도시의 주인이
된 기분으로, 종로 광화문 넓은 길을 활개치면서 달렸다. 마치

고삐 풀린 망아지처럼.

　신문배달은 시내버스 노선처럼 차례가 정해져 있었다. 첫 집부터 끝 집까지 정신 바짝 차리고 돌려야 한다. 배달이 끝난 뒤, 간혹 신문이 한두 부 남으면 어느 집을 빠뜨렸는지 한참 헤매야 한다. 대문 틈으로 신문을 넣으면 바닥에 떨어지는 소리가 상큼했다. 좁은 문틈으로 신문을 재빨리 넣는 것도 솜씨였다. 말로는 터득되지 않고 세월이 말해 주었다. 담 너머로 던지는 솜씨도 마찬가지였다. 배달 초기에는 선임들의 재빠른 솜씨에 탄복했는데, 현도 세월이 지나자 그들 못지않게 계단을 내려가지 않고도 축대 위에서 대문 안으로 신문을 던질 수 있었고, 담 너머로 정확히 사뿐하게 대청마루까지도 날릴 수 있었다. 신문을 가지런히 추리거나 부수를 정확히 빨리 헤아리는 솜씨도 밥그릇 수에 비례했다.

　현이 맡은 신문배달 구역은 가회동과 삼청동이었다. 그 지역은 지대가 높았다. 어떤 집은 계단을 스무 남은 개 올라야 했고, 한 집 때문에 삼청공원 들머리까지 오백여 미터는 가야했다. 그러나 그 구역은 유명인사와 부자들이 많이 살았기에 보급소에서는 에이급으로 쳤다. 그것은 수금 실적으로 판가름했다.

　신문배달원이면 수입이 똑같은 줄 알았는데, 막상 시작하고 보니 그게 아니었다. 월급제가 아니고 부수에 따른 수당제였다. 월말에 수금하여 먼저 일정액을 보급소에 입금하고 남은 돈이 배달원 몫이었다. 그때 현은 경향신문을 60여 부 배달했는데, 다른 신문에 견주면 구역은 두 배나 넓었지만 수입은 삼분의 일도 안 되었다. 그 무렵 경향신문은 4·19혁명 덕분으로 복간되어 잠시 인기를 누리다가 5·16쿠데타로 장면 정권이 무너지자 독자가 폴싹 줄었다. 지역 주민들도 신문의 인기에 따라 배달원을 대하는 것 같아 현은 속이 몹시 상했다. 그때에는 동아일보 배달원 수입이 가장 많았고, 다음이 조선일보, 한국일보 순서였다. 현은 배달구역도 좁고 부수가 가장 많은 동아일보 배달원이 몹시 부러웠다.

아침저녁으로 만나는 배달원들은 경쟁자지만 서로 알고 지냈다. 어느 날 현이 김대식이란 동아일보 계동 배달원에게 자리를 부탁하자 그는 대뜸 학교 다니느냐고 물었다. 현은 휴학중으로 학교에 다니지 않는다고 했더니, 자기네 보급소에서는 학생만 배달원으로 쓴다고 했다. 그 말이 송곳으로 폐부가 찔리듯 아팠다. 시무룩이 돌아서는 현이 측은하게 보였던지 대식이는 지금은 자기네 보급소에 자리도 없다면서 현이 학교에 복학하면 꼭 알아봐 주겠다고 위로했다.

현의 배달 코스는 보급소인 낙원동에서 재동 창덕여고를 시작으로, 가회동 한옥마을 꼭대기까지 올라갔다가, 왼편 삼청동으로 넘어간 뒤 화동 경기고등학교를 거쳐 안국동 당시 윤보선 대통령 댁에 이르면 끝이었다. 조간 배달 때는 거의 사람들이 없지만 석간배달 때는 사람 특히 학생들이 몹시 붐비는 지역이었다.

그 무렵 그곳 일대는 경기, 덕성, 풍문, 창덕, 중동, 숙명, 수송, 휘문 등 학교가 10여 곳도 더 되었다. 석간배달 때 마름모꼴 명찰을 단 경기중고등학교 학생들을 보면 괜히 열등감에 젖었고, 덕성여고 풍문여고 학생들과 마주치면 무척 창피한 감이 들어 고개를 푹 숙였다. 며칠 그러면서 곰곰이 생각하니 현은 그런 자기가 잘못이란 생각이 들었다. 신문배달이 도둑질하는 것도 아니고, 단지 학비를 벌기 위한 일이 아닌가. 차츰 열등감이나 창피하다는 게 잘못이라는 생각으로 바뀌면서 그때부터는 고개를 들고 다녔다. 그래도 현은 자기가 다녔던 중동학교 친구들을 보면 지레 피하거나 얼른 지나칠 만큼 그의 마음이 옹졸했다.

현이 어느 하루 배달을 마치고 보급소로 가는 길에 안국동 로터리에서 같은 반이었던 한 친구와 정면으로 부딪쳤다. 그가 현의 손목을 꽉 붙잡고는 위로의 말을 건넸다.

"조현, 한 마디 말도 없이 왜 학교를 그만뒀니? 담임선생님도, 반 아이들도, 네 소식을 몹시 궁금해 한다. 언제 한 번 학교에 들러라."

"내 지금 바쁘다."

현은 푹 고개를 숙인 채 불쑥 뱉고는 얼른 자리를 피했다. 그 친구를 만난 뒤 며칠 만에 바로 그 장소에서 현은 장지수에게 붙들렸다. 현은 금세 눈물이 쏟아질 만큼 지수가 반가웠다. 지수는 현을 가까운 만두집으로 데리고 갔다.

"얘, 너를 만나려고 예서 사흘이나 기다린 끝에 오늘에야 만나는구나. 얜 어쩜 너 나에게 한 마디 상의도 없이 학교를 그만뒀니? 얼마나 섭섭했다고."

“……..”

“현아, 너 학교 휴학 취소할 수 없니? 사실은 우리 어머니에게 네 얘기하였더니 니 등록금을 당분간 대주시겠대.”

“고맙다. 지금 우리 집 형편상 도저히 학교에 다닐 수가 없다.”

그랬다. 그때까지 현의 아버지는 서대문 형무소에 수감중이었다. 그 무렵 현의 어머니도 생계비를 벌고자 낙원시장 바느질집에 다녔지만 수입이 신통치 않았다. 등록금만 해결된다고 학교에 다닐 수 있는 게 아니었다. 현은 석 달 남짓 학교 다녔던 기간이 무척 힘들었다. 도시, 특히 서울에서는 사는 게 모두 돈과 결부되었다. 돈은 자동차의 가솔린과 같았다. 가난한 학생은 학교에서 도시 기를 펼 수 없었다.

“너네 집에서 다니기가 힘들면 당분간 우리 집에 와서 나와 함께 다니고. 담임선생님도 매우 안타까워하시더구나.”

“아무튼 고맙다. 곧 우리 집 형편이 좋아지면 내년에는 꼭 복학할게.”

지수는 현의 이야기를 듣고는 눈물을 글썽거렸다. 지수는 헤어질 때 일요일 날 상도동 자기 집에 꼭 오라고 약도까지 자세히 그려주었다.

“꼭 와야 돼? 기다릴게, 알았지?”

“……..”

현은 대답 대신에 고개를 끄덕였다.

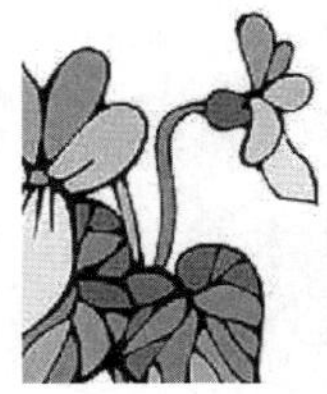

7. 워   커

　현이 손목시계를 보니 06시 20분이었다. 서울 시간이었다. 스크린을 보니까 그새 여객기는 알라스카를 벗어나 캐나다 상공을 지나고 있었다. 기내 창 덮개를 살짝 올리자 지상은 보이지 않고 여객기는 구름바다 위를 날고 있었다. 밤에 본 창공의 구름바다가 낮보다 더 장엄했다. 스크린 자막에는 비행 시속 950킬로미터에 고도 11,900미터를 가리켰다.

　아직 뉴욕 도착까지는 네 시간 남짓 남았다. 기내 승객들은 대부분 눈을 감았고, 일부 승객들은 스크린의 영화를 보거나 책이나 잡지, 신문을 뒤적이고 있었다. 이제는 서울보다 뉴욕이 더 가깝다. 이미 여객기는 날짜 변경선을 넘었다. 서울과 뉴욕은 시차가 14시간이다. 현은 손목시계를 풀고는 시침을 2시간 뒤로 돌렸다. 그러고는 다시 눈을 감았다. 현은 다시 40여 년 전의 종로 거리로 돌아갔다.

　어느 날 새벽 현이 신문을 돌리다가 휘문학교 앞 골목에서 조선일보 계동 배달원 왕눈이에게 멱살을 잡혔다. 그는 별명대로 눈이 크고 우락부락 험한 인상이었다.

"야! 경향, 너 이 새끼! 왜 싫다는 집에 신문을 넣어! 너 때문에 내가 신문을 못 넣잖아. 한 번만 더 넣으면 네 꼴통 까버릴 테다."

경무대 똥 푸는 지게꾼이 서민 동네 동업자 앞에서 으스대는 일은 그 세계만이 아니었다. 현이 한 독자 집에 수금 갔더니, 다른 신문 보겠다고 하면서 그만 넣으라고 했다. 하지만 신문을 남길 수 없어 계속 넣다가 벌어진 일이었다. 현은 독자들의 그런 요구를 다 들어주면 배달 부수가 10여 부 이상 줄어들 판이라 어쩔 수 없이 계속 넣었다. 보급소에서도 호락호락 신문부수를 줄여주지 않을뿐더러, 배달수입도 팍 줄어들기 때문이었다.

며칠 뒤, 왕눈이가 다시 불렀다.

"야, 경향. 너, 내 보조할 생각 없냐? 내 보조하다가 우리 보급소에 자리 나면 네가 꿰차고. 너 지금 수입보다는 내가 더 줄 테니."

현은 기왕에 배달원이 된 이상 수입이 더 나은 곳으로 옮기려던 참이라 그의 제의를 받아들였다. 현은 자기 자리를 다른 아이에게 인계한 후 마침내 왕눈이의 보조 배달원이 되었다. 보조 배달원은 신문뭉치를 들고 사수를 따라 다니면서 그가 시키는 대로 신문을 돌리는 일이다. 독자 집이 다 익으면 사수는 큰길에서 서 있고, 보조는 골목골목을 배달하거나 두 사람이 구역을 분담하여 한 사람은 역순으로 배달하면 일찍 마칠 수 있었다.

　현은 지금도 그의 본명 윤병만보다 그를 '왕눈이'로 기억하고 있다. 그때 그는 동료 신문배달원들에게 왕눈이로 통해서 본명이 별로 불리지 않은 탓도 있다. 그의 또 다른 별명은 '기관차'였다. 그는 보급소에서 신문을 받아 옆구리에 끼고 나서면 배달구역 끝 독자 집까지 쉬지 않고 뛰었다. 보통 배달원이 두 시간 정도 걸릴 거리를 그는 한 시간이면 족했다.

　왕눈이는 소문대로 과연 기관차였다. 그때는 현도 신문배달에 이력이 났지만 그의 스피드를 도저히 따를 수가 없었다. 석간 배달 중, 중앙학교 앞 찐빵 가게를 지날 때면 왕눈이는 한꺼번에 찐빵을 열 개나 후딱 먹어치웠다. 왕눈이는 험악한 인상과는 달리 인정이 많았다. 현이 찐빵을 몇 개나 먹든지 상관치 않고 값을 치렀다. 그는 아침 배달이 끝나면 구두닦이 통을 메고 명동으로 갔다.

　어느 날 배달 중, 현이 독자 집 한문 문패를 죄다 읽자 그는 큰 눈을 더욱 크게 떴다.

　"새끼, 너 먹물 좀 들었군. 어느 학교 다녔어?"

　"중동."

　"퇴학 맞았냐?"

　"아니, 돈이 없어서 그만뒀어."

　"씨팔 돈이 뭔지. 나도 이태 전 시골에서 중학교 다니다 때려치우고 서울로 튀었어."

　"학교 다녀?"

“……”

그는 대답 대신 고개를 가로저었다.

“난 책만 보면 뒷골이 댕겨.”

현이 배달 구역이 완전히 익어지자 왕눈이는 조간 때만 드문드문 나왔다. 석간 때는 아예 꼴을 볼 수 없었다. 닷새 만에 나온 어느 날 그는 현에게 자기 대신 구역을 아예 맡으라고 했다.

“마침 명동에서 빌딩 하나를 잡았어. 그동안 신문배달하여 모은 돈을 권리금으로 다 줬지. 나 요즘 거기 일만 해도 벅차. 이 달 입금하고 남는 돈 너 다 가져. 내년 봄에 꼭 복학해라.”

“고마워.”

“자식, 고맙긴. 이게 뭐 대단한 자리라고.”

“그래도 나한테는….”

“명동에 오거든 꼭 들려. 국립극장 앞 딱새들에게 왕눈이를 물으면 가르쳐줄 거야.”

마지막 기내식이 나왔다. 서울시간 오전 8시로 아침식사 시간인데, 뉴욕시간은 오후 6시로 저녁식사 시간이었다. 승무원이 비프스테이크와 비빔밥 중에서 고르라고 하는데, 현은 비빔밥을 택했다. 이상하게도 한국을 한 발자국만 벗어나면 한식이 더 좋았다. 현이 맛있게 비빔밥을 먹고 커피를 청해 마시며 기내 창 덮개를 올리자 바깥은 여전히 어두컴컴했다. 이번 뉴욕 행 비행

시간은 계속 밤 아니면 새벽시간으로, 한 번도 지상을 제대로 내려다보지를 못했다. 그 시각 스크린 위의 여객기는 미국과 캐나다의 국경지대인 오대호 상공을 날고 있었다. 뉴욕 케네디공항 도착시간까지는 세 시간이 조금 더 남았다. 현이 비행기를 탄 뒤 무려 10시간 남짓 한 자리에 앉아 있으니 다리가 저렸다. 현은 운동을 겸하여 화장실을 다녀오고는 자리에서 일어나고 앉기를 거듭 반복했다. 그러자 다리 저린 게 많이 풀렸다. 현은 다시 자리에 앉았다.

아버지는 서대문형무소에서 한 달 만에 출소하였다. 출소 뒤 아버지는 날개를 다친 새처럼 바깥출입도 뜸한 채 방안에서만 현이 배달하고 남겨온 신문을 광고까지 죄다 읽으며 지냈다. 현은 아버지를 위하여 다른 배달원과 남은 신문을 바꿔 갖다드리기도 했다. 그때부터 가계는 어머니가 도맡았고 현이 조금씩 도왔다. 어머니는 이웃의 소개로 낙원시장 바느질집에 나갔다. 현이 새벽 배달 길에는 늘 두부장수를 만났는데 신문 한 부와 비지 한 덩이를 맞바꿔서 집에 돌아오면 그날은 비지찌개가 밥상에 올랐다. 그때 현은 고무신을 신고 다녔는데 신문배달을 처음 시작하였을 때는 발뒤꿈치에 물집이 생기고 피가 나와 절뚝이기도 하였다. 그해 초가을 어느 날 현은 지수에게 편지를 받았다.

　　설송에게

　　그동안 어떻게 지내고 있니. 지난번 안국동 로터리에서 너를
만나고 돌아오는 내 마음은 무척 아팠다. 일요일마다 내 귀를 대
문 쪽으로 기울이며 지내는데 너는 끝내 나타나지 않더라.
　　네 첫 모습이 눈에 선하다. 담임과 같이 교실에 들어온 너는
그대로 한 마리 촌닭이었지. 그런데 낡고 작은 시골중학교 교복을
입은 네 겉모습은 초라해 보였지만. 네 눈망울은 티 없이 맑고 빛
나더구나.
　　현아, 다가오는 일요일에도 너를 기다리겠다. 꼭 오너라. 보고
싶다. 얘, 네가 우리 집 약도를 잃어버려서 못 오는 것 같아 뒷면
에 다시 그려 보낸다.

1961년 9월 24일
너의 벗, 운성

　　현은 다음 일요일 조간 신문배달을 마친 뒤 일찌감치 지수
집을 찾아 나섰다. 그의 집은 상도동 숭실대학교 앞 국민주택으
로 143번 버스 종점에 내리자 가까운 거리로 빤히 보여 쉽게 찾
았다. 현이 초인종을 누르자 지수가 현을 확인하고는 곧장 달려
와 얼싸안아 주었다. 마치 오랫동안 헤어졌다가 만난 연인처럼.
그때 지수 어머니가 막 집을 나서면서 현에게 잘 놀다가라고 일
렀다. 어머니는 남대문에서 일한다고 했다. 나중에야 알았지만
그 무렵 지수 어머니는 남대문시장에서 달러장사를 하고 있었다.
　　지수는 자기 집에서도 교실에서처럼 영화이야기를 잔뜩 늘어

놓았다. 그러면서 자기는 이담에 외교관이 되고 싶다는 이야기도 했다. 학교 다닐 때 현이 지수를 부러웠던 점은 그의 영어 실력과 발음으로, 그때 지수는 영어회화 시간에 미국 원어민선생님과도 대화할 정도로 영어에 뛰어났다. 현은 영어 발음도 실력도 엉망이라 늘 영어에 콤플렉스를 가졌다.

지수는 자장면을 시켜 먹기보다 같이 점심을 해 먹자고 했다. 그는 어머니가 빚어놓은 만두를 끓이고 새우튀김까지 아주 능숙하게 요리했다. 그는 어머니가 늘 바깥에서 일하니까 집에서 밥해 먹는 일에 아주 익숙했다. 현이 점심을 배불리 먹고 돌아오려는데 지수가 신발장에서 워커를 한 켤레 꺼냈다. 미군부대에서 흘러나온 듯한 그 워커는 약간 낡은 것으로 목이 잘려 있었다.

"얘, 내가 너 오면 주려고 엄마에게 부탁해 구해 둔 거야. 너 가져다가 신어."

"니 와이카노."

사실 현은 그 목 자른 '워커'가 무척 신고 싶었다. 그 무렵은 옷도 신발도 무척 귀하던 때였다. 미군부대 철조망 밖으로 흘러나오는 군복이나 워커가 구하기 쉬웠지만 그대로 입거나 신을 수 없었다. 그래서 군복은 검정 물을 들였고, 워커는 목을 잘라 신었다. 서울아이들은 그 목 자른 워커를 신고다니는 게 그 무렵 일대 유행이었다. 대학생들조차도 검정 물을 들인 미군 스몰 작업복이나 야전잠바에 목 자른 워커가 그 시절 대학생 트레이드마크처럼 대유행이었다. 신문배달 친구들도 대부분 목 자른 워커를 신고 다녔다. 고무신을 신고 많이 걸으면 뒤꿈치가 아픈 단점이 있고, 운동화는 빨리 해지는 흠이 있었다. 그런데 워커는 좀 무겁기는 하지만 이 두 단점을 모두 메워 주었다.

"지난번 안국동 로터리에서 너를 만났을 때 고무신을 신고 있는 걸 보고는 얼마나 마음이 아팠는지 몰라. 그때 너는 발꿈치가 아픈지 절룩이더구나."

"……."

"우리 엄마가 바로 남대문시장 구두 가게 옆에서 몇 해 째 일하고 있으니까 싸게 살 수 있어. 그래서 너 오면 선물로 주려고 엄마에게 말했더니, 구두 가게 주인이 나 주는 줄 알고서 매우 싸게 주더래."

현이 워커를 신자 조금 헐렁했지만 신을 만하였다. 워커 끈을 꽉 조이고 두어 걸음 디뎌보자 생각보다 훨씬 가볍고 가뿐했다.

"사실은 나 이게 무척 신고 싶었거든… 우야든동 고맙다. 엄마한테 억시기 고맙다고 전해도."

"얜, 신발 하나 가지고 뭘 그러니. 다행히 네가 갖고 싶었던 것이었다니 내 마음도 기뻐."

지수의 배웅을 받으며 현은 워커를 신은 채 종점에서 버스에 올랐다.

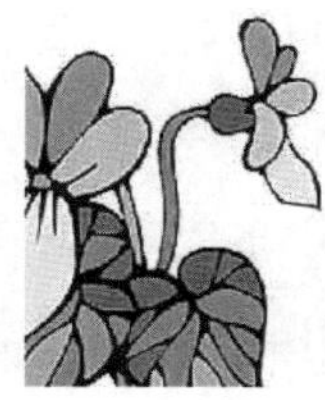

8. 신문배달

"이 여객기는 30분 뒤 뉴욕 케네디공항 도착예정으로, 현재 뉴욕 날씨는 섭씨 8도입니다."

오랜 정적을 깬 기장의 기내 방송이었다. 현이 기내 창 덮개를 올리고 지상을 내려다보자 뉴욕 가까운 어느 도시 상공을 비행하는지 지상은 온통 불빛으로 황홀 찬란했다. 좌석 앞 대형 스크린의 여객기도 뉴욕에 접근하고 있었다. 곧 여객기가 뉴욕 케네디 공항에 도착할 모양이었다. 인천공항에서 뉴욕 케네디 공항까지 무려 14시간 가까운 긴 비행이었다. 하지만 현이 이번 뉴욕행은 비행시간 내내 지수를 생각하면서 지난 추억을 곱씹으니까 여느 해외여행 때보다 지루하지가 않았다.

동아일보와 조선일보는 오랜 세월 동안 서로 앞서거니 뒤서거니 경쟁 관계였다. 두 신문사는 창간한 해도 같고, 신문사 사옥도 광화문 네거리에서 서로 빤히 쳐다보고 있었다. 현은 계동 구역에 조선일보를 배달하면서 동아일보 배달원 김대식과 매일 만났다. 배달 구역도 코스도 거의 같았다. 신문이 나오는 시간도 비슷하기에 늘 두 사람은 앞서거나 뒤서거니 서로 다퉜다. 그들은 서로 경쟁 관계였지만 두 사람은 무척 친했다. 대식이는 광화문의 한 고등공민학교를 다녔는데 늘 교복을 단정히 입었고, 궁한 티가 조금도 나지 않는 당당하고 의연한 자세였다. 같은 구역 안에서 배달원 사이는 좋지 않은 일이 많게 마련이다. 새로 이사를 오는 경우, 서로 독자 쟁탈이 붙게 마련이고, 다달이 나오는 확장지와 남는 신문을 처리하자면 서로의 영역을 침범해야 하기에 충돌하기 일쑤였다. 그런데 두 사람은 얼굴 찌푸리는 일이 없이 지냈다.

그때 배달원들은 구역에서 만나면 이름 대신 서로 '동아' '조선' '한국' '경향'으로 통했다. 현이 대식을 통해 동아일보 보급소가 여러 면에서 대우가 더 좋다는 사실을 알았다. 우선 배달 부수가 많아 수입이 많았고, 배달원에 대한 사람대접도 훨씬 좋았다. 동아일보 세종로 보급소는 청진동에다 한옥 한 채를 통째로 쓰고 있었다. 그 한옥을 보급소 사무소 겸 배달원들의 숙소로 제공했다. 가난한 시골출신 고학생들은 그곳에서 자취생활을 하고 있었다. 월말 수금 때는 특식으로 날마다 지금의 교보문고 자리에 있었던 복취루라는 중국집에서 계란빵을 사다주거나 다음달 8일까지 사납금을 마감하면 2퍼센트의 특별수당을 더 주는 등, 다른 보급소에서는 볼 수 없는 파격 대우였다. 하지만 학생이 아니면 배달원이 될 수 없고, 배달원 자리도 여간해서 나지 않는다고 하니, 현은 별수 없이 부러워하며 지냈다. 그 가운데 학생이 아니면 배달원이 될 수 없다는 말은 늘 현의 가슴을 후볐다.

현의 배달 구역 첫 집은 계동 들머리 계산약국이었다. 그곳에서 시작하여 휘문, 대동, 중앙학교로 거슬러 올라가서 원서동 고개를 넘어 다시 아래로 내려온 뒤 창덕궁 사무실에 넣으면 끝이었다. 조간 배달이 끝나면 곧장 창덕궁 숲으로 들어가서 맑은 개울물에 세수도 하고 가을철이면 산책길에 아람도 주웠다. 그럴 때면 현은 왕족이나 된 기분이었다. 서울시민 가운데 몇 사람이나 이른 새벽 창덕궁을 마음대로 드나들면서 맑은 개울에서 세수를 하겠는가. 현은 조간 배달을 마치고 아침을 먹은 다음, 별일 없으면 구역으로 나갔다. 수금도 하고 새 독자를 만들기 위해 구역을 맴돌았다. 찐빵 가게를 지날 때면 주인이 놀다가라고 붙잡았다. 그 가게는 중앙학교 정문에서 일백 미터 못 미쳐 오른편 우물이 있는 빈터에다가 남의 집 처마에 잇대어 포장을 친 가게였다.

주인은 서른대여섯 정도의 노총각으로, 경북 상주 출신의 김무웅 씨였다. 그는 손수 찐빵을 만들어 팔았는데 값이 무척 쌌다. 그 집을 찾는 주된 고객은 계동 주민보다 양은장수, 채소장수나 막일꾼 등 뜨내기들이 더 많았다. 그는 찐빵을 만들면서 곧잘 육자배기도 흥얼거렸고, 때로는 시집이나 소설책도 펼쳤다. 김씨는 붙임성이 좋아 이웃 주민만 아니라, 가게 앞으로 지나는 장사꾼들과도 스스럼없이 지냈다.

왕눈이는 이 가게에다가 신문을 넣고 대신 값은 빵으로 셈했는데, 먹는 양이 하도 많아 며칠에 한 번씩은 밀린 빵 값을 현금으로 치렀다. 현도 어차피 남는 신문이라 신문 값만큼만 빵을 먹었다. 현이 신문 값 이상 빵을 먹지 않자 김씨는 그런 낌새를 알았는지 이따금 돈 안 받는다면서 옆구리가 터진 찐빵 몇 개씩 거저 주기도 했다. 김씨와 매일 얼굴이 마주치자 그만 친해져서 서로 속 깊은 얘기까지 나누는 사이가 되었다.

어느 날 석간배달을 마치고 가게 의자에서 놀고 있는데 허리가 구십 도나 꺾어지고 이빨도 하나 없는 꼬부랑 할머니가 김씨를 찾아왔다.

"이봐, 김씨. 우리 건넌방 사글세 좀 놔 줘."

"예, 찾는 사람 있으면 데리고 가지요."

할머니는 복덕방 구전이라도 아낄 양 김씨에게 부탁했다. 김씨는 이따금 그런 일도 한다고 했다. 현은 그 순간 귀가 번쩍 뜨였다. 할머니에게 보증금과 월세를 물었더니 무척 값이 쌌다. 곧장 할머니를 뒤따라갔더니 중앙학교 오른편 주택가로 허름한 함석집이었다.

그때까지 현의 가족은 가회동에서 살았는데 형편이 말이 아니었다. 현의 입학금을 융통해 준 것을 집 주인에게 갚지 못해 전세금에서 그 돈을 공제한 후, 사글세로 돌렸지만 다달이 방세를 한 번도 못 줬다. 이미 보증금까지 다 까먹었지만 사정을 빤히 아는 집 주인은 대놓고 나가달라고는 못하고 현네 눈치만 살폈다. 그런 형편이니 현네는 늘 바늘방석에 앉아 사는 심정이었다.

그 날 저녁 현이 어머니에게 말씀드리자 내일이라도 이사 갔으면 좋겠다고 했다. 그런데 보증금이 문제였다. 이튿날 조간배달 길에 할머니를 찾아뵙고 형편을 얘기하자, 우선 이사 온 다음 보증금은 마련되는 대로 내라고 했다. 현네는 그 날로 이사를 했다. 이사 짐이라야 이불과 밥솥 따위뿐이라 어머니는 머리에 이고 현은 등짐으로 두 차례 만에 다 날랐다.

할머니 집은 워낙 낡아 퀴퀴한 냄새도 나고 집 안팎에 쥐들도 드나들었지만 마음은 편했다. 계동으로 이사 온 후, 현의 아버지는 더 많은 충격을 받은 듯, 당신의 근거지였던 부산으로 다시 내려갔다.

어느 날 빵집 김씨가 불쑥 현에게 좀 보자고 했다.

"현아, 이봐라. 너 엄마 요즘 뭐 하노?"

"낙원동 시장 바느질집에 간다 아입니까. 근데 요새는 일감이 별로 없나 봅디다."

"그라믄 내 이 찐빵가게 너하고 너그 엄마가 맡아서 함 해 봐라."

"찐빵 만드는 기술도 없는데요."

"찐빵 만드는 기술 삘거 아이다. 내가 한두 번 가르쳐주면 된다. 세상에 처음부터 아는 사람 어데 있노. 기술이란 것도 다 배우면 되는 기라."

"엄마한테 상의해 보고 말씀드릴게요."

“그래라. 보기에는 이래도 이 정도 가게를 꾸미려고 하면 최소한 오 만환은 들 거다. 내 권리금도 한 푼 안 받고 싸게 넘길게. 마, 이만 환만 다오.”

“가게 청산하고 뭐 할라고 그랍니까?”

“난 고향 떠난 뒤 안 해 본 장사가 없이 뻴것 다 해 봤다 아이가. 내 천성이 역마 끼가 있는지 돌아다니는 장사를 오래했다 아이가. 그런데 그게 싫어서 붙박이로 이 가게를 차렸는데 한 이태 이 자리에서 하니까, 내 역마 끼 탓인지 좀이 쑤셔서 안 되겠는기라. 저번에는 고물장사를 했는데 이번에는 마 양은장사를 한번 해 볼란다.”

그날 밤 현이 어머니와 상의하자 마침 바느질감이 없어서 노는 때가 많았던지라 솔깃해하였다. 하지만 가게 인수비가 문제였다. 다음 날 배달을 마치고 김씨 찐빵가게로 가서 가게는 맡고 싶지만 돈이 없다고 솔직하게 말했다.

“알겠다. 내 그냥 물려 주마. 내 너그 엄마 인상 본께로 아주 포시라운 집 마나님 상인데, 시절을 잘 못 만나 객지에서 고생하고 있다 아이가. 이 김무웅이가 돈 이만 환 가지고 팔자 고칠 것도 아니고, 마 됐다. 사람 팔자 알 수 없고, 시간문제라고 했는데, 현이 니도 지금은 이 고생하지만 나중에는 옛말하고 살끼다. 네 얼굴에 그래 쓰여 있다. 내 관상도 좀 본다 아이가. 그때 내 이 김무웅이 만나면 모른 척하지 마라. 퍼뜩 집에 가서 너그 엄마 모시고 오이라. 내 지금 당장 반죽하고 찐빵 빚는 법 가르쳐 주꾸마.”

현이 곧 어머니를 모시고 오자 김씨는 밀가루 반죽하는 법과 빵 만드는 기술을 전수하고는 가게뿐 아니라, 빵 찌는 솥과 나무 의자와 모든 기구를 돈 한 푼 받지 않고 물려준 후 훌훌 떠났다. 그날부터 현은 신문배달이 끝나면 가게 일을 도왔다. 돈이 제법 모였다. 집세 보증금도 내고 새 학기 등록금도 마련했다.

부산에 내려간 현의 아버지에게서 편지가 왔다. 과거는 모두 잊어버리고 새 인생을 산다는 각오로 헌 신문지로 과수원 배 봉지를 만들고, 재단소에서 자투리로 나오는 크라프트 종이로 수화물 꼬리표를 만드는 일을 시작하게 되었다고 하였다. 그러면서 현에게 어머니와 동생을 부산으로 보내라고 하였다. 어머니와 동생이 부산으로 내려가자 현만 남았다. 현도 새 학기에는 복학해야 하기에 도저히 빵 가게는 할 수 없어서 수소문 끝에 김씨에게 연락하여 가게를 다시 돌려 드렸다.

계동 할머니는 혼자된 딸과 함께 살았는데, 외손자들도 여럿 있었다. 현이 어머니가 떠난 후 혼자 지내게 되자 할머니는 아침마다 현이 배달을 마치고 돌아오면 연탄 불 위 세숫대야에 물을 가득 담아 데워두곤 하였다.

어느 날 새벽 배달길에 대식이는 현에게 언제 복학하느냐고 물었다. 현이 다가오는 3월에 복학할 예정이라고 하니까, 마침 배달원 자리가 났다고 하면서 석간배달 후에 자기와 같이 보급소에 가자고 했다. 그날 석간 배달 후 현은 대식이를 따라 청진동에 있는 동아일보 세종로보급소로 갔다. 보급소 소장은 현이 새 학기에 꼭 복학을 한다는 조건으로 뽑아주었다. 현은 그토록 소망하던 동아일보 배달원이 되어서 무척 기뻤다. 그는 조선일보 계동 구역을 사흘 만에 인계하고 동아일보 누하동 구역으로 옮겼다. 현은 거기서 자기를 처음 신문배달로 인도한 이정식도 다시 만났고, 제주도에서 올라온 현동호, 충청도 예산 출신의 여경택 등 여러 배달친구를 새로 사귀게 되었다.

　신문배달원은 신문을 자기 몸보다 더 아꼈다. 비가 오는 날은 신문이 젖을세라 비닐로 싸서 품안에 넣었다. 웬만한 비는 그대로 맞으면서 신문만은 감싸고 감쌌다. 서울 장안에 웬 개들이 그렇게도 많은지? 대문 안으로 신문을 넣고 돌아서면 개가 뛰쳐나와 현의 바짓가랑이를 물고 늘어졌다. 현은 지수가 준 워커를 정말 요긴하게 잘 신었다. 신문배달원에게 워커는 적격으로, 개가 덤빌 때 다급한 순간 발길질도 할 수 있었고, 눈길이나 빙판길에는 새끼줄을 감으면 아이젠을 착용한 듯 미끄러지지 않았다. 현은 그 워커를 고교 졸업할 때까지 뒤축을 갈아가면서 내내 잘 신었다.

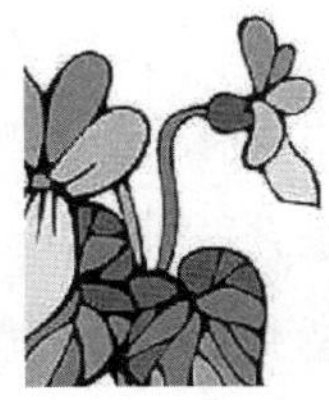

9. 복 학

　인천공항 발 OZ 222 편 여객기는 도착 예정시간보다 20분이 늦은 밤 9시 50분에 뉴욕 케네디공항에 날개를 접었다. 현은 낯선 공항이었지만 다른 승객을 줄곧 뒤따라가니까 곧 입국 심사대가 나왔다. 이번이 두 번째 미국 입국 탓인지, 지난 번 때와는 달리 지문채취도 없이 입국 심사는 간단히 끝났다. 공항관리는 여권을 살핀 뒤 몇 마디 묻고는 '굿 럭'이라는 인사말을 하며 쉬 통과 스탬프를 찍어 주었다.

　현이 짐을 찾는 곳에서 가방을 찾아 카트를 밀고 출구로 나가자 이수영이 손을 번쩍 치켜들고 현을 향해 흔들었다. 그는 현의 미국 행에 사실상 초청자요, 장지수를 찾는 데 결정적인 수고를 해 준 사람이다. 두 사람은 꼭 20개월 만에 다시 만났다. 굳은 악수와 가벼운 포옹을 하고는 그의 안내를 따랐다. 이수영은 한인들이 많이 사는 뉴욕 퀸즈 노던 블루버드의 한 한인식당으로 안내했다. 현은 기내식으로 저녁식사를 하였지만 이수영의 호의를 거절할 수 없어 두 번 저녁을 들었다. 식사가 끝나자 이수영은 거기서 가까운 한 호텔로 안내하고는 긴 여행에 피로할 테니 내일 만나자고 하면서 자기 집으로 돌아갔다.

현은 곧장 다음날을 위해 샤워를 하고 침대에 누워 눈을 감았다. 하지만 시차 탓인지 잠은커녕 눈은 더욱 말똥말똥해졌다. 뉴욕에서는 한밤중이지만 서울에서는 한참 활동하는 아침나절이 아닌가. 불을 끄고 몇 번이나 잠을 더 청했지만 그럴수록 더욱 정신이 또렷해지기에 침대에서 일어나 불을 켰다. 현은 가방 속의 노트북을 꺼내 미리 한국에서 준비해온 어댑터 전원에 연결하자 경쾌한 소리를 내면서 화면이 밝아졌다. 현도 화면처럼 기분이 밝아졌다.

현은 새 학기 개학을 앞두고 복학하기 위해 학교를 찾았다. 지난해 담임선생님이 무척 반갑게 맞아 주었다.

"지난해 휴학계를 보낸 그날, 내가 조군 집을 찾아 나섰지만 끝내 못 찾고 돌아왔지."

담임선생님은 현이 미처 몰랐던 지난 얘기를 했다.

"그래, 그 동안 어떻게 지냈어?"

선생님은 그동안 현이 살아온 이야기를 꼬치꼬치 물었다. 현은 사실대로 자초지종 얘기했다.

"고생이 많았군. 어때 내 집에서 함께 지낼까? 내가 숙식은 무료로 제공할 테니 배달수입으로 학비나 하고."

현은 담임선생님의 뜻밖의 말씀에 무척 놀랐고 한편으로 무척 고마웠다. 그의 눈에 눈물이 핑 돌았다. 지난해 등록금 독촉을 야속하게 생각하고 매사에 무섭기만 했던 담임선생님의 얼굴이 그렇게 인자할 수 없었다.

"선생님, 말씀 고맙습니다만, 지 혼자 충분히 꾸려갈 수 있습니다."

"오늘 당장 결정 못 하겠거든 내일 우리 집에 와서 결정해."

"네, 감사합니다. 선생님, 올해 몇 학년을 맡으셨습니까?"

"올해도 일 학년이야."

"그럼 지를 다시 선생님 반으로….."

"그렇게 하지."

현은 이튿날 계란 한 꾸러미를 사들고 홍은동에 있는 문화촌 선생님 댁을 찾았다.

"학교 다닐 때는 남의 신세도 질 수 있는 거야."

담임선생님은 현에게 당신 집에서 같이 지내자고 간청했지만 고마운 제의를 사양했다.

개학식 날, 현은 때 묻은 교복을 세탁해 입고 윗목에 고이 모셔놓은 책가방을 들고 다시 학교에 갔다. 교복을 입고 책가방을 다시 들자 마치 꿈만 같았다. 개학식에 참석하고자 운동장으로 가다가 농구코트에서 지수를 만났다. 먼저 지수가 멀리서 현을 알아보고 달려와 포옹을 하고는 번쩍 들었다가 놓았다.

"현아, 복학 축하한다."

"반갑다."

현은 그날이 생애에 가장 기뻤던 날로, 지금도 그날의 일들이 또렷이 머릿속에 새겨져 있다.

"쉬는 시간 우리 교실로 놀러와."

"응."

선뜻 대답은 하였지만 현은 졸업할 때까지 한 번도 상급반 지수네 교실로 간 적이 없다. 그 무렵, 고등학생 교복 목 칼라에 달고 다닌 Ⅰ, Ⅱ, Ⅲ 이라는 학년표지가 그와 지수의 사이를 멀게 하는 요인이었다. 그때 현이 다닌 중동학교는 선후배간 규율이 무척 엄했던 학교로 선배, 특히 1년차 선배가 선생님보다 더 무서웠다. 교내외 어디서나 선배를 만나면 깍듯이 거수경례를 해야 했다. 만일 모른 척 지나쳤다가는 당장 그 자리에서 기합을 받거나, 아니면 다음날 상급반 교실에 불려가서 엉덩이가 얼얼하도록 몽둥이세례를 당했다. 그때 고2 학생 가운데는 현이 자기들과 같은 동기생이라는 것을 아는 학생은 지난 해 학급 학생들만 알 뿐이지 대부분 몰랐다. 그렇다고 현이 고2 학생들에게 동기생이라고 만날 때마다 일일이 말할 수도 없지 않은가. 그래서 현은 되도록 상급생을 피했다. 현은 지수를 만나러 점심시간이나 쉬는 시간에 고2 교실로 가지 않았지만 지수는 몇 번 현의 교실로 찾아왔다. 지난해 쓰던 참고서도 주기도 하고, 이런저런 얘기로 그 무렵 혼자 살고 있는 현을 다독거려주었다.

현은 뉴욕에서 첫날밤을 꼬박 뜬 눈으로 새웠다. 애써 눈을 붙이려 하였지만 시차 적응이 안 돼 잠을 이룰 수 없었다. 그래

서 잠자리에서 일어나 탁자에서 밤새 자판을 두드렸더니 어깻죽
지도 아팠다. 먼동이 튼 뒤 바깥바람을 쐬고 싶어 숙소를 벗어나
그 일대 언저리를 한 바퀴 맴돌았다. 현이 지난해 로스앤젤레스
를 들렀을 때는 거리가 온통 한글 간판이더니, 이곳 뉴욕 퀸즈
노던 블루버드 일대도 한인이 많이 사는 모양으로 도로변에도
'서울세탁소'니 '강서면옥'이니 '예쁜 머리방' 등 한글 간판이 띄
엄띄엄 눈에 띄었다. 외국에서 한글간판을 보면 마치 낯익은 동
포라도 만난 듯 반가웠다. 현은 혹 길을 잃을까 멀리 가지는 않
고 다시 숙소로 돌아와 구내식당으로 가서 빵 한 조각과 우유 한
잔으로 아침을 때웠다. 다시 객실로 돌아와서 침대에 누워 억지
로 잠을 청했다. 그럴수록 잠은커녕 오히려 지난 일들이 새록새
록 떠올랐다.

　현이 지수를 다시 만난 것은 대학 재학시절이었다. 1965년
가을, 신촌 연세대 앞 독수리다방에서 그를 만났다. 지수는 고교
시절 연세대 영문학과를 꼭 가고 싶다는 말을 버릇처럼 했는데,
마침내 그 꿈을 이뤘다. 현은 지수보다 일 년 뒤 고교에 이어 대
학조차도 후기로 고려대 국문과에 진학하였다. 지수는 뒤늦게나
마 고교 교지에 실린 현의 단편소설에 대한 평을 해 주면서 격려
의 말도 잊지 않았다. 그러면서 자기는 그 즈음 아일랜드의 소설
가 조이스에게 매료되었다고 하면서, 〈젊은 예술가의 초상〉의
주인공 스티븐을 통해, 조이스의 예술을 향한 불같은 투혼을 얘

기했다. 그 무렵 연세대 학생들은 돈 100원이 있으면 구두를 닦는다는 유행어가 있듯이, 그는 신촌골 연대생으로 아주 멋쟁이가 되어 있었다. 매우 맵시 있는 옷에다가 매너 역시 세련되어 그때까지도 촌티를 벗어나지 못한 현으로서는 더욱 거리감을 느끼게 하였다.

그날 지수는 자기 여자 친구를 소개해 줬는데, 다름 아닌 강숙자였다. 그날 현은 얘기로만 전해 들었던 숙자를 처음 만났다. 숙자는 소문대로 깜찍한 인상에 매우 화사한 차림이었다. 어찌 보니까 지수가 좋아하는 비비안 리를 많이 닮은 듯했다. 차림새도 영화 속의 비비안 리와 비슷했다. 지수가 자기와 숙자는 143번 시내버스가 짝지어 줬다고 하면서, 그 즈음에는 그 버스를 아예 종점에서 종점까지 타고 다닌다고 했다. 때로는 낯익은 버스 안내원을 만나면 버스를 오래 타서 미안하다는 인사도 한다고 했다. 강숙자도 신촌에 있는 홍대 미대를 다녔다. 그때도 두 사람은 거의 날마다 등하교를 같이하며 신촌 일대를 하도 극성스럽게 누비고 다녀, 그 일대의 대학을 다니는 중동, 숙명 동창들은 두 사람 관계를 다들 안다고 했다.

그 얼마 뒤, 현은 지수에게서 자기 누나 결혼식 날 식장에 꼭 와 달라는 연락을 받았다. 그러면서 겸연쩍게 예식 도중에 혹 불상사가 있으면 좀 막아달라는 부탁이었다. 현이 그날 결혼식장으로 갔더니 한 여인이 아이를 안고 식장에 와서 뭐라고 울부짖는데, 다행히 예식장 직원들이 잘 처리하여 별 탈 없이 넘어갔다.

그날 지수의 표정은 무척 어두웠고, 정작 당사자인 누나나 매부보다 그가 물에 빠진 사람처럼 더 허둥거렸다. 뭔가 곡절이 있는 결혼식으로 보였다. 하지만 현은 지수에게 그 일에 관해 일체 묻지 않았다.

현이 다시 지수를 만난 것은 모교인 중동학교 교사로 부임한 얼마 뒤였다. 그날은 현이 모교 교사로 부임한 축하 모임이었다. 그때 지수는 그와 한 동네 살았던 1년 후배로 현과 같이 졸업한 이철우와 같이 찾아왔다. 현은 학교에서 가까운 수송동 한 한식집에서 그들과 저녁을 나누면서 지난 회포를 풀었다. 그 모임이 있은 지 석 달 뒤, 현은 지수가 네덜란드 로테르담에서 보낸 엽서를 받았다. 그 이후로 여태 감감 무소식이었다.

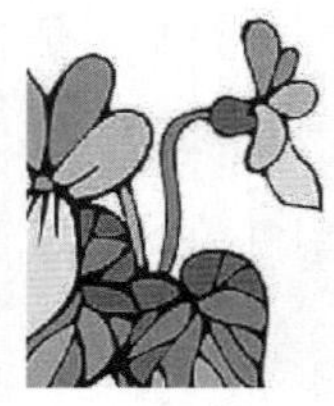

10. 누가 이 사람을 모르시나요?

현은 편지를 모아 둔 상자에서 30년 전 지수가 보낸 엽서를 보자, 갑자기 그를 만나고 싶은 생각이 불꽃같이 일어났다. 중학생 시절부터 한 버스를 타고 다녔던 그의 여자 친구 강숙자와 그 뒤 어떻게 되었을까? 그런 궁금증도 일어났다. 그러면서 요즘 현이 한창 시민기자로 활동하고 있는 한 인터넷 신문에 그 사연을 올리면 용케 장지수를 찾을지도 모른다는 생각이 퍼뜩 떠올랐다. 그래서 현은 친구를 찾는다는 사연에다가 그가 30년 전에 보내 온 엽서를 앞뒤로 스캔하여 기사에 담아 송고했다. 다만 강숙자의 이야기는 전혀 쓰지 않았다. 어쩐지 두 사람이 해피엔딩으로 발전하지 않았을 것 같은 예감이 들었기 때문이다. 그렇다면 공개적으로 온라인상에 그런 사연을 쓸 수가 없지 않는가. 하기는 이제는 피차 환갑나이로 만나면 웃을 수 있는 이야기일지라도, 혹 강숙자의 남편이 속 좁은 사람이라면 늘그막에 굳이 지난날의 러브스토리를 밝혀 긁어 부스럼을 만들 필요가 없지 않은가. 그 때문에 그동안 단란하였던 부부 사이에 이 일로 금이 간다면, 현의 처사가 얼마나 무책임한 일이겠는가? 그 기사는 〈누가 이 사람을 모르시나요?〉라는 제목에, '로테르담에서 온 엽서'라는 부제를 달아 송고하자 곧 인터넷 신문 메인 면에 실렸다.

누가 이 사람을 모르시나요?
― 로테르담에서 온 엽서

비비안 리와 잉그리드 버그만을 좋아했던 소년

내 머리 숱에 어느 새 흰 머리카락이 더 많아졌다. "청춘은 희망에 살고 백발은 추억에 산다"고 하더니, 나이가 들수록 지난날의 추억들이 더욱 새록새록 되살아난다. 그러면서 살아생전에 꼭 만나고 싶은 이들의 얼굴들이 그때 그 모습 그대로 떠오른다.

내 고1 때 짝이었던 장지수는 영화 〈바람과 함께 사라지다〉의 비비안 리와 〈누구를 위하여 종은 울리나〉의 잉그리드 버그만을 무척 좋아했다. 그는 쉬는 시간이나 수업시간에 틈틈이 노트에다가 그 배우들의 캐리커처를 그리면서 무지렁이 촌닭인 나에게 애써 그들의 얘기를 들려줬다. 1975년 내가 모교 교단에 서 있을 때, 네덜란드 로테르담에서 불쑥 엽서가 날아온 뒤 더 이상 그의 소식을 모른다. 그때 그 엽서를 받고 내가 답장을 하지 않아 서로 소식이 끊어져 버렸다. 모든 게 내 잘못이었다.
　…………

그가 보고 싶다. 그를 죽기 전에 꼭 만나서 부둥켜 안고 포옹하고 싶다. 그리고 그의 손을 잡고 이제 흔적도 없는 모교의 옛터 수송동 골목을 거닐며 지난 추억에 잠기고 싶다. 그는 나에게 포숙(鮑叔)과 같은 친구다.

누가 이 사람을 모르시나요? 1945년생. 부모님 고향은 함흥과 평양, 중동고교 57회, 연세대 영문과 1968년 졸업, 이름 장지수. 그의 거처나 소식을 알려주시는 분에게는 후사하겠습니다.

이 기사가 온라인에 오르자 잠깐 새 조회 수가 2,000회를 넘었다. 아이디 '동준아빠'가 댓글을 달았다.

옛날 동창 분의 주소는…
동준아빠 2005/01/31 오전 11:16:27

42-60, Main St. 5G Flushing, N.Y., 11355, USA
전화 : 1-718-358-＊＊＊＊ (자택) 1-718-219-＊＊＊＊ (직장)입니다. 뉴욕에 계시나 봐요. 출처는 연세대학교 동문회 주소록(2004 발간)을 참조하였습니다. 혹시 안 맞을 수도 있지만, 친구분의 소식을 꼭 듣게 되기를 기원합니다.

현은 그 댓글을 보며 인터넷신문의 신속성과 그 전파력에 새삼 감탄하였다. 그러면서 어쩌면 이 기회에 지수를 만날 수 있다는 반가움과 한편으로는 이렇게 쉬운 일을 그동안 왜 그를 찾지 않았는지 몹시 부끄러웠다. 더욱이 연대 동문회관은 현이 28년간 근무했던 이대부고 바로 길 건너편에 있지 않았는가.

지금 그곳은 연대동문회관에다 치과대학 병동과 세브란스 병원으로 고층건물들이 즐비하지만, 원래 그 자리는 아카시아 숲으로 뒤덮인 야트막한 산이었다. 그래서 현이 이대부고 부임초기에는 해마다 이양하 선생의 〈신록예찬〉을 가르칠 때면 명작의 고향인 그곳을 찾아가 아카시아 꽃향기 속에서 야외수업을 하던 곳이었다. 그뿐 아니라, 아침 등교길에도 시간 여유가 있는 날에는 일부러 그곳 숲길을 거쳐 오기도 하고, 점심식사 뒤는 산책삼아 무시로 지나쳤던 곳이다. 그곳에 연대 동문회관이 들어선 뒤로는 은행 일로, 친구를 만나고자, 결혼식 하객으로, 때로는 주례자로 숱하게 드나들었던 곳이다. 그렇게 뻔질나게 동문회관에 드나들면서도 한 번도 동문회 사무실에 가서 지수의 주소를 물어보지 않았으니 얼마나 무심한 사람인가. 현은 심한 자괴감에 빠졌다.

한 번도 만나본 적이 없는 '동준아빠'가 무척 고마웠다. 그는 자기 컴퓨터를 켜면 곧장 현의 기사가 화면에 뜨도록 장치를 해둔 열성 팬이라고 했다. 현은 그 댓글을 보고 반가운 마음에 곧장 뉴욕의 전화번호를 눌렀다. 그런데 집에는 신호가 간 뒤 한참 후에야 영어로 뭐라고 하는데, 무슨 말인지 알아들을 수 없었고, 직장 전화는 신호는 가는데 받지를 않았다. 현은 짧은 영어로 더 이상 전화기를 붙잡아야 비싼 국제전화 통화료만 나올 것 같아 전화를 끊고는 뉴욕 퀸즈 베이사이드에 살고 있는 이수영에게 메일을 보냈다. 현은 이수영을 온라인으로 알게 된 사이다.

제목 ㅣ 안녕하세요, 이수영 박사님!
날짜 ㅣ Mon, 31 Jan 2005 20:50:20
보낸 이 ㅣ "조현"

받는 이 ｜ "이수영"

이곳 강원 산골은 날씨가 몹시 춥습니다. 이 박사님이 계신 뉴욕의 날씨는 어떠한가요? 한 누리꾼의 도움으로 제 고1 때 짝이었던 장지수란 친구의 주소와 전화번호를 30년 만에 알았습니다. 반가운 마음에 뉴욕으로 전화를 걸었으나 잘 연결이 되지 않습니다. 수고스럽지만 누리꾼의 댓글을 첨부하오니 이 박사님이 그곳에서 전화하여 그 친구가 주소지에 여태 살고 있는지 알아봐 주십시오. 만일 그 친구와 통화가 되면 전화번호 확인하여 메일로 보내주시면 고맙겠습니다.

메일을 보낸 지 몇 시간 뒤, 뉴욕에 있는 이수영에게서 답이 왔다.

제목 ｜ 통화가 안 됩니다.
보낸 날짜 ｜ Tue, 01 Feb 2005 03:47:30
보낸 이 ｜ "이수영"
받는 이 ｜ "조현"

안녕하세요. 이곳 뉴욕도 한국처럼 한겨울로 매우 춥습니다. 알려준 두 개 전화번호 모두 잘못된 번호라고 합니다. 보내준 주소로 편지를 띄워보겠습니다. 여기서는 사람이 살지 않으면 편지가 돌아오든지, 아니면 그 편지가 이사 간 곳으로 따라가니까요. 새로운 소식 있으면 곧 연락드리겠습니다.
　수영 드림

이틀 후 이수영에게서 새 메일이 도착하였다.

제목 | 뉴욕 한국일보에 부탁하였습니다.
보낸 날짜 | Thu, 03 Feb 2005 04:27:10
보낸 이 | "이수영"
받는 이 | "조현"

장지수 씨에게 편지를 쓰려다가 마침 뉴욕 한국일보에 아는 분 (Dr. Kim)이 있어서 부탁했더니만, 조 선생님 친구 찾는 일에 적극 힘써 주겠답니다. 인터넷에 뜬 조 선생님의 글을 보고는, 무척 '아름다운 우정'이라고 곧 기사로 내보낼 예정이라고 합니다. 그리고 연세대 뉴욕 동문회 연락책도 찾고 있습니다. 또, 이곳 한국 라디오 프로그램 진행자에게도 연락하려고 합니다. 여러 방면으로 찾아보겠습니다. '뜻이 있는 곳에 길이 있다'고 하지요. 조 선생님의 친구 장지수 씨가 아직도 뉴욕에 사신다면 이번 기회에 반드시 찾게 되리라 믿습니다. 미력하나마 제가 할 수 있는 데까지 돕겠습니다. 꼭 그리운 친구를 만나십시오.
수영 드림

이런 내용의 댓글들이 인터넷상과 내 메일함에 동시에 떠오르고, 또 다른 독자들도 댓글을 올렸다.

동준아빠 [2005-02-03 14:18]

조 선생님, 저도 매일같이 온라인에 떠오르는 댓글을 지켜보고

있습니다. 그리운 친구를 꼭 찾으시리라 믿습니다. 희망을 잃지
마시고 기다려 보세요. 행운을 빕니다.

홍금   [2005/02/07 오전 7:41:46]

온라인을 통해 조 선생님의 글을 자주 읽는 독자입니다. 현재
미국에 살고 있고요. 늘 고향을 그리워하며 살아갑니다.
주제넘을지 모르지만 제가 온라인에 오른 전화번호로 두 곳 모
두 전화했는데, 아쉽게도 자택번호는 끊어져서 연결 번호가 없고,
직장 번호는 이미 3년 전부터 다른 사람이 사용중이랍니다(현재
사용하고 있는 사람의 대답입니다). 거주지로 나와 있는 '플러싱'
이란 곳은 뉴욕의 한인 타운입니다. 좋은 소식 전해드렸으면 했는
데…. 행운을 빕니다.

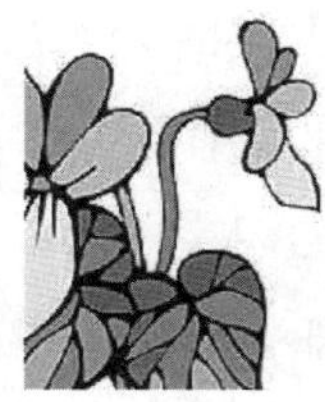

11. 슬픈 사연과 만남들

기사가 나간 지 일주일 만에 마침내 현은 장지수의 소식을 자세하게 알았다. 메일함에 이수영의 메시지가 도착해 있었다.

제목 | 선생님…
보낸 날짜 | Mon, 07 Feb 2005 17:08:56
보낸 이 | "이수영"
받는 이 | "조현"

제가 며칠 동안 장거리 여행을 다녀왔습니다. 그 사이에 뉴욕 한국일보에 조 선생님 친구 찾는 사연이 기사로 나갔나 봅니다. 그 기사를 보고 서너 곳에서 전화 메시지가 들어와 있습니다. 확인한 결과, 장지수 씨는 10여 년 전에 식도암으로 2년 남짓 투병하다가 고인이 되었다는 슬픈 소식입니다. 중동고 동창 김윤호 씨의 메시지도 있습니다. 1-718-939-****(댁). 또 한 분은 제니 정이라는 젊은 여성입니다. 그분 전화는 1-845-365-****입니다. 선생님 마음 무척 아프겠습니다. 이 소식을 전하는 저까지도 마음이 쓰라립니다.
선생님, 부디 건강 조심하십시오.
수영 드림

현은 컴퓨터 화면 앞에서 멍하니 고개를 숙였다. 지수가 그 새 저 세상 사람이라니… 도무지 믿어지지가 않았다. '아마 이수영 박사가 잘못 전한 것일 거야' 현은 이수영이 가르쳐 준 전화번호를 눌렀다. 동창 김윤호의 전화는 부재중으로 메시지를 남기라고 했다. 다시 다른 전화번호를 눌렀다. 수화기에서 한 젊은 여성의 음성이 흘러나왔다. 자기는 제니 정으로 장지수 씨는 자기 아버지 정용배의 고교 동창이라고 했다. 현도 그제까지 '정용배'라는 이름이 가물가물 기억에 남아 있었다. 그는 뉴욕 한국일보를 보고 현이 지수를 찾는다는 사연을 알았다고 하면서 이수영이 전해준 말을 거듭 확인해 주었다.

'그래, 나는 그의 친구가 아니었어. 이 문명 세상에 친구가 세상을 떠난 지 10년이 넘도록 소식을 모르고 있었다는 것은 친구의 자격도 없고, 지난날 친구였다고 말할 수도 없어.'

현은 심한 자괴감에 빠졌다.

제목 | 조현입니다.
보낸 날짜 | Mon, 07 Feb 2005 18:48:20
보낸 이 | "조현"
받는 이 | "이수영"

이수영 박사님! 감사합니다. 두 곳 다 다이얼을 돌렸으나 김윤호는 부재중이었고, 다행히 제니 정과는 통화하였습니다. 그는 고교 동창 정용배 씨의 따님으로, 지수 친구의 소식을 담담히 전해주었습니다. 이 박사님이 알려주신 대로 10여 년 전에 그곳에서

식도암으로 작고하였다고 합니다. 이곳에서는 시차 관계로 김윤호 친구가 출근 중인지 연결이 되지 않습니다. 그곳에서 통화되면 제 안부와 함께 제 메일과 전화번호도 알려주십시오. 노고에 감사드립니다.

조현 올림

이수영은 현의 친구 찾는 일을 자기 일처럼 전심전력을 다해 주었다. 더욱이 '시간은 돈'이라는 바쁜 미국사회에서, 당신 일을 제쳐두고 현의 일을 도와주는 정성이 여간 고맙지 않았다.

제목 ㅣ 설맞이
보낸 날짜 ㅣ Mon, 07 Feb 2005 21:52:13
보낸 이 ㅣ "이수영"
받는 이 ㅣ "조현"

고국에서는 모두 설맞이 준비하느라 귀향길에 나섰다는데, 선생님은 강원도 산골에 그대로 눌러 계시는군요. 아마도 이곳 시간 새벽녘이라 김윤호 씨와 통화가 안 되었나 봅니다. 저도 이곳 시간 아침 7시 반 무렵에 김윤호 씨 댁으로 전화를 드렸는데도 통화가 안 되어 응답기에 메시지만 남겨 뒀습니다. 통화되는 대로 연락드리겠습니다. 그리고 이철우라는 분한테 새로운 전화가 왔습니다. 그분은 뉴저지의 한 한인교회 목사님이라고 하면서, 조 선생님과 고2때 한 반으로 무척 친하게 지냈다고 하더군요. 이 목사님은 조 선생님을 한 번 뵙기 바라더군요. 아무래도 이참에 조 선생님이 뉴욕에 오셔야겠습니다. 설 잘 쇠시고요. 또 소식 전하겠습니다.

수영 드림

　새롭게 친구 이철우가 등장했다. 이철우는 지수의 일 년 후배로 현과 고2 때 한 반이었다. 지수와 철우는 한때 한 동네에서 살았기에 둘 사이는 서로 잘 아는 선후배 사이였다. 이철우가 뉴욕에 살고 있다니…. 그런데 법대를 나온 철우가 목사가 되어 뉴욕에 살고 있다는 사연도 궁금하였다. 다음 날, 이수영이 새 메일을 보내왔다. 현은 그제야 장지수의 자세한 운명 소식뿐 아니라, 김윤호, 이철우 두 사람에 대한 의문도 모두 풀렸다.

　　제목 ㅣ 슬픈 사연과 만남들….
　　보낸 날짜 ㅣ Tue, 08 Feb 2005 11:26:56
　　보낸 이 ㅣ "이수영"
　　받는 이 ㅣ "조현"

　지금 이곳 시간은 저녁 9시 무렵입니다. 김윤호 씨와 방금 통화하였습니다. 낮 시간은 직장에 가 있기에 연결되지 않았습니다. 장지수 씨는 1992년 식도암으로 두 해 남짓 고생하다가 세상을 떠났는데, 고교 1년 후배 이철우 목사님이 주관해서 장례식을 치렀다고 하더군요. 여러분들의 얘기를 종합하여 보니까 장지수 씨는 운명 직전에는 이철우 목사님과 중고등학교 단짝친구인 김윤호 씨만 만나고, 다른 분들과 일체 연락을 끊다시피 지냈다고 합니다. 자신의 비참한 모습을 보이고 싶지 않아 그랬답니다. 김윤호 씨는 조 선생님을 아주 잘 기억하고 있더군요. 그러면서 저에게 조 선생님을 만날 수 있도록 주선을 부탁하였습니다. 이참에 꼭 한번 다녀가십시오.
　　수영 드림

　현은 지수가 이미 13년 전에 운명하였고, 그 친구 곁에는 끝까지 단짝 김윤호와 후배 이철우 목사가 있었다는 사실을 알았다. 현이 그들에게 전화번호를 누르기 전에 먼저 이철우 목사한테서 전화가 왔다.

“조 선생?”
“누구십니까?”
“나, 철우야.”
“뭐? 이철우 목사, 철우! 어디야?”
“뉴저지 우리 집이야.”
그런데도 마치 바로 곁에서 전화를 하는 것처럼 감이 좋았다.
“정말? 서울 어딘가에서 전화 거는 거 아냐?”
“그래? 나도 네가 강원도에서 이 전화 받는다는 게 도무지 믿어지지가 않아. 나는 상도동 옛집에서 수화기를 들고, 너는 지금 수송동 중동학교 교무실에서 받는 걸로 착각하겠어. 네 목소리도 옛날 그대로고. 헤어보니 그새 꼭 30년이 지났구나.”
　이철우 목사는 지수의 마지막 모습과 운명 순간을 울먹이며 전했다. 지수는 가정적으로 몹시 불행했으며, 평생 독신으로 한 점 혈육도 없이 세상을 떠났다는 사연을 전하였다. 이 목사는 지수가 죽음을 앞두고 자기 무덤까지도 세상에 남기지 말고, 화장한 뒤 소나무 그루터기에다가 뼛가루를 뿌려달라는 유언을 남겼기에, 지수가 죽은 뒤 자기가 유언대로 해 줬다는 마지막 얘기도

전했다. 현은 지수가 가정적으로 몹시 불행했던 줄도, 평생 독신으로 지낸 줄도 까마득히 몰랐다. 더욱이 한 점 혈육도 없이 이국의 하늘에서 숨을 거뒀다는 얘기에는 더욱 가슴이 멨다. 친구란 뭔가? 서로 외로움을 나누고, 어려울 때 서로 도와주고, 아플 때 고통을 나누는 게 친구가 아닌가?

현이 철우와 통화를 끝내고 지수의 환상에 젖어 있는데 다시 전화가 울렸다.

"여보세요?"

"조현? 나 윤호야."

"윤호? 얼마 만이니?"

"아마 40년은 된 것 같다."

"그런데 네 목소리는 하나도 안 변했다."

"어쩜, 네 목소리도 안 변했네. 뉴욕 한국일보에서 네가 지수 찾는 사연 잘 읽었다. 지수가 살았다면 얼마나 반가웠겠니?"

"그래 말이야. 아무튼 고맙다. 이수영 박사와 이철우 목사님을 통해 지수 소식은 간단히 들었다."

"그랬니. 이철우 목사가 마지막까지 애썼지. 언제 이곳에 한번 오너라. 지수가 살던 곳도, 지수의 유해를 뿌린 곳도 보고."

"가능한 가도록 노력할게."

"꼭 와야 해. 그럼 그때 보자."

"전화 고마워. 잘 있어."

제목 ｜ [RE] 조현 입니다.
보낸 날짜 ｜ Tue, 08 Feb 2005 13:41:04
보낸 이 ｜ "조현"
받는 이 ｜ "이수영"

감사합니다. 이수영 박사님!
조금 전 이철우 목사와 김윤호 친구와 통화하여 장지수 친구의 마지막 이야기도 잘 들었습니다. 이 박사님 덕분에 또 다른 옛 친구 김윤호와 이철우 목사도 찾았습니다. 김윤호 친구는 저와 입학 동기인 친구요, 이철우 친구는 고2 때 한 반으로 졸업동기입니다. 용케도 평소 지수와 가장 가까이 지낸 이를 모두 찾았습니다. 수고해 주셔서 감사합니다. 또 연락드리지요. 이 박사님, 아무쪼록 건강하십시오.
조현 올림

현은 이수영이 가르쳐 준 주소로 이철우 친구에게 전화로 못 다 한 사연을 메일을 보냈다.

제목 ｜ 옛 친구 조현일세.
보낸 날짜 ｜ Wed, 09 Feb 2005 13:20:14
보낸 이 ｜ "조현"
받는 이 ｜ "이철우"

이철우 목사님! 철우, 이 얼마만인가. 나 현일세. 헤어보니 꼭 30년만이네. 장지수는 이미 이 세상 사람이 아니라니 목이 메네. 그를 다시 이 세상에서 만날 수 없다니 그저 세월이 야속하기 짝이 없네. 지수가 하늘나라에 간 지 10년이 넘은 지금에야 그의 소식을 접하고 보니 더욱 부끄럽고, 나중에 그를 대할 면목이 없을 것 같네. 모든 게 내 잘못이네. 이런 아픔 중에도 자네를 찾아 다행이네. 나이가 들수록 옛 일이 생각나고, 요즘 따라 고교시절의 일들이 자주 떠오르네. 그때 내가 자네 집에 가서 여러 날 잠도 자고, 자네 어머니가 해주시는 밥도 맛있게 먹었던 일이 아직도 생생하네.

지난 일을 생각하면 서로 거처도 모르게 지내서는 안 되는데, 사는 게 뭔지 그만 세상사가 우리 두 사람을 단절시켜 놓았네. 아무튼 이제 앞으로는 서로 안부 전하면서 사세. 이철우 친구, 정말 반갑네. 장지수 친구의 마지막 가는 길을 자네가 인도했다니 더욱 고맙네. 또 소식 전할게.

고국에서 조현 올림

인터넷 신문 기사에는 누리꾼의 댓글들이 이어졌다.

영양고추   [2005-02-09 23:23]

고인의 명복을 빌며…. 조현 선생님! 10여 년 전이면 친구는 한참 젊은 때지요. 뭐라고 위로의 말씀드려야 할지, 다만 가슴이 무겁고 아픕니다. 만나고 헤어지는 '인연'이란 알다가도 모를 일이군요. 고인은 심성이 좋은 분으로, 아마 하늘나라에서 영생할 것입니다. 깊은 위로의 말씀드립니다.

동준아빠   [2005-02-11 12:22]

먼저 고인의 명복을 빕니다. 그리고 친구를 잃은 조현 선생님도 마음의 평안을 하루빨리 찾기를 바랍니다. 제가 괜히 친구의 주소를 댓글에 올려서 슬픈 소식 듣게 한 것 같아 후회가 됩니다. 그냥 지나쳤더라면 선생님의 마음 속에는 언제나 그 친구가 살아 있을 텐데 말입니다.

　　조현 선생님! 친구도 아마 선생님을 생각하시며 좋은 곳에 있 으리라 믿습니다. 새해에도 건강하시고, 좋은 글 쓰십시오.

메일함에 이철우 목사의 글이 왔다.

　　제목 ｜ 옛 친구 현에게
　　보낸 날짜 ｜ Tue, 15 Feb 2005 13:20:14
　　보낸 이 ｜ "이철우"
　　받는 이 ｜ "조현"

　　조현 선생, 아니 현아!
　　30년이란 오랜 세월이 지났지만, 나한테 너는 여전히 이렇게 불러야 되는, 아니 그렇게 부르고 싶은, 그리고 그렇게 부를 수 있 는, 그리고 그렇게 불러야 더 어울리는 이름 현이구나.

　　현아! 네가 쓴 기사와 편지는, 참 무서운 힘을 가졌더구나. 지 나 간 30년의 세월을 단숨에 되돌리는 괴력이었어. 네 편지를 보자 마자, 내 마음은 단숨에 너와 마지막 만난 30년 전 수송동 거리에 가 있었고, 그 시간에 되돌아가 머물더구나. 아니, 더 거슬러 올라 가 40여 년 전 학창시절로 돌아가게 했어. 까까머리에 까만 교복을 입고 수송동 청진동 무교동 거리를 누비던 그 시절로 말이야.

　　……………

이제 그 세상살이를 아름답게 정리하고 있는 네 모습을 상상해 본다. 세상의 소용돌이를 빠져 나와, 이제는 그 세상을 여유 있게 바라보고, 지난 추억을 반추하며 글에 담는 네 모습이 무척 아름다워 보인다. 그래, 지금껏 살아 온 세월들이 소중하지 않은 건 아니지만, 남은 시간들이 그 몇 배 더 소중할 거다. 이제 우리들은 인생의 마무리를 깔끔하고 아름답게 하는 더 소중한 일이 남아 있을 거야. 무척 보고 싶다. 언제 꼭 한번 뉴욕을 찾아다오. 너와 함께 지수 형 유해를 뿌린 허드슨 강변 언덕에 가서 추도예배를 드리고 싶구나. 내게 남아 있는 지수 형의 사진 두 장을 첨부 파일로 보낸다.

*사진 1 : 내 대학 졸업식 때, 지수 형이 와서 같이 찍은 모습이다.

*사진 2 : 1990년 4월 어느 주일날 지수 형이 자기 승용차로 우리 교회 마당에 내릴 때 모습이다. 이 이후로는 투병중이라 자기의 병든 모습을 남기지 않으려고 사진을 찍지 않았다. 아마 이것이 지수 형의 이 세상 마지막 사진인 것 같다.

현아! 네 모습은 어떻게 변했는지 궁금하다. 너의 온유함이 지금은 더욱 원숙해졌으리라 믿는다. 지금의 네 모습도 몇 장 보내다오.

뉴저지에서 철우

제목 | 그리운 벗에게
보낸 날짜 | Sat, 19 Feb 2005 10:10:34
보낸 이 | "조현"
받는 이 | "이철우"

이철우 목사님, 아니 철우!

자네 말대로 우리 사이는 어떤 사회적 존칭보다도 이름 그대로 가 더 어울리네. 그게 거리감도 좁히고 다정다감하군 그래. 내가 요즘 며칠 동안 좀 정신이 없었다네. 벌써 그럴 나이인지, 며칠 전 눈이 오는 날, 한파로 수도관이 얼어 하는 수 없이 뒷산 우물에서 물을 길어오다가 눈길에 미끄러져 다리뼈에 금이 가는 골절상을 입었다네. 그래서 요즘은 강원도 산골마을에서 지낼 수 없어 서울 아이들이 사는 곳으로 거처를 옮겨 병원에 다니며 지낸다네.

이런저런 분주한 일로 오늘에야 메일함을 열어보니 반가운 편지와 사진 두 장이 도착해 있군. 자네 졸업식 날 옆 자리에 서 있는 지수와 승용차에 오르는 지수의 모습을 보면서, 그가 이 세상 사람이 아니라고 하니 갑자기 울컥해지네. 그리고 내가 그동안 너무 무심하였고, 사람의 도리를 못하여 몹시 괴롭네. 나는 이 세상에서 그에게 진 빚이 무척 많기 때문이야. 그 빚을 하나도 갚지 못하고 지수를 보내 그의 운명 소식을 알고 난 뒤부터는 내내 마음이 편치 않네.

사실 나는 지난해 1월 31일부터 3월 12일까지 워싱턴 근교 메릴랜드 주에 머물며 뉴욕도 1박 2일로 다녀왔다네. 뉴욕 세인트존스 병원 의사인 신민철 박사가 제자로, 마침 워싱턴에 가는 길에 그가 초대하여 뉴욕에 잠시 들렀던 거네. 지수가 거기서 돌아가시고 자네가 그곳에 사는 줄은 정말 꿈에도 몰랐다네. 사실은 그전부터 뉴욕에 사는 이수영 박사가 벌써 몇 차례나 우리 부부를 초청하였네. 솔직히 내가 뉴욕까지 놀러갈 만큼 팔자 좋은 사람은 아니지만, 이제는 지수의 영혼을 진혼하고자 올 가을이나 겨울 쯤 잠시 다녀올까 생각중이네. 아무래도 자네의 안내로 지수 유해를 뿌린 언덕에 찾아가 추도의 묵념이라도 드리는 게 살아있는 친구의 최소한 도리요, 나중에 내가 저 세상에 가서 그를 만나더라도 조금 덜 미안할 것 같네.

나는 지난해까지 교단을 지키다가 퇴직한 뒤 강원도 산골마을로 들어와서 얼치기 농사꾼이 되었다네. 그동안 살아온 이야기는 언젠가 만나는 날 하기로 하고, 오늘은 이만 줄이겠네. 자네 부인과 자녀들에게 안부 전해 주시게. 언제나 단정하고 깨끔했고 사리 판단이 분명했던 자네의 언행들이 삼삼하게 떠오르네. 내 모습 두 장 보내네.

*사진 1: 지금 내가 살고 있는 강원도 산골 집에서 장작을 빠개는 모습이네. 다 쓰러져가는 집이 내 집일세.

*사진 2: 지난해 중국 동북 지방 항일유적답사 길에 백두산에서 찍은 것이네.

부디 건강하시게.

강원 산골에서 옛 친구 조현

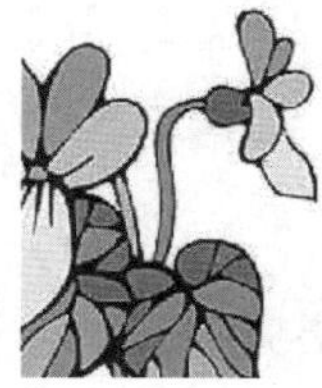

12. 기다리는 마음

현과 이철우 목사는 고2 때 같은 반이었다. 철우는 옷차림이 매우 단정하고 말솜씨가 논리 정연한 정의파였다. 그때 그들 담임선생님은 별명이 '수수깡'으로 무척 깡마르고 신경이 몹시 날카로운 분이었다. 반의 두 친구가 현의 주선으로 동아일보 세종로보급소 배달원이 되었다. 어느 날 종례시간 등록금 미납자가 불려나갔는데 공교롭게도 그들 세 학생이었다. 담임선생님의 인상이 갑자기 험악해지더니 삿대질과 함께 역정이 쏟아졌다.

"야! 대한민국은 자본주의 국가야. 돈 없으면 학교 관 둬!"

교실 분위기가 찬물을 끼얹듯 가라앉았다. 풀이 죽어 고개 숙이고 있던 세 학생 가운데 한 학생이 담임선생님의 말씀이 너무 지나쳐 고개를 들고 바라보았다.

"야, 내 말이 틀렸니. 왜 째려봐!"

담임선생님은 따귀라도 때릴 양 세 학생에게 다가가는데 이철우가 자리에서 벌떡 일어났다.

"선생님, 말씀이 지나칩니다."

"이철우! 넌 뭐야."

"신문에 보면 어떤 선생님은 가난한 제자의 등록금도 몰래 내준다고도 하는데, 선생님은 도와주지는 못할망정 제자의 쪽박을 깨트리십니까?"

그 말에 깡마른 선생님의 얼굴이 금세 하얗게 변했다. 그 얼마 전에도 이철우는 담임선생님을 아주 난처하게 만들었다. 그들 학년이 봄 소풍을 뚝섬에서 나룻배로 한강을 건너 봉은사에 갔는데 그 전날, 선생님은 반에서 잘 사는 몇 아이를 따로 부른 뒤 노골적으로 양주를 가져오도록 부탁하였다. 이튿날 소풍지에서 담임선생님이 그 양주를 평소 주량에 넘도록 마시고는 당신 몸도 제대로 추스르지 못하는 추태를 보였다. 그 광경을 보다 못한 철우가 소풍지에서 한마디 하였다.

"선생님! 제자들 앞에서 체통을 지키십시오."

"뭐, 네 놈이 나를 훈계해!"

그때부터 철우는 담임선생님에게 미운 털이 박혔다.

세 학생을 향한 불똥이 철우에게로 튀었다.

"야, 이철우! 이리 나와!"

철우는 뚜벅뚜벅 걸어 교탁 앞으로 나갔다. 담임선생님은 철우의 뺨을 치려고 팔을 올렸다가 부들부들 떨면서 슬그머니 내렸다. 반 학생들의 한숨소리가 터져 나왔다. 곧장 담임선생님은 "종례 끝!"을 선언하고는 교무실로 사라졌다.

이따금 철우는 객지에서 혼자 사는 현을 상도동 자기 집으로 데려갔다. 현이 철우네 집에 가면, 철우 어머니는 현을 위해 푸짐한 밥상을 차려주었다. 아마도 객지에서 제대로 챙겨먹지 못하는 현에게 영양보충을 시켜주려는 깊은 헤아림 때문이었을 것이다. 그때마다 철우는 자기 집에서 자고 가라고 붙잡아 몇 번은 철우 방에서 함께 밤을 새우다시피 이야기하면서 보낸 적도 있었다. 그때 그들의 이야기란 학교, 선생님, 친구들의 이야기가 주된 얘깃거리였다.

"옆 반 최 돼지 있잖니. 원조 청진동해장국 집 아들 말이야."

"지난 가을 연극반 〈판문점〉 공연 때 인민군 장교 역을 맡았던 그 친구."

"맞아. 그 덩치에 숙명여고 농구부 합숙소에 널려 있는 팬티와 브래지어를 훔친다고 담을 넘다가 철조망에 바짓가랑이가 걸려 오히려 제 밑천 다 보여주고 훈육부에 가서 쇠몽둥이로 된통 매 맞았대."

"옆 반 꽹과리 녀석은 한밤중에 용케 그 담을 넘었던 모양이야. 농구부 합숙소의 문을 열고 브래지어와 팬티 등 속옷을 몇 점 걸으려는데, 잠자던 여자애들이 놀라 '도둑이야'라고 고함치는 바람에 급히 도망치면서 숨은 곳이 화장실이었대. 잠시 후 플래시를 든 숙명학교 숙직선생한테 붙들려 파출소로 넘겨졌나 봐. 마침 우리학교 '꼴통' 훈육주임이 숙직하던 날이라 한밤중에 파출소로 달려가 당직에게 싹싹 빌고 데려온 모양이야. 그 일로 꽹과리는 월담 죄로 일주일이나 정학 맞았지."

그 밖에도 수업시간 친구들이 숙명학교 쪽으로 거울 비추다가 항의 전화 받고 교무실에 끌려가서 선생님한테 매맞은 이야기들을 늘어놓고는 함께 배꼽잡고 웃기도 했다. 애써 숙명학교 학생을 꾀서 말을 붙였으나 곧장 자기네 가정선생이 '경기고나 서울고 학생들이나 최소한 경복고 학생들과 만나지, 중동학교 학생들이 말을 붙여도 대답도 말고 땅만 쳐다보고 가라'고 했다는 이야기를 전해 듣고는, 그 가정선생이 우리 학교를 우습게 본다고 몹시 분개하기도 했다. 아마도 숙명학교 가정선생은 〈B 사감과 러브레터〉의 'B 사감'처럼 대단히 못생겨서 시집 못 간 노처녀일 거라고 집중 성토하기도 했다.

제목 ㅣ 소설 같은 이야기입니다
보낸 날짜 ㅣ Thu, 24 Feb 2005 17:31:14
보낸 이 ㅣ "이수영"
받는 이 ㅣ "조현"

어제 저녁 이철우 목사님과 통화했습니다. 조 선생님이 보낸 이메일 받았다고 하면서 무척 고마워했습니다. 조 선생님과 끊어졌던 우정의 가교가 다시 이어지고, 모든 필름들이 되감겨지나 봅니다. 제가 이번 조 선생님 친구 찾는 일에 동참하면서 마치 소설 같은 이야기 속에 빠진 듯합니다. 이참에 친구의 영혼도 위로할 겸 꼭 뉴욕에 오십시오. 두 손을 들고 기다립니다. 어서 오십시오.
　수영 드림

제목 | 기다리는 마음
보낸 날짜 | Sat, 20 Aug 2005 09:56:16
보낸 이 | "이수영"
받는 이 | "조현"

조 선생님을 기다리는 제 목이 아픕니다. 방미 일정이 잡히는 대로 구체적인 스케줄을 주시기 바랍니다. 선생님과 나란히 롱아일랜드의 해변을 거닐며 낙조를 즐기고 싶습니다. 이철우 목사님도, 김윤호 씨도 뉴욕에서 기다립니다. 어서 오십시오. 뉴욕에서 만날 그날을 기다립니다.
　　수영 드림

이수영은 현이 잊을 만하면 거듭 뉴욕으로 초대하였다. 현도 뒤늦게나마 이국의 하늘 아래서 외롭게 유명을 달리한 친구의 넋을 위로하고자 뉴욕으로 달려가고 싶었다. 하지만 뉴욕이 부산이나 대구처럼 가까운 거리가 아니기에 현이 섣불리 엄두를 내지 못하였다. 선뜻 나서지 못하고 현의 발목을 잡는 것은 솔직히 여비 문제였다. 왕복 항공료에 체류비 등 여비가 최소한 오백만 원은 들 것 같았고, 아내와 같이 간다면 아무리 줄여도 팔백만원 정도가 필요했다. 마침 현이 올해에 두 권의 책을 출판하여 그 인세로 뉴욕을 다녀와야겠다고 잔뜩 기대하였으나, 막상 책이 출판되었지만 뉴욕은커녕 가까운 베이징까지 다녀올 여비도 나오지 않았다.
이수영이 현에게 보낸 메일 가운데 '뜻이 있는 곳에 길이 있다'고 하더니, 뉴욕 가는 길은 전혀 엉뚱한 곳에서 열렸다. 현은 지난해 백범 김구 선생 암살배후를 밝히고자 워싱턴 근교 메릴 랜드 주 칼리지파크에 있는 국립문서기록보관청인 아카이브에 갔다. 영어가 서툰 그는 문서를 찾을 수는 없던 터에, 마침 그곳 5층 사진자료실에 보관된 한국전쟁 사진을 보고는 귀중한 자료 로 판단하여 그 가운데 480여 매를 선별하였다. 그 자료들은 이 제까지 현이 보아왔던 반공 일변도 홍보사진이 아닌, 한국전쟁의 참상을 있는 그대로 드러낸 사진들이었다. 그래서 현은 한국전쟁 을 제대로 모르거나 전쟁의 참상을 잊어버린 이들에게 그 진상 을 전하고픈 충동이 일어 선별한 사진들을 스캔한 뒤 노트북에 저장해 왔다. 귀국한 뒤 그를 성원해 준 누리꾼에게 보은의 마음 으로 사진들을 공개하고는 이슬출판사에서 〈지울 수 없는 이미 지〉란 사진집을 펴냈다.

그 사진집이 국내에서 출판되자 언론들이 다투어 호평을 했 다. 그 결과 초판이 매진되자 이슬출판사 이호선 대표가 가을이 나 겨울 쯤 현과 함께 미국 메릴랜드 주 아카이브에 가서 한국전 쟁 관련 사진을 더 선별하여 스캔해 오자는 제의를 받았다.

현은 그 제의를 흔쾌히 수락하면서 그 길에 먼저 뉴욕을 들 러 지수의 넋을 위로해야겠다고 내심 쾌재를 불렀다. 역시 이수 영은 선견지명이 있다고 탄복하면서 늦가을이나 초겨울에 있을 미국 방문 계획으로 조금은 들떠 지냈다. 가을로 접어들면서 현 이 그 계획을 구체적으로 세우고자 이호선 대표에게 지난 약속의 실행 여부를 물었다. 이 대표는 출판사 사정이 매우 어렵다고 하면서, 그 계획을 무기한 연기할 눈치였다. 그래서 현은 그동안 자신이 추진했던 방미 계획을 말하고, 혼자서라도 아카이브에 다녀오겠다고 하였더니, 출판사에서 선 인세로 항공료를 일부 지원하겠다고 약속했다.

그런 뒤 현은 지난 번 방미 때 자기를 도와줬던 메릴랜드 주에 사는 박유종 씨에게 아카이브 검색 계획과 말씀을 부탁드렸다. 그분은 상해 임시정부 제2대 대통령 백암 박은식 선생 손자로 역사의식도 투철하고 매사에 성실한 분이었다. 현의 연락을 받고 박유종은 일부러 아카이브에 출근하여 사흘 동안 한국전쟁 사진파일을 미리 들춰본 뒤, 최소한 지난 번 자료 이상의 사진은 건질 수 있겠다는 답이 왔기에 마침내 현은 방미 계획을 확정지었다.

제목 | 뉴욕에 갈 예정입니다.
날짜 | Thu, 10 Nov 2005 23:23:45
보낸 이 | "조현"
받는 이 | "이수영"

이수영 박사님! 그동안 안녕하신지요? 제가 올 11월 하순이나 12월 초순에 미국으로 갈 예정입니다. 뉴욕에 있는 이철우 목사와 서로 일정을 맞추고 있습니다. 이번 여행은 경비 문제와 워싱턴 근교 아카이브에서 한국전쟁 사진자료 수집하는 일도 있기에 저 혼자 갑니다. 이번 여행에는 여기저기 다니지 않고, 장지수 친구의 유해를 산골한 곳에 찾아가 조용히 묵념을 드린 뒤 옛 친구들을 만나 지수의 얘기를 듣고자 합니다. 그런 뒤 메릴랜드 주 칼리지파크에 있는 아카이브로 떠날 예정입니다. 이 목사와 일정이 확정되고 항공권을 예약한 뒤 다시 연락드리지요. 만날 때까지 건강하십시오.

조현 올림

제목 | 흔저 옵서양
보낸 날짜 | Fri, 11 Nov 2005 04:16:09
보낸 이 | "이수영"
받는 이 | "조현"

빨리 오시라는 제주도 방언입니다. 혼자 오시지는 마시고요. 언제 사모님과 함께 여행해 보시겠습니까? 날씨가 추워지기 전인 하루라도 빠른, 11월 말 쯤이 좋을 듯합니다. 지금 이곳 뉴저지와 뉴욕은 단풍이 막바지 절정입니다. 그런데 오늘은 강풍에 나뭇잎이 우수수 다 떨어지고 있습니다. 11월 말이면 앙상한 가지만 남겠네요. 목사님들도 12월 되면 바빠지고요. 꼭 뵙고 그동안의 소식도 듣고 싶습니다.

수영 드림

제목 | 뉴욕에서 만납시다
보낸 날짜 | Thu, 17 Nov 2005 20:12:51
보낸 이 | "조현"

받는 이 ｜ "이수영"

이수영 박사님!

마침내 오늘 미국 행 항공권을 끊었습니다. 저희 부부 초대 감사하오나 사정상 제 혼자 떠날 예정입니다. 뉴욕에서 보낼 자세한 스케줄은 이철우 목사님과 상의하여 바쁜 시간 서로 중복되지 않도록 그쪽에서 마련해 주시면 고맙겠습니다. 메릴랜드 주 락빌의 박유종 선생과는 제가 따로 연락하고 있습니다. 그쪽에서도 이번 일정이 연말과 겹치지 않아 좋다고 하였습니다. 제가 뉴욕에 머물 시간은 11월 27일(일) 19：30에서 11월 29일(화) 12:00까지입니다. 숙소 예약과 11월 29일 오전 뉴욕에서 워싱턴으로 출발할 수 있도록 앰트랙 열차나 고속버스나 둘 가운데 편리한 것 예매 부탁드립니다. 아카이브 일감이 어느 정도인지 감을 잡을 수 없기에 뉴욕에 돌아올 시간은 아직 미정입니다. 제가 도착한 날이 일요일이라 이철우 목사님은 교회 일로 공항에 나올 수 없나 봅니다. 이 박사님께서 수고해 주십시오. 그럼, 뉴욕에서 만납시다.

조현 올림

제목 ｜ [RE] 뉴욕에서 만납시다.
보낸 날짜 ｜ Fri, 11 Nov 2005 09:56:16
보낸 이 ｜ "이수영"
받는 이 ｜ "조현"

잘 알겠습니다. 제 집이 뉴욕 케네디 공항과 가깝습니다. 그 시간은 저녁이라 현재로서는 별다른 스케줄은 없기에 제가 공항으로 나가겠습니다. 목사님들은 주일날 시간 내기가 힘들지요. 숙소 예약과 워싱턴 행 교통편은 아무 염려 마시고 편하게 오십시오. 이미 제 집에서 가까운 호텔로 예약을 해 두었습니다. 그 밖에도 부탁할 일이 있으면 메일이나 전화로 주십시오. 설빔을 마련한 소녀가 설날을 기다리듯, 선생님 도착 날을 기다리고 있습니다. 그럼, 뉴욕에서 만납시다.

수영

제목 | 방미 환영
보낸 날짜 | Sat, 19 Nov 2005 10:15:22
보낸 이 | "이철우"
받는 이 | "조현"

조현 선생! 지금 막 이수영 박사와 통화하고 이 메일을 보내네. 11월 27일 도착 때는 이수영 박사가 공항에 나가 자네를 마중해 그날 밤까지 돌보기로 하였네. 그날이 주일이라 교회 여러 스케줄과 행사가 아무래도 늦게 끝나기에 그리 했네. 양해하시게. 하지만 이튿날 28일(월)은 하루 종일 나와 같이 지내세. 그리고 김윤호 선배는 회사 출근으로 낮에는 시간을 낼 수가 없어 월요일(28일) 저녁 퇴근 후 맨해튼 한 한국식당에서 만나기로 약속해 두었네. 그럼, 만날 때까지 안녕!

철우

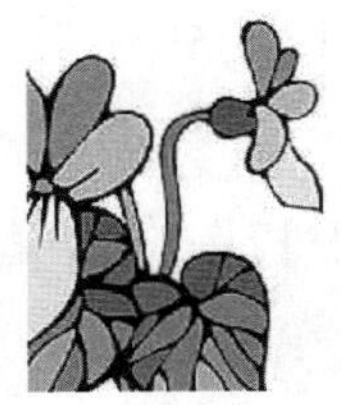

13. 플러싱 (1)

현은 뉴욕에서 첫날밤을 꼬박 새웠다. 그러고도 빡빡한 첫날 일정을 잘 버텨낼지 걱정이 되어 현은 잠깐이라도 눈을 붙이고자 다시 침대에 누웠었지만 잠을 이룰 수 없었다. 끝내 잠자는 것을 포기하고 침대에서 일어나 욕실로 갔다. 막 샤워를 끝내고 옷을 갈아입는데 전화가 왔다. 이수영이었다. 그는 현에게 잠에서 깼다면 아침 산책 겸 뉴욕 시가지 안내를 하고 싶다고 하였다. 현이 좋다고 하였더니, 그는 승용차로 곧장 호텔에 달려왔다. 이수영은 현을 먼저 당신 부인이 운영하는 선물 가게로 데려가 인사시킨 뒤, 맨해튼이 한눈에 내려다보이는 허드슨 강 위 언덕에다 차를 세웠다.

"맨해튼은 뉴욕의 심장부로, 세계 최고 상업과 금융, 그리고 문화의 중심지이지요. 문화의 거리로 유명한 브로드웨이, 금융가인 월스트리트가 있고, 엠파이어스테이트 빌딩, 유엔본부 등 건물들이 마천루를 이루고 있어요. '맨해튼'이라는 지명은 원래 이 지방의 인디언 종족 이름에서 유래되었다고 하는데, 1626년 이

지역에 이주한 네덜란드인들이 원주민 맨해튼 인디언들에게 단돈 24달러에 이 섬을 샀다고 하는군요.”

“네! 단돈 24달러로 이 큰 섬을 샀다는 말입니까?”

“그럼요, 물론 400년 전 이야기로 달러의 가치가 많이 변했을 겁니다만 오늘날 하루 주차비에 지나지 않는 돈으로 거저주운 셈이죠. 이주민들이 미개한 인디언들에게 사기를 친 겁니다. 인디언들은 미개해서 그렇다고 하더라도, 러시아는 알라스카를 단돈 720만 달러에 팔았다는데 일 헥트 당 5센트 정도랍니다.”

“그야말로 믿거나 말거나와 같은 이야기로군요. 미국사람들이 부동산 투기의 원조네요.”

“부동산 투기는 그래도 신사적입니다. 원주민한테 돈 한 푼도 주지 않고 강탈한 게 더 많지요.”

이 밖에도 이수영은 뉴욕이야기를 상세하게 들려주었다.

“뉴욕은 세계에서 가장 활기찬 도시로, 24시간 잠들지 않는 경제와 패션 문화의 도시입니다. 뉴욕은 맨해튼을 중심으로 브루클린, 퀸즈, 브롱크스, 스테이튼 아일랜드 등 5개 구역으로 나눠집니다. 맨해튼은 도로가 바둑판처럼 구획정리가 잘 되어 있기에 어디든지 쉽게 찾을 수 있습니다. 맨해튼 중심지인 미드타운에는 엠파이어스테이트 빌딩, 5번가, 브로드웨이, 록펠러 센터 등 볼거리가 많으며, 맨해튼 남쪽의 다운타운은 1분 1초 사이에 막대한 자금이 움직이는 세계 금융의 중심지입니다. 세계 경제인들이 늘 주시하는 곳이지요. 아마 한국의 주식 값도 이곳 다우존스지수나 나스닥지수에 따라 그날그날 춤을 출 겁니다. 이처럼 맨해튼은 생동감이 넘치는 곳으로, 먹고 마시고 보고 즐기는 일들이 24시간 끊임없이 일어납니다. 맨해튼의 브로드웨이 공연 티켓 판매소에는 평일, 주말 가릴 것 없이 붐빕니다. 사무실이 몰려있는 파크 애버뉴 일대에는 역시 정오 무렵이면 점심 약속을 위해 이동하는 화이트칼라들로 발 디딜 틈이 없을 정도입니다."

"뉴욕 시민들을 '뉴요커'(New Yorker)라고 한다지요?"

"그렇습니다. 뉴요커들은 대단히 역동적이고, 자기 일에 열정적이며 몹시 바쁘게 생활하지요. 그들은 깔끔한 차림에 편안한 운동화와 가방을 매고 다니면서도 남을 전혀 의식하지 않는 자유분방한 이들입니다. 그들은 아무데서나 아침이나 점심밥을 해결합니다. 호화스런 레스토랑에서 스테이크를 즐기다가도, 길거리 이동음식점인 페들러에서 핫도그, 햄버그, 케밥 등으로 한 끼를 때우기도 하지요. 그들은 편한 차림으로 자전거를 타거나, 또는 조깅으로 해가 지평선을 넘어가는 시간에도 공원을 달리며, 혹은 공원의 벤치에서 하루 종일 책을 읽습니다. 그들은 자신을 아주 끔찍이 사랑합니다. 또 뉴요커들은 진정으로 예술을 즐길 줄 알며, 인생을 알차게 살아가는 사람들입니다. 이들은 독특한 패션을 즐기며, 누가 뭐라고 하든지 자신의 일에 빠져서 삽니다. 얼마 전 한국의 한 재벌 딸이 뉴욕에서 스스로 목숨을 끊은 것은, 그 부모들이 뉴요커의 생리를 이해하지 못한 데서 온 비극으로 해석하고 싶습니다. 신세대인 딸은 잠깐의 뉴욕 유학생활로 그새 뉴요커가 된 겁니다. 그런 딸에게 부모가 한국식 잣대로 구속하려들자 딸이 튄 것으로 생각됩니다."

이수영도 그새 뉴욕생활이 20여 년이나 된 뉴요커로, 회갑을 앞둔 나이임에도 청바지에 진 재킷차림이었다. 그들이 서 있는 언저리 언덕의 활엽수들이 낙엽이 져서 앙상했다.

"조금만 더 일찍 오셨더라면 이곳 허드슨 강변의 단풍이 일품이었는데 그 장관을 보지 못해 유감입니다. 뉴욕은 네 계절이 모두 다 아름다운데 가을에서 겨울로 넘어가는 지금이 가장 삭막할 때입니다. 다음에 오실 때는 가능한 봄이나 여름에 오십시오. 아주 경치가 좋습니다."

오전 10시 정각, 숙소의 문을 두드리는 소리가 났다. 현이 문을 열자 이철우 목사가 성큼 객실로 들어섰다. 현은 철우를 얼싸안았다.

"이게 누구야?"

"나, 철우야."

그들이 헤어진 지 꼭 30년 만의 만남이었다. 고교 졸업 후로는 40년 만이었다. 그런데 그들 두 사람은 조금도 세월의 흐름을 느끼지 못했다. 마치 엊그제 날이 저물어 헤어졌다가 이튿날 다시 만난 기분이었다. 다만 그새 두 사람의 얼굴에 주름이 지고 머리카락이 희끗희끗해졌을 뿐이었다. 현과 철우는 한동안 얼싸안은 채 지난 우정을 확인하였다.

“이 박사님, 그동안 수고해 주셔서 감사합니다.”

“별 말씀을요. 곁에서 두 분의 우정이 다시 이어지는 걸 지켜보는 일이 매우 즐겁습니다.”

철우와 이수영은 그동안 전화로만 통화하였지 초면이라 서로 반갑게 인사를 나눴다.

“이제는 이 친구를 제가 맡지요.”

철우가 다시 현을 껴안으면서 말했다.

“다행히 오늘 점심시간까지는 별 일 없습니다. 저도 추도예배에 참석해도 괜찮겠습니까?”

“그럼요. 제가 감히 청할 수는 없지만.”

철우는 이미 자기가 사는 동네와 가까운 뉴저지에 숙소를 예약해 뒀다면서 현의 짐을 자기 차에 실었다. 그리고는 그날 일정으로, 먼저 지수가 살았던 동네와 아파트를 살펴본 뒤, 그의 유해를 뿌린 허드슨 강 언덕 록펠로우 전망대로 가서 12시에 조촐한 추도예배를 가지기로 했다. 그런 뒤 저녁에는 맨해튼의 한 한식집에서 김윤호와 함께 지수 추모 이야기를 나누는 시간으로 철우는 이미 스케줄을 마련해두었다.

이수영은 현의 체크아웃을 도와주고는 잠시 자기 볼일을 마치고는 두 시간 뒤 허드슨 강변 록펠로우 전망대 추도예배에 참석키로 했다. 철우는 지수를 자기 승용차에 태우고는 손 전화를 꺼냈다.

"조 선생, 용배 따님 제니 정과 통화한 적 있지?"

"그랬어."

"자네가 여기에 온다고 하니까 자기도 추도식에는 참석하고 싶다고 하더군. 자네가 괜찮다면 연락할게."

"나야 반갑고 고맙지."

"그럼 내 연락할게."

철우는 제니 정에게 손 전화 다이얼을 눌렀다. 철우는 그에게 12시 록펠로우 전망대에서 만나기로 약속하고는 승용차의 시동을 걸었다. 철우는 운전대를 잡고 조현에게 차창에 비친 뉴욕 시가지를 안내하면서 지수가 살았다는 동네로 안내했다.

지수가 살았다는 플러싱에 접어들자 한글간판과 한자간판이 뉴욕의 다른 곳보다 눈에 많이 띄었다. 그곳은 이전에는 한국동포들이 많이 몰려 살았던 곳인데, 지금은 한국인이 중국인에게 밀려 오히려 중국인들이 더 많이 산다고 철우가 말했다. 현의 눈에도 플러싱이 뉴욕의 다른 시가지보다 조금 더 어수선하고 칙칙해 보였다.

철우는 플러싱의 한 아파트 앞에 차를 세웠다. 아파트는 6층 붉은 벽돌 건물이었다. 지수가 살았던 곳은 길가 맨 꼭대기 층이었다고 하는데, 이미 오래전부터 다른 사람이 산다고 했다. 철우는 마침 이곳 한인 가게에 들를 일이 있다고 하면서 차에서 내려 자기 볼 일을 보러가고, 현은 차에서 내린 뒤 그 아파트에서 조금 떨어진 공원벤치에 앉아 지수가 살던 집을 향해 깊이 고개 숙여 묵념을 드리고는 하염없이 아파트를 바라보았다. 지수가 저 아파트에서 얼마나 외롭게 살았을까?

"얘, 조현! 설송! 어쩜 네가 예까지 웬일이니?"

"장지수! 운성! 네가 보고 싶어 왔어."

"어머머, 얘가 나를 보고자 뉴욕까지 찾아오다니. 너 어떻게 된 거 아니야?"

"어떻게 되긴. 운성! 오히려 너무 늦게 찾아와서 미안해."

"얜, 미안하긴. 서울과 뉴욕이 얼마나 먼데 그러니. 네가 그렇게 말하면 나도 너 찾지 않은 거 미안해. '운성'이란 말, 참 오랜만에 듣는다. 얘."

"나도 그래, '설송'이란 말. 아마 우리 고1 국어시간에 서로 지어줬을 거야."

"맞아. 박철규 선생님 시간이었을 거야. 왜 그때 국어시간 문학 작품을 배울 때, 작가 소개할 때는 꼭 작가의 호를 소개했잖아. 그래서 우리도 미리 하나 지어보자고 한 뒤 몇 날 고심하다가 서로 지어준 거지."

"근데 너 옛 모습은 여태 남아 있는데 말씨는 많이 변했구나. 사투리가 사라졌네."

"국어 선생을 33년간이나 했잖니."

"국어 선생은 표준말을 해야지. 근데 너 처음 만났을 때 '우야꼬' '와이카노' 그런 경상도사투리가 재미있었는데."

"교실에서 참 많이 놀렸지. 그 시절은 경상도 두메촌놈이 서울로 유학 온 건 좀 드물었거든. 요즘 한국은 전국이 일일생활권이다. 서울 부산도 두세 시간 거리고."

"어머, 그렇게나 발전했니? 서울 수복 후 부산에서 서울로 돌아올 때 내 나이 아홉 살 무렵으로 하루 종일 꼬박 열차를 타고 왔던 기억이 나."

"그야말로 옛 이야기다. 지금은 KTX 고속열차를 타면 서울 부산도 당일 출장 거리로 단축됐다."

"그러니? 정말 고국의 발전이 눈부시구나. 근데 애, 요즘 우리 모교 축구는 어떠니?"

"요즘은 그 전보다 훨씬 못해. 학교가 강남으로 옮긴 뒤 운동장도 넓어지고 시설도, 여건도 좋아졌지만 경기 성적은 그전과 어림도 없어."

"우리 재학시절에는 테니스 코트만한 운동장에서도 축구 볼을 차서 전국을 제패한 것은 중동 축구부의 기적이었는데 말이야. 왕년의 최정민 차경복 조중연 고재욱 김종부 등, 숱한 스타 선수도 배출했고. 그때는 시합에 나갔다 하면 우승, 아니면 준우승이었지."

"근데 지금은 전국대회에 나가 일 년에 한 번 우승도 힘드나 봐. 전국에 축구부를 둔 고교도 엄청 많이 늘어난데다가 선수들의 헝그리 정신이랄까, 전통을 이어가야겠다는 강한 투지가 부족한가 봐. 좋은 시설과 여건보다 여러 악조건 속에서도 기적을 창

조하겠다는 악착같은 승부 근성이 우승에는 더 약발이 있는 모양이야."

"아무래도 배가 부르면 정신력은 뒤지겠지. 배부른 고양이는 쥐를 잡지 않는다는 말처럼. 배가 고플 때는 그 길만이 살 길이라고 죽기 살기로 볼을 찼잖아."

"그랬지. 그 결과로 지난 번 2002년 월드컵 때 우리나라가 4강까지도 올라갔어."

"뭐, 월드컵에서 한 번도 이겨보지 못한 한국이 4강까지나…. 너 괜히 나 기분 좋게 해주려고 뻥치는 건 아니니?"

"앤, 내가 비싼 비행기 값 들여 미국까지 와 왜 너한테 실없는 말하고 가니. 지금이 어떤 시대인데 뻥을 쳐. 요새는 모든 정보가 마우스로 클릭 한두 번이면 다 나오는 세상이야. 한국이 예선에서 포르투갈, 폴란드를 격파하고, 미국과 비긴 뒤 16강에 올랐어. 본선에서는 이탈리아에 이기고 8강, 스페인 무적함대도 침몰시킨 후 4강에 올랐으나 준결승전에서 독일한테 지고 말았지. 한 게임 한 게임이 기막힌 드라마였지."

"어머머, 천지개벽할 일이다 얘. 1954년 스위스 대회에 출전하여 헝가리에게 0대 9, 터키에게 0대 7로 졌던 한국 팀이 4강까지 올랐다는 건. 그때 골키퍼 홍덕영 씨가 아버지 친구로 만나뵌 적이 있는데, 월드컵 경기중에 어찌나 골이 날아왔는지 시합 후 샤워장에 갔더니 가슴에 시퍼렇게 멍이 다 들었다고 하시더군. 유럽이나 남미에 견주어 동네 축구 수준이던 한국이 세계 4

강을 했다는 것은 한 마디로 '기적' 같은 일이 벌어졌구나."

"그럼, 2002년 월드컵을 한일 두 나라가 공동으로 치렀는데, 그 기간은 온 나라가 완전히 축제였단다."

"그랬니? 정말 대단했겠구나. 그 시절 우리 학교 축구선수들 참 불쌍하였지. 운동장이 좁아 볼도 마음대로 차지도 못했고, 합숙소도 없어서 학교 옆 한옥 집 방 빌려 새우잠 자며 자기네끼리 자취하면서 연습했고, 시합에 나갔다가 지면 선배들한테 그 자리서 야구방망이로 얻어터지고."

"요즘은 그러다가는 아마 당장 학교 문 닫아야 할 거다. 선생님들이 체벌하다가 학생들의 112신고로 경찰이 출동하여 소동을 벌이는 세상이다."

"뭐! 학생이 매 맞았다고 경찰에 신고를 해. 정말 까무러칠 일이다, 얘. 우리 때는 선생님에게 선배에게 얼마나 징그럽게 매 맞으면서 다녔니?"

"그랬지. 학기 초에는 선배들이 기율잡는다고 쉬는 시간마다 들어와서 공포의 도가니로 몰았잖아. 이제는 그런 체벌이나 선후배간의 엄격한 기율은 거의 사라져버렸어. 체벌과 기율부 같은 것은 그야말로 식민지 교육의 찌꺼기지. 학교에서 지켜보니까 매 맞고 자란 아이가 매를 들더군. 폭력의 악순환이야. 사람의 교육은 말로, 행동으로, 감동으로 한다는 것도 뒤늦게 깨달았지. 이제 세상이 바뀌어 지금은 학교에 학생의 목소리가, 후배의 목소리가 커진 세상이야. 나 골초였잖니. 그런데 학생 때문에 담배를 끊었다."

“얘, 아무튼 학교에 폭력이 사라져가는 것은 바람직한 현상이다. 그리고 너 담배 끊은 건 아주 잘 했다. 그런데 담배 끊기가 아주 어렵다고 하던데.”

“이태 해 전 겨울, 담배 한 대를 맛있게 빨고는 교실에 들어갔지. 앞자리에 앉은 여학생이 ‘선생님, 담배 태우시고 들어오셨지요?’ 하잖아. 그러면서 자기 책걸상을 뒤로 옮기는 거야. 그날 집으로 돌아오면서 ‘내가 담배를 끊느냐, 교단을 떠나느냐’ 둘 중에 하나를 선택해야 하는 기로에 고민하다가 마침내 담배를 끊기로 했어.”

“정말 요즘 아이들 보통 아니구나. 감히 골초 선생님의 담배까지 끊게 하다니. 얘, 아무튼 잘 끊었다. 늙어서도 담배 냄새 폴폴 날리면 여자 친구들도 다 도망간다, 얘.”

“하기는 마누라 바가지도 대단하였지. 담배 냄새난다고 한동안 동침을 거부하더군. 어느 글에서 보니까 담배 태우는 사람과 키스를 하는 건 마치 담배 재떨이와 키스를 하는 것과 같다고 했더군.”

“얘, 그 말 재미있다. 하기는 담배 찌든 냄새는 정말 못 말려.”

“나도 태울 때는 몰랐는데 사실이 그렇더구나.”

“정말 요즘 아이들 똑똑하구나. 선생님의 담배까지 끊게 하는. 체벌한다고 112 신고한 것은 좀 심했지만. 하기는 오죽했으면 신고했겠어. 어떤 선생들은 습관처럼 학생들을 때렸잖니?”

“사실 우리가 학교 다녔을 때는 교문에 들어가면서 부들부들

떨었잖아. ‘야, 이리 와!’ 하고 걸리면 우선 몽둥이로 엉덩이 몇 대 맞고 난 뒤에 주의를 들었지.”

“나도 때때로 그 시절이 떠오르면 지겹기도 했지만 한편으로는 향수처럼 그립기도 했어. 아무튼 우리 중동 재학시절 많이 얻어터지고, 축구 응원으로 서울운동장, 효창운동장에 참 징그럽게도 동원되었지. 아마 중동 동창치고, 축구 싫어하는 사람 없을 거야. 미국에서도 중동동창회가 열리면 꼭 축구 한 게임씩 했으니까.”

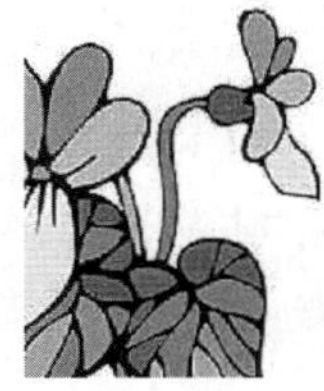

14. 플러싱 (2)

"운성, 우리 30년 만에 만나도 조금도 서먹서먹하지 않고, 웬 이야기보따리가 이리도 많을까?"

"너와 난 단짝 친구니까 그렇지. 우리 수업시간에도 선생님 몰래 수다 떨다가 혼나지 않았니? 아마 최금열 선생님의 상업시간이었을 거야. '요놈이' '요놈이' 하시면서 선생님의 부라린 눈이 지금도 눈에 선하다, 애."

"넌 아직도 그때를 또렷이 기억하고 있구나."

"대부분 일들은 까마득히 잊었지만, 어떤 일들은 바로 엊그제 일처럼 아직도 생생해."

"참, 너 그때 목 자른 '워커' 준 것, 얼마나 고마웠는지 몰라. 그때 정말 요긴하게 아주 잘 신었어. 특히 신문 배달하다가 사나운 개가 달려들 때는 워커발로 걷어차기가 좋았지. 그거 아니었다면 몇 번은 개한테 물렸을 거야. 지금도 네 생각만 하면 그 워커가 가장 먼저 떠올라."

"앤, 뭘 그런 것도 다 기억하고 있니. 난 벌써 다 잊었는데…."

"배부를 때 밥 한 그릇과 배고플 때 밥 한 그릇은 달라."

“아주 선생님처럼 말하는구나. 하기는 너는 선생님을 오래 했으니까. 서당 개도 3년이면 풍월을 읊는다는데, 네가 30년을 더 교단에 섰다니 아주 온 몸이 훈장스타일로 굳었구나. 참 고1 때 담임 이종우 선생이 너를 무척 반겼겠구나.”

“내가 모교로 부임하자 아쉽게도 그새 퇴직을 하셨더군. 사회 홍준수 선생님도 퇴직을 하신 뒤 캐나다로 이민을 가셨고. 국어 박철규 선생님도 퇴직하시고. 교내 한 차례 찬바람이 불었나 봐. 재학 때와는 다른 분위기였어. 이사장도 바뀌고. 우리를 가르치셨던 훌륭한 선생님들이 대부분 떠나셨더군. 나도 이듬해 떠났고.”

“어머, 그랬니? 나도 소문에 들으니까 모교 출신 재벌총수 아들이 학교를 인수했다는 얘기도.”

“오랜 진통 후의 일이었지.”

“훌륭한 선생님이 떠나가신 건 학교로서는 가장 큰 손실이다. 살아보니까 사람의 일생 가운데 고교시절이 가장 중요했어.”

“그건 그래. 내 경우만 봐도 그 시절에 인생길이 거의 결정될 거야. 사실 공부도 고교시절에 가장 많이 하고, 인생관도 그때 굳어지는 것 같아.”

“대학 때 읽은 책보다 고교 때 읽은 책이 더 기억에 남더군.”

“나도 그래. 사실 우리 대학 때 공부 별로 하지 않았어. 대학 4년 8학기 중 7학기를 데모로 보냈으니 참 불행한 세대였지.”

“괜히 어느 대학 다닌다고 배지나 달고 폼만 잡았지 대부분 열심히 공부하지 않았던 것 같아."

"요즘에는 대학생 가운데 배지를 달고 다니는 이가 한 사람도 없어. 참 바람직한 현상이야. 실력도 없으면서 어느 대학 졸업했다고, 일평생 그걸 우려먹는 시절은 이제 막을 내려야 해."

"한때 유럽에 살아보니까 정말 그렇더라. 그 나라에서는 대학 이름이나 졸업장이 아니고 실력이더구나."

"우리나라도 그래야 할 건데 아직도 학벌 지상주의에서 깨어나지 못하고 있어. 인격 형성에 가장 중요한 중고교 시절을 오로지 입시 준비로 보내는 거야. 그동안 학교 현장에서 별별 꼴불견들을 다 보았어. 자기 아이가 학급 반장이 되거나 학생회 간부가 되는 걸, 부모 특히 엄마들이 못 하게 해. 입시에 도움이 안 된다고. 내신제가 되고, 상대평가가 되자, 친구간의 우정도 메말라버리더군. 서로 상대를 이겨야 더 좋은 내신을 받을 수 있기에 친구를 경쟁상대로 보는 거야. 더 한심한 것은 학교가 학생들을 강제로 양계장의 닭처럼 교실에다 가둬놓고 공부를 시키는 거야. 그리고는 자율학습이라는 이름으로 돈을 걷고. 선생들은 몽둥이를 들고 밤늦게까지 학생들을 지킨 후 그 대가로 수당을 받는 거야. 교육에도 천민자본주의가 무척 심하게 오염되었어. 나라 전체가 마치 돈에 환장하거나 꼭 돈에 걸신들린 것 같아. 아직도 일부 교육자들은 학생들을 교육의 대상으로 보지 않고 돈벌이수단으로 보고 있는 점이야."

"서구에 살면서 보니까 나라나 사회 전체가 젊은이들을 끔찍이 소중히 여겨. 그동안 한국은 죽은 사람, 어른 중심의 사회였는데 서구사회는 그 반대야. 학생들의 학비도 거의 거저이다시피 매우 싸고.”

“대한민국에서는 가장 개혁할 곳이 교육계라고 해. 일부 사학들은 그동안 숱하게 부정입학에다 졸업장까지 팔아먹었고, 아직도 일부 교육자 가운데는 학부모로부터 뇌물을 받고는 학생들의 성적을 조작하고 있어. 그래서 가장 안타까운 것은 사제간이나 친구간에 정이 더욱 메말라간다는 거야. 사제간 돈이 개재되고, 친구 사이 경쟁이 유발되면 진정한 사제의 정도 우정도 사라져 버리지.”

“그 말은 맞아. 교육계가 썩으면 나라 전체가 부패하기 마련이지. 그리고 학창시절에 맺은 사제의 정이나 동창간 우정은 가장 아름다운 거야. 더욱이 옛 친구, 특히 중고교 때 친구는 평생을 두고 가장 좋은 인생의 반려자지.”

“그럼, ‘친구는 옛 친구가 좋고, 옷은 새 옷이 좋다’ ‘유쾌한 길벗은 마차처럼 좋다’ ‘벗은 기쁨을 두 배로 하고, 슬픔을 반으로 나눈다’ ‘친구 없이 살기보다는 죽는 편이 낫다’는 말까지 나왔겠니?”

“맞아, 그 말들. 지내놓고 보니까 그래. 중 고등학교 때 친구들이 가장 좋았던 것 같아. 서로 순수하게 만났기 때문에 그럴 거야. 순수한 것은 영원히 아름다운 거니까. 존 키이츠가 그랬지. ‘A thing of beauty is a joy forever’(아름다운 것은 영원한 기쁨)라고.”

“네 영어 발음 참 오랜만에 듣는다. 고교 때보다 더 묵직한 느낌이다.”

“미국에서 오래 살았기 때문일 테지.”

“너 여태 잉그리드 버그만과 비비안 리를 좋아하니?”

“그럼, 지금도 그들은 내 우상이야. 미국에 와서 비비안 리가 출연한 〈바람과 함께 사라지다〉 배경도시 애틀랜타에는 두 번이나 다녀왔지.”

“너, 그 극성은 못 말리겠구나.”

“설송, 그동안 작품집 몇 권이나 냈니?”

“한 스무 권쯤 되나? 괜히 권수만 많아. 그런데 소설집은 여태 한 권밖에 못 냈다.”

“아직도 늦지 않았어. 아니 지금부터야. 진짜일수록 대기만성이라고 하더라.”

“용기 줘서 고맙다.”

“아이가 몇이니?”

“둘. 딸 아들이야. 모두 애물단지들이지.”

“너 닮았니?”

“아니, 제 엄마를 더 많이 닮았어.”

“아이들 많이 사랑해 줘라. 속으로만 사랑하지 말고. 대개 아빠들은 애정표시를 겉으로는 잘 안 하지. 그건 잘못이야.”

“왜 결혼 안 했어?”

“그냥… 자유로운 게 좋아서. 솔직히 가정을 꾸려나갈 자신도 없었고….”

“쓸쓸하지 않았어?”

“… 결혼하지 않은 건 후회하지 않았는데, 아이라도 입양해 키우지 않은 것은 나중에 후회했어. 나이들어서 가장 부러웠던 것은 아이들과 손잡고 가는 아버지의 모습이었어.”

“왜 그때 뉴욕까지 찾아온 강숙자 씨를 그냥 돌려보냈니?”

“한 마디로 용기가 없었어. 숙자 씨를 행복하게 해 줄 자신도 없었고. 결혼은 낭만이 아니고 현실이더군. 결혼하는 데 가장 필요한 게 용기라는 걸 그때는 몰랐어.”

“하기는 ‘인생은 미완성’이라고 하였으니…. 인생은 다 알고 살면, 이 세상이 재미가 없을 테지.”

“참, 우리 모교가 강남으로 옮겼다며?”

“그럼, 오래 전의 일이야. 우리 모교뿐 아니라 숙명학교도 옮겼더구나.”

“그랬니? 참 그때 수업시간에 숙명학교 교실에다가 거울 비추다가 선생님들한테 야단도 많이 맞았지.”

“그뿐이야. 숙명 농구선수들 팬티 훔쳐다가 입고 다닌 녀석도 있었고, 어떤 녀석은 숙명학교 배지를 구해 가지고 바지춤 밑에다 달고 다니던 친구들도 있었지. 그래야 여자 친구가 생긴다고.”

“너도 숙자 씨 꽤나 쫓아다녔지?”

“그럼, 아마 10년이 넘을 거야.”

"그랬다면 끝까지 책임을 졌어야지."

"애써 잡은 고기를 놓아준 낚시꾼이 더 멋있잖아."

"잘못했다고 하지 않고 달리 둘러대기는… 너 아직도 그 멋 타령이구나."

"제 버릇 누구 주겠니?"

"운성, 나는 너한테 받기만 하고 갚지 못해 어떻게 해?"

"무슨 소리야. 네가 예까지 찾아온 것만 해도 어딘데. 만두 한두 접시, 목 자른 워커 한 켤레가 몇 푼이나 된다고. 꼭 물질로 갚아야 갚는 거니. 넌 이미 마음으로 몇 배나 갚았어. 여태 나를 기억해 주고, 네 글에도 몇 번이나 어쭙잖은 내 이야기를 썼잖니. 내가 고교시절 네가 그렇게 어려운 줄 조금 일찍 알았다면, 네가 그때 휴학하도록 내버려두지는 않았을 건데."

"고마워. 알고 있어. 하지만 그때 내 형편은 정말 대책이 없었어. '가난은 나라도 구제 못한다'는 말도 있잖니? 그리고 나 휴학해서 일 년 늦은 건 있지만, 그 대신 얻은 것도 많다고 생각해. 인생을 좀 살고 보니까, 잃는 게 있으면 얻는 게 있고, 얻는 게 있으면 잃는 것도 있더라. 내가 오늘까지 이나마 살아온 것은 그 시절 학교 다니지 못할 때의 절박감이 머릿속에 남아있기 때문일 거야. 그리고 난 고교시절 너와 같은 친구가 있었다는 게 정말 평생 감사하고 자랑스러워. 배고플 때 먹은 눈물젖은 빵이 더 맛있듯이, 가난할 때 나눈 우정이 더 값진 것 같아. 인천공항에서 뉴욕 케네디공항까지 열네 시간 동안 비행기를 타고 오면서도 너를 생각하고 오니까 조금도 지루하지 않았어.”

“네가 그렇게 생각하고 있다니 오히려 내가 영광이다 얘.”

“나 요즘 글감이 잘 떠오르지 않으면 그 시절 곱씹으면서 원고지를 메워.”

“하기는 작가에게는 체험보다 더 좋은 글감은 없지.”

“맞아, 작가에게는. 왕년에 잘 살았다, 집에다 금송아지 매어두고 살았다는 얘기를 쓰면 어느 독자가 재미있게 읽어주겠니.”

“그럼, 너 잘났다고 하고 덮어 버릴 테지.”

“너도 글 썼잖아.”

“연습만 했어. 영국의 수필가 찰스 램과 같은 스타일의 에세이를 쓰고 싶었는데. 하지만 막상 써보니까 잘 안 되더라. 굳이 변명하자면 미국 이민생활이 붓을 들 만큼 여유롭지도 못했고. 네가 부럽다 얘.”

“나도 마찬가지야. 괜히 작가가 되겠다고 입문한 걸 얼마나 후회했는지 몰라. 그러면서도 아편장이처럼 그 굴레를 헤어나지 못하고 있어. 직장에 얽매여 못 쓰는 것 같아 퇴직까지 했는데도 마찬가지야. 애초부터 나는 둔재이기도 하고, 아직도 내 정성과 노력이 부족하다고 생각해.”

“나는 고교 동창으로서 네 스스로 둔재라는 말에는 동의할 수 없지만, 네 정성과 노력이 부족하다는 겸손한 자세에는 박수를 보내고 싶다. 끝까지 해 봐, 왜 ‘눈물 속에 핀 꽃’이라는 노래도 있잖았니. 서리를 맞고 난 국화처럼 너는 반드시 성공할 거야. 아마 너의 첫 작품이 〈국화꽃 필 때면〉이었지. 너도 그 토종 국화처럼 늦게 활짝 필 거야.”

“고맙다. 내 첫 작품을 여태 기억해 주고. 역시 옛 친구는 다르군. 작품을 쓰고자 퇴직했지만 갑자기 닥친 자유로운 시간을 유용하게 쓰지 못하고 방황할 때가 많아.”

“작가에게는 때때로 방황도, 침묵의 시간도 필요해. 그래도 너는 꾸준히 글을 쓰면서 스스로 일감도 만들어 여기저기 다니기도 하잖니? 네 말대로 꾸준히 정성을 다하면 네 어릴 때 소망을 언젠가는 이룰 거야.”

“너는 그제나 이제나 못난 친구를 격려해줘서 고맙다. ‘고래도 칭찬을 해주면 춤을 춘다’고 하던데, 귀국한 뒤 우리들의 우정을 소재로 소설을 한 편 써야겠다.”

“그래 한 번 써 봐. 네 작품 속에 내가 주인공으로 남는다면 인간세상에서 삶의 보람과 의의를 되찾게 되는 거지.”

“네가 그렇게 생각한다면 꼭 쓸게.”

“그래. 고맙다. 넌 할 수 있을 거야.”

“용기를 돋워줘 고맙다.”

“아니야 넌 할 수 있어. 참! 네 아버지 어머니 안녕하시니?”

“……”

“금세 눈물을 글썽거리는 걸 보니 너에게도 말 못할 사정이 있나 보다. 아무리 친구지만 서로의 아픈 곳을 건드리지 않는 게 예의인데…. 잘 모르고 물었으니 양해해라.”

"……."

현은 대답 대신 고개를 끄덕였다.

"사실 나도 이승에 있을 때는 가족관계로 무척 괴로워했는데, 막상 이승을 떠나와 보니 다 이해도 되고, 왜 내가 살아있을 때 좀더 너그럽게 생각지 못하였는가 후회도 돼. 'Nobody perfect'라는 말처럼 이 세상에 완벽한 사람도, 단란하고 완벽한 가정도 드물어. 오히려 아픔들이 더 많아. 다만 그 구성원들이 서로 부족함을 메우고, 그 아픔들을 서로 보듬고 사는 게 단란한 가정이야."

"내가 미처 몰랐던 것을 가르쳐 줘서 고맙다. 넌 언제나 나보다는 더 어른스러웠지."

"얜, 나 그렇지 못했단다. 그래서 평생 외골수로 살다왔지. 너 언제 뉴욕을 떠나니?"

"내일."

"힘들게 와서 좀더 머물다 가지 그러니?"

"나에게는 뉴욕에서 너를 만나는 게 가장 중요한 일이었고, 오늘 너를 만났으니 뉴욕에서 볼 일은 사실상 다 끝난 셈이야. 철우는 이미 만났고, 윤호도 오늘밤에 만나면 굳이 뉴욕에서 더 이상 만날 사람도 할 일도 없어. 그리고 워싱턴 근교 메릴랜드 주 칼리지파크에 있는 아카이브에 다른 볼 일도 있고."

"내가 너를 잡을 수도 없고…. 내가 살았더라면 내 아파트에서 네 마음대로 오래도록 머물면서 뉴욕 구석구석을 마음껏 돌아보고 가라고 붙잡을 텐데…. 뉴욕은 네 계절이 다 아름다워. 봄의 꽃들, 여름의 녹음, 가을의 단풍, 겨울의 설경 모두 멋있어. 하루 종일 숲 속을 거닐어도 지루한 줄 모르지. 내가 너를 보살 필 수 없지만 자주 오너라. 특히 허드슨 강 언덕에 제비꽃이 필 때가 네 계절 가운데 가장 아름답지.”

“너 아직도 제비꽃 좋아하는구나.”

“그럼, 나의 첫 사람이었는데….”

“남자는 첫 여자를 잊지 못하고 여자는 마지막 남자를 잊지 못한다더니….”

“…….”

현은 화제를 돌렸다.

“이제 길이 틔었으니까 자주 형편 되는 대로 올게. 그보다 나도 곧 네가 있는 그곳으로도 가야지.”

“얜! 뭔 소리야. ‘인생은 60부터’란 말 몰라. 오래 살면서 작품도 많이 쓰고… 내 몫까지도 대신 살아줘.”

“세상 살기가 무척 힘들어. ‘산다는 것은 속으로 이렇게 조용히 울고 있는 것’이라고 노래한 시인의 시구가 곱씹을수록 가슴에 파고들어.”

“정말 그 시구 멋있다. 나도 살아있을 때는 그랬을 거야.”

“너도 그랬니?”

“응, 하지만 힘들게 사는 것이 더 의의 있는 삶이야. 강도 깊은 계곡과 굽이가 있어야 더 경치가 좋고, 분재도 가지의 굽이가

많을수록 더 아름답다고 하더군. 삶이 힘들다고 하는 것은 현실
에 집착하기 때문이야. 몽땅 버려, 네 예술만 꽉 붙잡고. 너 프랑
스나 영국 가 봤니?"

"응, 두 나라 다 가 봤어. 십여 년 전에."

"걔네들이 보여주는 게 뭐였니?"

"작가나 화가들의 고향 생가, 집필실, 차 마신 곳, 기념관, 무
덤 그런 곳이었어."

"바로 그거야. '인생은 짧고 예술은 길다'는 말 그대로야."

"그래 오직 학문과 예술만이 오래도록 남더군."

"버려, 모든 세속적인 걸. 버려야 새로운 것을 얻을 수 있어.
사실 세속적인 것은 물거품이야."

"하기는 전직 대통령도 쇠고랑을 차고는 눈물을 질금거리며
대통령한 것을 후회하는 것도 봤어. 노랫말처럼 빈 손으로 왔다
가 빈 손으로 가는 게 인생인가 봐."

"그래 그 말 정말이야. 나야 남겨 놓은 것도 별로 없지만…,
그래도 내가 아끼던 소지품 죄다 두고 왔잖니?"

"만일 사람이 죽을 때도 가져갈 수 있다면 더 아귀다툼이 벌
어질 거야."

그새 철우가 자기 볼일을 마치고 돌아오고 있었다.

"설송, 그만 가 봐. 이 목사님이 돌아오셨다."

"운성!"

현이 아파트를 바라보니 그새 열려 있던 창문이 닫히고 커튼

이 내려졌다. 다시 눈을 부릅뜨고 자세히 살펴도 조금 전까지 속
삭이던 지수의 환영은 보이지 않았다. 현은 아파트를 향해 손을
흔들고 벤치에서 일어나서 철우 승용차로 돌아왔다.

"그만 가볼까?"

철우가 승용차의 시동을 걸고 있었다.

"귀중한 시간 뺏어 미안해."

"미안하기는, 나 오늘은 너를 위해 시간을 비워뒀어. 근데 네
가 지수 형 아파트를 하염없이 바라보며 둘이서 뭔가 이야기를
나눈 듯이 보이더구나. 마치 영혼과 대화하듯이."

"그랬어. 마치 살아서 만난 사람처럼 우리는 그렇게 다정히
이야기를 나눴어."

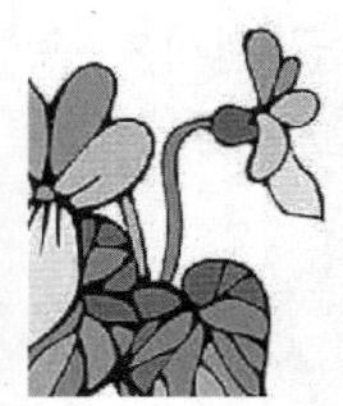

15. 허드슨 강변의 추모 예배

이철우 목사는 플러싱에서 곧장 와잇스톤 브리지와 조지 워싱턴 브리지를 건너 팰리세이드 인터스테이트 파크웨이를 달리다가 허드슨 강이 내려다보이는 록펠로우 전망대로 차머리를 돌렸다.

"너 모교에 부임할 때 수수깡 선생이 뭐라고 하든?"

"벌레 씹는 표정으로 '내가 너희들에게 선생은 되지 말라고 했는데…' 하더군."

"속으로는 찔끔했을 테지. 그 뒤로도 너만 보면. 세 학생 가운데 한 학생은 같이 근무하게 되고, 또 다른 학생은 신부님과 해군제독이 되었으니…. 지금 생각해도 선생님으로서 학생에게 할 말이 아니었어."

"아마 사회 환경이 그분을 그렇게 만들었을 거야. 사실 나도 교사로서 학생들에게 잘못한 게 많아."

"하기는 죄를 짓지 않은 사람은 없지. 그것을 깨닫고 참회하는 게 아름다운 사람이야."

"목사님다운 말씀이구나. 가르쳐 줘서 고마워."

“사실 나도 아직 부족한 게 많아…. 어때 시골생활이?”

“어디나 장단점은 있게 마련인데, 막상 살아보니까 이제는 나이 탓인지 시골이 더 좋아. 우선 공기가 맑아 하루 종일 기분이 상쾌해. 그새 시골로 내려간 지 이태가 되었는데, 이제는 서울에 가면 목이 텁텁해져. 그런데 그간 사귀었던 사람과는 멀어지는 단점이 있어.”

“세상사란 좋은 점이 있으면 그와 비례하여 나쁜 점이 있는 건 철칙이잖아. 우리가 이제는 인생을 정리하고 살아야 할 나이니까 시골에서 차분히 인생을 정리하는 것도 보람이 있을 거야, 사람 멀어지는 건 아마 서울에 살아도 그럴 거야.”

“세월이 흐르고 나이가 들수록 언저리 사람들은 하나 둘 다 떨어져 나가고 끝까지 남는 것은 자기뿐인 것 같아.”

“맞아. 너는 일찍 깨우쳤구나. 그리고 죽은 뒤 세상에 남는 것은 내가 이 세상을 위해 한 일들이야. 한때 나도 너처럼 은퇴 후 고국의 시골로 돌아가서 살고 싶은데 좀더 의미 있는 일을 찾고 있어. 마침 지수 형이 나에게 유언을 남겼는데, 당신이 살던 아파트와 약간의 목돈을 모두 우리 교회에 기부했어. 좋은 데 쓰라고. 아파트를 매매한 돈과 목돈을 아직도 은행에 예치해 두고 있는데, 우리 교회 장로님들과 상의하여 그 기금에다 다른 기부금을 모아 해외 선교나 봉사사업에 쓸까 생각중이야.”

“그런데, 법학과를 나온 네가 목사님이 된 것 뜻밖이다.”

“애초에는 무역회사원으로 미국에 왔지. 그 무렵 한국에서와는 달리 이곳에서 물질의 풍요를 누리며 사는데, 갑자기 삶에 회의가 오더군. 그러면서 좀더 보람 있게 사는 길이 뭘까 생각하다가 회사에 사표를 던지고 다시 신학을 공부했지.”

　이런저런 얘기를 나누는 새, 이 목사의 차는 달력의 그림처럼 아름다운 허드슨 강 언덕에 닿았다. 초겨울이라 이미 대부분 활엽수들은 낙엽이 졌지만 여태 남은 새빨간 단풍잎이 요염하게 아름다웠다.

　“지수 형이 나에게 유언하기를, 자기 묘지는 만들지 말고 화장한 뒤 남은 뼛가루는 가능한 허드슨 강 언덕 소나무 그루터기 옆 제비꽃이 핀 곳에다가 뿌려달라고 부탁하였어. 그래서 형의 유언을 받들어 산골 장소를 어디로 할까 물색하다가 앞이 탁 트이고 경치가 좋으면서 교통이 편리하고 사람들이 자주 다니는 이곳 록펠로우 전망대로 정하였어. 마침 소나무도 있는데다가 그 언저리에는 제비꽃도 활짝 피었더라고. 일종의 수목장인 셈이지.”

　“내가 봐도 아주 명당이다. 참 잘 정했다. 맨해튼도, 허드슨 강도 한 눈에 내려다보이고, 쓸쓸치 않게 차들도 많이 다니고. 더욱이 제비꽃 옆이었다니.”

　“왜 하필 많은 꽃 중에 지수 형은 제비꽃을 좋아했지?”

　“지수가 그 사연을 말하지 않던?”

　“전혀 얘기가 없었어.”

　“아마도 자기 첫 사랑 얘기를 혼자 가슴에 묻고 세상을 떠나고 싶었던 게로군.”

“그래? 제비꽃 얘기 좀 들려줄 수 없을까?”

“글쎄, 나도 정확히 아는 건지 모르겠네. 지수가 강숙자 씨와 한창 연애할 때 같이 송추계곡으로 야외스케치를 자주 다닌 모양이야. 어느 봄날 숙자 씨가 스케치하는 곁 잔디밭에 누워 있는데 바로 곁에 제비꽃이 활짝 핀 게 보이더래. 보랏빛 제비꽃이 어찌나 예쁜지 그때부터 숙자씨를 제비꽃으로 비유했고, 그런 얘기도 서로 나눴나 봐. 그날 거기서 첫 키스도 나눈 모양이야.”

“그런 사연이 있었군. 그래서 제비꽃이 핀 곳에다 자기 유해를 뿌려 달라는 유언도 남겼나 보군.”

“아마 그랬을 거야. 보랏빛 제비꽃이 아주 요염하고 예쁘거든. 숙자 씨가 제비꽃처럼 요염하고 예뻤어.”

“아무튼 아름다운 이야기다. 나는 까마득히 모르는 얘기였는데.”

“나도 자네가 제비꽃 이야기를 하기에 지난 일들이 유추되는군. 어쨌든 고인이 원하는 장소로는 안성맞춤이다.”

“나도 이 길을 가끔 지나다니거든. 시간이 있을 때는 이곳에다가 이따금 차를 세우고 잠시 묵도를 드리고 가지.”

“수목장도 잘했다. 어차피 사람이 죽으면 육신은 자연으로 돌아갈 건데 미리 깨끗하게 태워 한 줌 자연으로 돌려보낸 것도. 사실 나도 생각중이야. 세계를 두루 돌아다녀보니까 우리나라처럼 요란스럽게 묘지 만드는 나라는 없더군.”

"땅이 넓은 미국사람들도 묘지는 한두 평이고, 그나마 모두 평장을 하지."

강 언덕 아래에는 허드슨 강이 유유히 흐르고, 강 건너편은 맨해튼 시가지가 한 눈에 들어왔다. 이 목사는 낙엽이 수북이 쌓인 잔디밭을 지나 마침내 지수의 유해를 뿌린 소나무 그루터기를 찾았다. 이수영은 두어 번 손 전화 통화로 위치 확인을 하더니 정확히 약속시간에 맞춰 록펠로우 전망대에 도착했다. 곧 이어 제니 정도 왔다. 이 목사는 성경과 찬송가를 펴고는 허드슨 강을 향해 고개 숙였다. 현도, 이수영도, 제니 정도, 이 목사가 주관하는 예배에 고개를 숙였다.

묵도로써 고 장지수 형제의 추모 예배를 시작하겠습니다.

하나님 아버지! 오늘 이 시간 우리들의 발걸음을 사랑하는 장지수 형제가 있는 곳으로 인도해 주심에 감사드립니다. 아버지, 특별히 크신 은혜를 주셔서 그동안 서로 오랫동안 멀리 떨어져서 그리워하던 조현 형제가 이제 때가 되어 고국에서 수륙만리 머나 먼 미국 뉴욕까지 발걸음을 인도하여 주심에 감사합니다. 이제 장지수 형제가 우리와 육신으로는 함께 같이 있을 수 없지만, 하늘나라에서 내려다보면서 우리를 기다리고 있을 줄 믿습니다. 우리가 다시 그를 만나게 해 주시옵소서. 장지수 형제가 우리에게 남긴 '영원'에 대한 교훈과 원죄에 대한 참회의 교훈을 오늘 이 자리에서 다시 한 번 마음에 새기면서, 그 교훈을 깨닫고 실천하게 해 주십시오. 아버지 하나님, 유명을 달리한 옛 친구가 그리워 먼 길을 달려온 조현 형제의 아픈 마음에 위로와 평안을 주시옵소서. 그리고 그가 돌아가는 길도 보살펴주시옵소서. 예수님의 이름으로 기도합니다. 아멘.

성경말씀은 전도서 3장 11절입니다. "하나님이 모든 것을 지으시되 때를 따라 아름답게 하셨고, 또 사람에게 영원을 사모하는 마음을 주셨느니라. 그러나 하나님의 하시는 일의 시종을 사람으로 측량할 수 없게 하셨도다." 아멘.

사람마다 떠나고 나면 자취를 남깁니다. 좋은 자취를 남기는 사람도 있고, 그렇지 못한 사람도 있습니다. 장지수 형제가 우리에게 남긴 자취는 영원에 대한 교훈을 주셨습니다….

우리 지수 형제는 '영원'이 있다는 것을 깨달았습니다. 그리고 영원의 세계를 소망하였기에, 그 영원의 세계로 가는 날을 오히려 기다렸습니다. 내가 어디로 가는지를 아는 사람은 다음에 일어나는 일이 걱정되지도 않고, 두렵지도 않습니다. 지수 형제는 그렇게 갔습니다. 그리고 영원을 아는 사람은 살아있는 동안에도 삶의 목적을 아니까 선한 일을 행하고, 선한 일에 자기의 모든 걸 바칩니다.

우리 지수 형제는 평생을 고결하게 살다가 갔습니다. 아버지와 어머니가 이복동생에게 남긴 죄를 당신이 대신 참회하면서 하나님 앞에 죄인으로 속죄하며 살았습니다.

우리 지수 형제는 영원에 대한 교훈을 남기고 갔습니다. 우리 지수 형제는 진정한 참회의 자세를 보여주고 우리 곁을 떠났습니다. 우리 다시 지수 형제를 만날 그날까지, 남은 나의 삶을 부끄럽지 않게, 주님 보기에 아름답게 삽시다.

기도하겠습니다. 하나님 아버지 감사합니다. 우리에게 영원을 아는 지혜를 주시고, 영원을 사모하는 삶을 살게 해 주신 것을 감사합니다. 우리 지수 형제가 이 세상에서 사는 동안에 육신의 세월은 짧았지만, 오래 살았느냐 짧게 살았느냐를 보시는 게 아니라, 어떻게 살았느냐를 보시는 하나님 앞에서 아름다운 믿음의 길을 가고, 주님 만나기를 사모하는 가운데 주님 앞으로 가게 해 주신 은혜 감사합니다.

아버지시여, 그 믿음을 본받고 영원에 대한 가르침과 참회의 자세를 새겨 친구 앞에 부끄럽지 않은 길을 함께 가게 할 수 있도록 큰 은혜를 주시옵소서. 아버지시여, 오늘 먼 고국 땅에서 평소에 지수 형제를 마음속에 새기면서 보고 싶어하고, 그리워하던 친구 조현 선생이, 수륙만리도 멀다하지 않고 달려와서 지수 형제의 마지막 재가 뿌려진 이곳에 서 있습니다. 친구의 마음속에 다시 한 번 위로와 평안을 주시고 다시 만날 수 있는 길로 인도해주시옵소서. 예수님의 이름으로 기도하옵나이다. 아멘

　일행은 이 목사가 지수의 유해를 뿌렸다는 소나무그루터기 옆 제비꽃이 피었던 곳에 다가가 더욱 깊이 고개 숙였다. 언저리 모든 활엽수들은 잎이 떨어져서 앙상한데도 유독 그 소나무는 푸름을 잃지 않고 싱싱하게 자라고 있었다. 록펠로우 전망대 바로 아래에는 허드슨 강물이 소리 없이 흐르고, 강 건너 맨해튼의 마천루들이 뿌연 연무 속에 가물가물 보였다.

　"목사님! 이 자리를 빌려 아버지의 잘못을 용서 빌고 싶어요."

　제니 정은 다시 소나무그루터기를 향해 고개 숙였다.

　"지수 형은 이미 용배 형을 용서하였을 겁니다."

　"아버지는 돌아가시기 전까지도 당신이 지수 아저씨에게 진 죄로 늘 괴로워하셨습니다."

　"사람은 누구나 잘못을 저지를 수 있습니다. 그 잘못을 깨닫고 회개하는 게 중요하지요. 용배 형은 자기 잘못을 이미 깨닫고 회개하였으니 벌써 지수 형에게, 하나님에게 용서를 받았습니다."

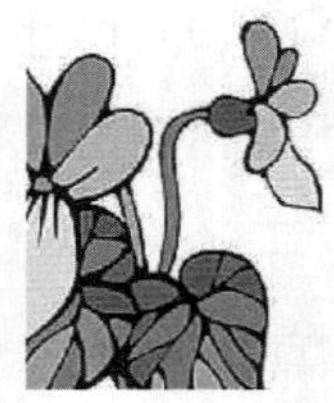

16. 산중다원

　조현과 강숙자가 조계사 산중다원에서 마주 앉은 지 그새 두 시간이 흘렀다.

　"죄송해요, 조 선생님, 저 잠깐 실례하겠어요."

　강숙자는 현의 얘기 가운데 특히 이철우 목사의 지수 추도예배 대목에서는 눈물을 쏟았다. 그는 울음을 참지 못하고 조용히 흐느끼다가 얼룩진 화장을 고치려는 듯 앉은 자리에서 일어났다. 잠시 후 그가 돌아왔다. 현도 화장실을 다녀왔다. 다시 두 사람은 자리에 마주 앉았다. 그새 강숙자의 얼굴에는 얼룩이 지워져 있었다.

　"허드슨 강변에서 추도예배가 무척 아름답게 그려졌어요. 조 선생님 얘기를 들으니까 문득 저도 그곳을 찾고 싶네요. 언제 뉴욕 가는 길이 있으면 저도 꼭 한번 그곳에 들러야겠습니다. 허드슨 강변 록펠로우 전망대라고 하셨지요."

　"네, 마침 여기 수첩에 정확한 지명이 있습니다. '팰리세이드 인터스테이트 파크웨이 근처에 있는 록펠로우 전망대'이군요."

　"꼼꼼히 적어두셨군요."

　"저도 다시 찾을 때 더듬거리지 않으려고 그랬습니다. 혹 제

아이들도 뉴욕에 가는 길이 있으면 꼭 그곳을 들리라고 부탁도
하려고요. 지수가 제 아이들이 무척 보고 싶다고 하더군요."
"자기 아이가 없으니까 더 그러겠지요."
"그러나 봅니다."
"뉴욕 택시기사들에게 이 지명을 대면 정확히 그곳에 데려다
줄 겁니다. 강 교수님이 찾아가면 지수 그 친구가 무척이나 반가
워할 테지요."
"사정이 허락한다면 그곳에 며칠 머물면서 허드슨 강 언덕을
화폭에 담고 싶네요."
"아주 좋은 착상입니다. 훌륭한 작품이 될 것 같습니다. 화제
는 '허드슨 강 언덕의 제비꽃'이 어떨까요."
"작가의 상상력이 대단하십니다. 만일 그곳을 그리게 되면
고려해 보지요."
조용한 가야금산조가 흐르던 산중다원 실내음악이 '그 집 앞'
이라는 가곡으로 바뀌었다.

오가며 그 집 앞을 지나노라면
그리워 나도 몰래 발이 머물고
……………

산중다원 주인이 새로이 인삼차를 차상 위에 두고 갔다.
"제가 분위기를 바꾸려고 특별히 부탁했어요. 다행히 이 노

래가 담긴 CD가 있네요. 머무른 시간이 오래라 미안해 차도 새로 주문했습니다."

"잘 하셨습니다. 이 노래 지수가 걸핏하면 흥얼거렸지요."

"그랬습니다. 대학시절에 제가 도봉산이나 송추 계곡으로 스케치 나갈 때면 지수 씨가 배낭을 메고 따라왔어요. 저는 이젤을 세우고 주변 풍경을 스케치하면 지수 씨는 곁에서 자기가 가지고 온 코펠에다가 버너 불을 켜서 요리를 했어요. 왜 그때는 유원지에서 취사도 할 수 있었잖아요."

"저도 언젠가 그 이야기를 들었습니다. 제비꽃 이야기도."

"어머…."

숙자 씨는 갑자기 얼굴을 붉혔다.

"벌써 반세기 지난 이야기인데 아직도 얼굴을 붉히세요."

"그때를 되새기니까 그 시절로 돌아간 기분이네요. 지수 씨는 밥을 지으면서 내내 '그 집 앞'을 흥얼거리거나 휘파람으로 불었어요."

"노래만 부른 게 아니라 실제 노랫말처럼 숙자 씨 집 앞을 서성거렸지요?"

"그랬지요. 그 당시 우리 동네 통반장도 다 알 정도로."

"요즘 청소년들에게는 고전적인 포로포즈일 테지요."

"웃음거리일 테죠. 전화나 메일, 문자메시지로 해결하는 세상에."

"사랑의 진행 속도도 엄청 빨라진 것 같지요."

"그럼요, 요즘은 대학 캠퍼스 벤치에서 훤한 대낮에도 거리낌 없이 포옹하는 학생 커플들도 많아요.”

“결과보다 과정이 더 중요한데 과정이 줄어들거나 생략한 채 사랑도 이뤄지나 봅니다.”

“요즘 그런 얘기하면 쉰 세대로 밀려나요.”

“세상사도, 유행도 돌고 도니까, 젊은이의 사랑도 언젠가 복고조로 돌지도 모르지요.”

“글쎄요, 그랬으면 좋겠어요. 젊은이들의 사랑이 깊이도 없고, 그윽한 맛도 잃은 듯해 안타까워요. 인생 자체가 천박해진 듯도 하고요.”

“그림을 그리는 연인 곁에서 밥하는 남자? 그 시절을 연상하니까 참 멋있는데요.”

“저도 가끔은 그 시절의 추억에 잠겨요. 그럴 때는 살포시 미소가 지어지지요.”

“혼자만 간직하셨습니까?”

“그랬습니다. 왜 귀중한 것은 남에게 감추잖아요.”

“지수도 제비꽃 이야기만은 이 목사님에게도 말하지 않았나 봐요. 그래서 제가 얘기했더니 그제야 유해를 제비꽃 옆에다 뿌려달라는 유언이 이해가 된다고 하더군요.”

“어쩌지요. 우리 두 사람만이 간직한 비밀을 조 선생이 다 알고 있어서?”

“저 소문 안 낼게요.”

“작가에게 소문 내지 말라는 얘기는 기자에게 보도치 말라는 얘기와 똑 같지요.”

“걱정 마십시오. 혹 소설을 쓰면 가명을 쓰든지, 아니면 얘기를 조금 바꾸겠습니다.”

“배려해 주셔서 감사합니다.”

“지수, 그 친구 요리 솜씨가 일품이었지요?”

“아주 뛰어났어요. 야외에서 밥이 다 되면 그 자리에서 함께 먹었는데, 그 맛이 아주 일품이었어요. 한번은 프라이팬까지 가지고 와 잡채를 했는데 그 맛이 지금도 혀끝에 남아 있네요. 솔직히 저보다 요리 솜씨가 더 좋았습니다.

“저도 지수네 집에서 그 친구가 끓여준 만두국과 새우튀김을 먹은 적이 있기에 그의 요리솜씨를 익히 알지요. 그의 취미는 배우들 캐리커처 그리기와 요리였지요.”

“그랬습니다. 그리고 지수 씨의 성격은 매우 치밀하고 자상했지요.”

“그럼요, 제가 신문 배달할 때 지수가 워커를 구해 준 일이 있지요. 그 워커 때문에 제가 뉴욕 행 비행기를 탔습니다.”

“저도 그런 추억이 많아요. 제 생일이나 크리스마스 등, 무슨 기념일은 한 번도 선물을 빠트린 적이 없었고, 대학시절 한번은 제가 몹시 아파 입원을 했거든요. 나흘 간 입원했는데 꼬박 제 곁을 지켰어요.”

“정말 그 친구 다정다감했습니다.”

“그랬어요.”

'그 집 앞'에 이어서 캐롤 키드의 'When I dream'이 흘러나왔다. 강숙자가 조용히 따라 불렀다.

....

When I dream, I dream of you.
May be someday you will come true.

(그렇지만 내가 꿈을 꿀 때에는, 당신을 꿈꾸지요
어쩌면 미래에 당신이 현실로 나타날지 몰라요.)

"노랫말처럼 지수가 현실로 나타났으면 좋겠습니다."
"그러게 말입니다. 세월은 흘러도 음악은 그대로 남는군요."
"그래서 '인생은 짧고 예술은 길다'고 하잖습니까?"
"그렇지요. 예술은…. 하지만 그 예술의 경지에 이르기가 무척 힘드네요."
"쉬우면 누구나 다 오를 수 있지요. 저도 마찬가지입니다."
"붓을 든 지 40년이 넘어도 아직도 가물가물해요. 빈센트 반 고흐가 정신착란을 일으켜 자기 귀까지 자른 심경이 이해도 돼요."
"저도 그 이야기가 이해는 됩니다만 강 교수님은 자해는 하지 마십시오."
"아무렴, 제가 그럴 만한 인물이나 되나요. 다시 뉴욕 이야기를 이어 주시지요."
"그럴까요."

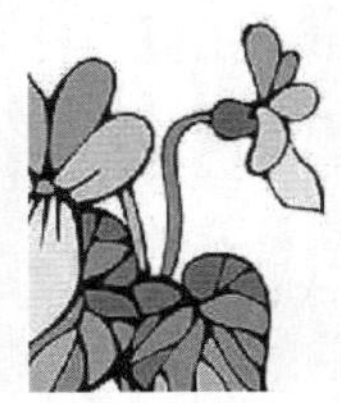

17. 맨해튼의 추모 모임

이 목사는 추도예배가 끝난 뒤 한 동포 한식집으로 안내했다. 네 사람은 늦은 점심을 들었다. 현은 미국 도착한 다음 그때까지 한잠도 못 잔데다가 밥을 먹자 곧 식곤증으로 금세 하품이 나고 눈이 저절로 감겼다. 이 목사는 그 낌새를 알고, 그날 오후에 계획했던 맨해튼 관광은 저녁으로 미룬 뒤 곧장 자기가 예약해 둔 호텔에 가자고 했다. 그때까지 동행하던 이수영은 다음날 아침 일찍 현이 묵을 호텔로 와서 워싱턴까지 자기 승용차로 픽업하겠다고 약속하고는 한식집 앞에서 헤어졌다. 제니 정도 거기서 헤어졌다. 그는 헤어지면서 현에게 카드를 전했다. 그러면서 자기가 떠난 뒤에 펴보라고 하였다. 현이 이 목사의 차에 탄 뒤 카드를 펴보자 일백달러짜리 지폐 세 장과 예쁜 카드 속지에는 이렇게 씌어 있었다.

"조현 선생님!
친구의 영혼을 달래기 위해 멀리 고국에서 찾아오신
우정과 열정에 감사드려요.

저도 어려서부터 지수 아저씨를 무지 좋아했어요.

그런데 저희 아버지는 지수 아저씨를 많이 괴롭혔지요.

제 아버지는 2003년 연말에 돌아가셨어요.

돌아가시기 전에는 이곳 록펠로우 전망대를 자주 찾으셨지요.

아마 지수 아저씨는 하늘나라에서 편히 사실 거예요.

그럼, 안녕히 돌아가세요.

제니 정 올림”

“카드에 돈을 삼백달러나 넣었네.”

“여비로 보태 써. 아마 제 아버지 대신 지수 빚을 갚는 모양
이야. 미국에서는 일백달러짜리가 아주 큰돈이야.”

“용배가 지수에게 무슨 빚을 졌다는 거야.”

“용배 형은 걸핏하면 지수를 찾아와 많은 돈을 얻어간 걸로
알아. 지수 형이 슬롯머신에 손을 댄 것도, 알코올 중독에 빠진
것도 다 용배 형이 인도한 셈이었지.”

“용배는 어떻게 세상을 떠났어?”

“그 형도 사연이 많은 사람이었어. 그 형 아버지가 자유당 때
국회의원까지 한 실력자였지. 4·19 후 날개 떨어진 새가 되었지.
용배 형도 대학 졸업 후 중정에서 일하다가 사고치고는 미국으
로 튀었나 봐. 그 형은 일찍 결혼하여 가족이 넷이나 딸렸어. 그
래서 무척 힘들었을 거야. 지수 형의 도움을 많이 받은 걸로 알
아. 용배 형은 학교 다닐 때부터 술과 도박을 좋아했잖아. 그 때
문에 중정에서도 사고를 쳤고, 끝내 와이프에게 이혼 당했지.

2003년 크리스마스 다음날인가 롱아일랜드 바닷가에서 권총으로 자살을 하였어. 용배 형 장례식도 내가 주관했지.”

“…….”

현은 잠시 눈을 감았다. 이 목사가 안내한 곳은 허드슨 강 건너 뉴저지 주의 칼스테드 시에 있는 아담한 호텔이었다. 이 목사는 저녁 김윤호와 약속한 모임시간에 맞춰 5시에 호텔로 다시 오기로 약속하고는 자기 교회로 돌아갔다. 현은 잠이 폭포수처럼 쏟아져 객실로 들어온 뒤 겉옷만 벗고 곧장 침대에 쓰러졌다.

그새 두어 시간 눈을 붙였을까? 현은 잠에서 깨자 몸이 아주 가뿐하고 기분이 매우 좋았다. 그야말로 꿀맛 같은 단잠이었다. 침대에서 일어나 그제야 가방을 열어 짐을 챙긴 뒤 욕실로 가 몸을 닦았다. 현이 몸을 닦고 막 새 옷으로 갈아입는데 이 목사에게 전화가 왔다. 5시 10분 전이었다. 이 목사는 부인과 같이 현이 묵고 있는 호텔로 오고 있다고 하면서, 5시 정각에 호텔 주차장에서 만나자고 하였다. 현은 서둘러 옷을 입고 주차장으로 나갔다. 곧 이 목사의 차가 도착했다. 부인은 초면이었지만 인상이 서글서글하여 친밀감이 갔다. 현은 부인과 가벼운 목례를 나누고 차에 올랐다. 부인이 굳이 앞좌석을 양보하여 현이 친구 곁에 앉았다. 운전대를 잡은 이 목사는 도로사정이 어떨지 모르지만, 맨해튼에 일찍 도착하면 그 일대를 한 바퀴 돌자고 하였다.

현은 지난해 이미 맨해튼을 둘러본 적이 있었지만, 그래도 이 목사는 멀리서 온 고국의 옛 친구를 위해 굳이 맨해튼 안내를 하고픈 모양이라 그의 뜻에 맡겼다. 퇴근시간이면 늘 길이 막힌다는 뉴저지에서 맨해튼으로 가는 홀란드 터널 길은 그날따라 그리 붐비지 않아 쉽게 지날 수 있었다. 촌놈 서울구경에 빠지지 않는 것이 남대문, 동대문, 경복궁, 63빌딩이듯이, 맨해튼 관광도 중요 건물 중심일 수밖에 없었다.

먼저 맨해튼 최남단 로어 맨해튼 배터리 파크에서 바다 건너 자유의 여신상을 바라본 뒤, 2001년 9월 11일, 흔적도 없이 사라진 쌍둥이 빌딩 세계무역센터 자리로 갔다. 이 문명 세상에 거대한 110층짜리 쌍둥이 빌딩이 하루아침에 신기루처럼 사라져 버렸다. 이 목사는 고국에서 온 친지들을 여러 번 안내한 이력이 있는지라 아주 익숙했다.

"9·11 사태 후 이곳을 별칭 '그라운드제로'라고 한다는데, 이는 뉴욕타임스가 원자탄이 투하된 일본의 나가사키와 히로시마 피폭지점을 가리키는 말로 사용한 뒤에 핵폭탄이나 지진과 같은 대재앙의 현장을 일컫는 말이 되었지. 인간의 끊임없는 탐욕과 갈등으로, 지구상에서 가장 번화한 도심의 한 복판에서 수천 명의 목숨이 거대한 빌딩과 함께 한순간 연기처럼 사라져 버렸어."

그들은 차에서 내려 애꿎게 목숨을 잃은 영령들에게 잠시 묵념 후, 그날의 참상을 담은 거리에 전시된 사진들을 잠시 살펴보았다.

"재앙은 물욕에서 생긴다는 명심보감의 말이 동서고금 모두 통하는 말이군."

"그럼, 진리에는 동서고금이 없지. 성서 잠언에도 '홧김에 남을 때리면 그 뭉치에 제가 맞는다'는 말씀이 나와. 가장 중요한 것은 사람이 이 말을 잘 알면서도 실천하지 않는다는 점이야."

현이 어린시절부터 익히 알았던 엠파이어스테이트 빌딩은 거기서 부르면 대답할 거리에 있었다. 이 밖에도 화면으로 자주 봐서 눈에 익은 유엔본부 빌딩, 크라이슬러 빌딩들을 눈요기하고는, 뮤지컬과 연극의 본고장인 브로드웨이 등지를 둘러봤다. 뉴욕 맨해튼 마천루 숲 속에서 '서울운명철학관' '영동부동산' '금강산 식당' 이런 간판들을 만날 때는 무척 반가웠고, 휘황찬란한 브로드웨이 전광판 광고 속에 'SAMSUNG' 'LG' 이런 광고를 볼 때는 괜히 어깨가 으쓱해졌다.

그들 일행이 맨해튼 미드타운에 있는 한 한식집에 들어가 막자리에 앉으려고 하는데 곧 김윤호가 뒤따라 들어왔다. 현이 그를 40여 년 만에 만나는데도 윤호는 어쩌면 그때 그 모습이었다. 다만 창이 좁은 까만 중동고 교모 대신에 뉴욕 양키즈 구단의 야구모자에 간편한 캐주얼복장이었다. 중동학교 재학시절 그는 선생님들의 눈을 피해 유난히 통이 좁은 맘보바지를 즐겨 입고 다녔는데, 지금도 바지통이 그제나 별반 다름이 없었다. 그의 복장은 아직도 10대였다. 얼굴에도 여태 주름 하나 없는, 그는 시간이 정지된 삶을 살고 있는 듯 보였다.

이 목사는 그가 아직 미혼이라고 귀띔했다. 그는 여태 미국인 회사에 다니는데 막 퇴근길이라고 하였다. 현이 보기에 윤호는 아직도 청년 뉴요커로 프로야구와 농구, 뮤지컬과 재즈를 즐기는 만년 청년 자유인이었다. 지수가 독신주의자가 된 데는 윤호의 책임도 크다고 이 목사는 귀엣말로 말했다. 윤호는 독신주의자로, 그동안 여자 친구는 사귀면서 지낸 것 같았으나 현은 그 사실을 본인에게 묻거나 확인치는 않았다. 미국에서 개인 프라이버시를 묻는 것은 가장 큰 결례라는 얘기를 들은 적이 있기 때문이었다.

식사 전, 이 목사가 지수 추모 기도를 드렸다. 그 기도가 끝나자 지수에 대한 추억담은 주로 윤호가 했고, 이 목사와 부인이 이따금 보충했다. 윤호 말이, 지수는 자기와 마지막까지 같이 지냈지만 그는 자존심이 무척 강해 자기 입으로 집안이나 가족 얘기는 별로 하지 않았거니와, 어쩌다가 그 얘기를 꺼내면 몹시 싫어했다고 하였다. 윤호는 이미 10여 년 전에 하늘나라로 간 친구를 아름답게 추억하고픈지 지수의 상흔을 깊게 건드리지 않았다. 이 목사도, 아니 이 목사부인까지도 그랬다. 현 역시 그를 아름답게 기억하고 있는지라, 굳이 지수의 아픈 삶의 궤적을 자세히 묻고 싶지도, 꼬치꼬치 물을 분위기도 아니었다.

현이 그동안 주고받은 메일과 두 친구의 이야기를 종합하여 모자이크하면 지수의 지난 삶을 어렴풋이 그릴 수 있었다. 지수는 가족간 반목으로 몹시 불우했으며, 미국 이민생활도 그리 순탄치 않았다고 한다. 지수 아버지는 함경도 함흥의 대지주의 아들로 태어났으나 8·15 해방으로 북한지역이 공산화되자 월남한 이후, 무능한 가장에다가 이복동생 지철의 문제로 마침내 가족들한테 '왕따'당한 인물로 전락하였다. 지수는 부모의 불화로 집안이 늘 암울하기에 현실을 도피하고 싶었다. 그래서 지수는 대학 졸업 후 애초에 계획했던 국내 대학원 진학을 포기하고, 1975년 해외근무 조건으로 한 무역회사에 입사하여 네덜란드로 떠났다.

그가 해외지사 근무기간이 끝나갈 무렵 이복동생이 어머니에게 존속상해를 하는 끔찍한 일이 벌어졌다. 네덜란드에서 그 소식을 듣고 큰 충격을 받은 지수는 귀국을 포기하고, 해외에서 삶의 터전을 찾아 나섰다.

마침 중학교 때부터 단짝친구 윤호가 뉴욕에 있다는 사실을 알고, 네덜란드 현지에서 회사에 사표를 낸 뒤 무작정 뉴욕 행 비행기에 올랐다. 지수의 초기 뉴욕 생활도 그리 순탄치 않았다. 불법 체류자 신분이었기에 변변한 회사에 취직은 엄두도 내지 못하고, 야채 가게에서 허드레 일을 하다가 한인 타운 플러싱에서 옷가게를 냈다. 그런 가운데 어느 날 지수는 불법 체류자로 이민국에 체포되었다. 그는 친구들의 도움으로 보석금을 물고 간신히 풀려났다. 우선 미국에서 영주권을 얻어야 생활의 안정을 가져올 수 있었다. 가장 쉬운 방법은 미국 영주권을 가진 여성과 결혼이었다. 하지만 그에게는 그럴 배우자도, 돈도 없었다. 다행히 단짝친구 윤호가 돈을 마련하여 위장 결혼을 주선해 주었다. 지수는 양심에 꺼림칙했지만, 미국 땅에서 마음 편케 살기 위해 글로리아라는 한 쿠바여성과 위장 결혼을 했다.

그 무렵까지도 생활에 안정을 찾지 못한 그는, 고국에 있는 강숙자에게 절교를 통보했다. 일방 절교 통보를 받은 강숙자가 놀라 지수의 진심을 알고자 파리 유학길에 뉴욕까지 날아왔다. 하지만 지수는 쿠바여성 글로리아와 실제 살림을 하는 것처럼 위장해 보이면서 끝내 강숙자를 매정하게 돌려보냈다. 그 후로도 지수는 친구들이 한국여인과 결혼을 권유하라고 신붓감까지 소개해 줘도 그는 결정적인 순간에는 언제나 물러섰다.

그가 결혼하지 않는 한결같은 변은 '가정을 갖는 것이 두렵다'는 것과 '아버지 같은 사람이 될까 봐'였다고 했다. 아울러 이복동생을 낳은 아버지의 죄와 그런 동생에게 푸대접하고 학대한 어머니를 비롯한 자기와 가족들의 죄를, 가족 중 그 누군가는 속죄해야 한다는 강박관념이 그의 머릿속을 늘 지배했다. 그래서 그는 속죄하는 자세로 이국에서 외롭게 청교도와 같이 깔끔하게 살았다. 그렇게 살던 그가 1985년부터 사업이 번창하여 특히 1988년 서울 올림픽을 전후해서는 뉴욕 한인의류연합회장에 추대되는 등, 꽤 큰돈을 모았다. 그때부터 그의 곁에는 용배가 그림자처럼 따라 다녔다. 지수는 용배와 함께 다니면서 슬롯머신에 손대기 시작했다. 성공의 길은 오랜 시일이 걸렸지만 파멸의 길은 잠깐이었다. 그런 그가 마흔여섯 살이던 1990년에 식도암을 얻었다. 2년 남짓 투병생활을 하였다. 그때부터는 지수는 용배와 절교하고 다른 친구와도 관계를 끊은 채, 평생 단짝 윤호와 이 목사밖에는 만나지 않았다. 1992년 봄, 뉴저지 허드슨 강 언덕에 제비꽃이 돋아날 때, 그는 48세의 나이로 이승을 떠났다. 그의 곁에는 한 점 혈육도 없었다. 다만 중고교 대학의 몇 친구와 교회 성도들이 그의 죽음을 지켜보았다.

　현은 그때까지 지수가 그토록 가정사정이 복잡한 줄 까마득히 몰랐다. 지수는 현에게 그런 내색을 한 번도 내비친 적이 없었기 때문이다. 현은 지수가 다복한 예사 가정으로 알고 지냈다. 현은 조그마한 일도 숨길 줄 모르고 데굴거리는 참을성 없는 데 견주어, 지수는 집안의 어려움을 조금도 내색하지 않는 속 깊은 친구라는 걸 그제야 알았다. 현은 자기를 편케 대해주고 어려울 때 도와주고 감싸준 그의 인품에 더욱 감복했다. 현이 로테르담에서 보내준 지수의 엽서를 받고 답장을 하여 그들의 우정이 계속 이어졌다면, 그가 조금은 덜 외로웠을 텐데…. 현은 생각할수록 자기의 처사에 가책을 받았다. 세 사람의 이야기를 듣는 동안 현의 눈은 내내 젖어 있었다. 윤호가 말했다.

　"현아 잘 왔어. 네가 온다는 소식 듣고는 얼마나 반가웠는지 몰라."

　"늦게 와서 미안해. 나는 이런 줄은 까마득히 몰랐지…."

　"그런 말 마. 지수의 운명 소식을 알리지 않은 내 잘못도 있어. 네가 내 대신 지수의 유언을 들어줘야겠다.”

“무슨…?”

“지수가 죽기 며칠 전에 나에게 이런 부탁을 했어. 자기가 아무래도 곧 죽을 것 같다고 하면서, 나중에 한국에 가거든 숙자 씨를 찾아 자기가 진정으로 ‘숙자 씨를 사랑했다’는 말을 전해 달라고. 지수가 죽은 뒤, 내가 두 차례 한국에 갔으나 숙자 씨의 거처를 알 수 있어야지. 그래서 두 번째 귀국 때는 숙자 씨의 모교 수송동 숙명학교로 갔더니 학교조차도 강남으로 이전을 했더군. 출국 시간에 쫓겨 거기까지는 가지 못하고 그냥 뉴욕으로 돌아왔지. 네가 이번에 돌아가거든 꼭 숙자 씨를 찾아 지수의 말을 전해 줘라. 그리고 이 지갑도.”

윤호는 주머니에서 낡은 가죽지갑을 꺼냈다. 지수의 유품인데 대학시절 생일날 숙자 씨에게 받은 생일 선물이라고 했다. 윤호는 지수의 유품을 여태 몇 점 간직하고 있었는데 현에게는 파카 만년필을 줬다.

“한국에서 멀리 뉴욕까지 왔는데 만일 지수가 살았더라면 더 좋은 선물을 줬을 거야.”

“무슨, 나에게는 이보다 더 값진 선물은 없어.”

현은 윤호가 준 만년필과 가죽지갑을 받아 가방에 넣었다.

그새 이런저런 얘기로 밤이 깊었다. 네 사람은 자리에서 일어섰다. 윤호는 승용차보다 지하철이 더 빠르고 편하다고 하면서 먼저 맨해튼의 어둠 속으로 사라졌다. 그가 바람처럼 지하철로 사라지는 그 모습이 어쩐지 쓸쓸하게 보였다. 그래서 혼잣말처럼 한 마디 하면서 이 목사 차에 올랐다. 현이 말했다.

"누가 저 친구를 환갑노인으로 볼까? 하지만 어딘지 뒷모습이 쓸쓸해 보여."

이 목사는 핸들을 잡은 채 윤호 얘기를 했다.

"지수 형이 결혼하지 않았던 이유 중의 하나는 윤호 형 책임도 커. 가뜩이나 이복동생 문제로 아버지와 갈등을 겪고는 가정생활에 회의를 느끼고 있는 지수 형 곁에 철저한 독신주주의자요, 자유지상주의자인 윤호 형이 단짝으로 있었다는 것은 유유상종으로 서로 같아질 수밖에 없었어. 윤호 형이 쓸쓸하게 보인다는 것은 자네 생각이야. 윤호 형은 지금도 한 번 사는 인생 골치아프게 살 필요 없다고 생각하면서 살아. 뉴요커 가운데는 그런 사고로 사는 이가 제법 많아. 그들은 이성을 친구 이상이나 이하도 아닌 관계로 사귀면서, 서로에게 부담을 주지도 않지. 그들은 가정이라는 굴레를 골치 아프다고 만들지도 않아. 그들은 철저히 자기를 사랑하고 인생과 예술, 그리고 스포츠를 즐기면서 살아. 그런 이들을 '여피족'이라고 해. 아마 한국에서도 점차 이런 경향이 많아지고 있을 걸."

"그래, 맞아. 한국에서도 젊은이들 가운데는 요즘 그런 독신주의자가 부쩍 늘어나고 있어. 점차로 소득수준이 높아지고 여성들의 사회진출이 늘어나면서부터 더 널리 퍼지는 듯해."

　"여성이 경제적으로 자립하게 되자 굳이 가정이라는 족쇄에 얽매이지 않으려는 풍조지. 아마 앞으로도 당분간 이런 풍조는 더 늘어날 거야."

　"윤호는 왜 독신주의자가 되었을까?"

　"사실 나도 윤호 형에 대해서는 잘 몰라. 이곳 동포사회에서는 본인이 스스로 이야기하지 않는 한, 프라이버시를 꼬치꼬치 묻는 것은 금기야. 지수 형과는 오래전부터 한 동네에 살면서 서로 집까지 드나들었을 뿐 아니라 미국에 와서도 우리 교회에 다녔기에 비교적 그 속내를 잘 알고 지냈지만, 윤호 형은 어디까지나 지수 형을 통하여 알았기에 속 깊은 사연은 잘 몰라. 얼핏 듣기로는 어릴 때부터 부모 없는 전쟁고아로 할아버지 할머니 품에서 자랐다는 것밖에는."

　"그도 가정이 불우했어? 나는 무척 다복한 가정의 귀공자로 알았는데…."

　"사람은 겉으로만은 그 내면세계를 판단할 수 없는 경우가 많아. 사람마다 현미경으로 바라보면 상처투성이야. 다만 대부분 사람들은 그 상처의 흔적들을 겉으로는 잘 드러내지 않고 살 뿐이지."

　그는 목사답게 인생에 대한 깊은 통찰력과 이해를 가지고 있었다.

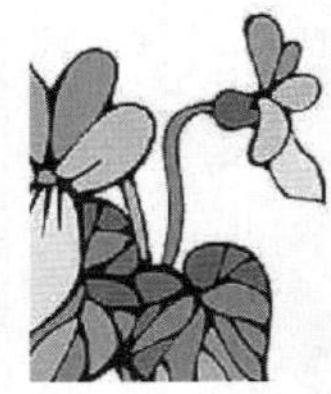

18. 영혼의 대화

현과 이 목사 내외가 탄 승용차는 맨해튼을 빠져나와 뉴저지로 가는 링컨터널을 막 지나고 있었다.

"낮에 갔던 지수 산골 장소와 우리가 지금 가는 길과 멀어?"

"아니 조금 돌면 돼."

"그럼, 다시 한 번 그곳에 들려줄까?"

현이 이 목사에게 조심스럽게 부탁하였다.

"그렇게 하지. 네가 한국에서 얼마나 벼르고 온 길인데 여기까지 와서 단 한 번의 추도예배로는 네 마음이 풀어지지 않을 테지."

이 목사의 승용차는 곧 팰리세이드 인터스테이트 파크웨이로 접어든 뒤 록펠러 전망대 아래에다 세웠다. 현은 전망대에 올라 허드슨 강을 내려다보았다. 강물이 소리 없이 흘렀다. 강 너머 맨해튼은 온통 불빛으로 황홀 찬란했다. 현은 고개를 숙였다.

"설송, 바로 호텔로 가지 않고 왜 여기까지 또 왔니?"

"네 유해가 잠든 곳을 한 번 더 보고 가려고 왔어. 나 내일 아침 이곳을 떠나면 언제 다시 찾아올는지 모르잖아.”

“그래, 잘 왔다 얘. 사실 나도 네가 훌쩍 떠나자 무척 아쉬웠거든.”

“우리는 이심전심으로 통했나 보군.”

“맞아. 진짜 친구끼리는 그래. 서로 말없이도 마음과 마음이 서로 통하지. 그냥 서로 바라보기만 해도 즐겁고.”

“그래서 ‘지란지교’(芝蘭之交)라는 말도 있어. 지초와 난초와 같은 고결한 사귐으로, 벗 사이의 맑고도 높은 우정을 말해.”

“넌 그제나 이제나 한자말을 많이 알고 있구나.”

“나, 교단에서 학생들에게 국어를 30년 넘게 가르쳤잖아.”

“아직 정년이 아닐 텐데 왜 그만뒀니?”

“오래 하기도 하였고, 위선으로 사는 것도 싫었고….”

“무슨 말이야. 선생님 생활이 위선이라니….”

“학생들 앞에서는 진리를 사랑하고 도덕과 양심을 지키라고 가르치고는 자신의 삶은 그렇지 못한 걸 뒤늦게야 깨달아 교단에 서기가 두려웠어.”

“그런다고 교단을 떠나는 것은 현실도피요, 패배가 아니니?”

“글쎄, 그렇게 말할 수도 있을 테지. 하지만, 내 힘이 무척 약하다는 것과 다른 방법, 예를 들면 글로써 그런 사실을 알리고, 우리 사회를 정화시키고 싶었어. 왜 ‘펜은 칼보다 더 강하다’는 말이 있잖아.”

“그래서 그런 글을 좀 썼니?”

"아니, 못 썼어. 그 까닭은 '너는 뭐냐'라는, 나도 그 사회에서 몸담고 있었기 때문이야. 그 대기 속에 호흡하면서 나도 무척 오염되었다는 사실이야. 그동안 내가 살면서 체험한 바로는 사상, 제도, 이념보다 결국은 사람이 문제더군. 아무리 좋은 사상도, 제도도, 이념도, 그 사회구성원이 검은 마음을 가지고 왜곡시키면 아무런 소용이 없다는 걸 깨달았어. 그래서 그런 악취 나는 위선의 세계를 고발하기보다는 의롭거나 아름다운 사람들을 찾아다녔지."

"좋은 착상이었다. 앞으로는?"

"세대와 세대, 나라와 나라 사이의 가교를 잇는 글이나 젊은 세대들이 우리나라 역사를 쉽게 이해할 수 있는 그런 글을 쓰고 싶어."

"내가 하늘에서 잘 되기를 빌어줄게."

"고마워."

"참, 네 부인 어떤 사람이니?"

"그저 그런 보통사람이야."

"내가 보기에는 보통사람 같지 않은데…. 대체로 여성들은 도시 지향적인데, 스스로 시골로 가는 데 앞장 선 걸 보면."

"개성이 뚜렷하고 강한 셈이지. 평생 수채통이나 싱크대 배수관 한번 메우지 않은 깨끔한 사람이기도 하고."

"그 말 한마디로 알겠다. 오래 사귀다가 결혼했니?"

"아니. 몇 번 만나지 않고 결혼했어."

"참, 용감했구나."

"글쎄, 그때는 그럴 수밖에. 나를 구원해 줄 사람이 필요했거든."

"어떤 사람인지 보고 싶구나."

"이번에 같이 오려다가 나만 왔어. 다음에 올 때는 가능한 같이 올게."

"그래주면 더욱 고맙고. 네 딸 아들은 결혼했니?"

"아니, 할 때는 됐는데 걔들이 가지를 않는구나."

"그래도 네가 서둘러 줘. 혼자 살면 늘그막이 쓸쓸하다고."

"그럴게. 혹 내게 다른 부탁은 없니?"

"없어."

"나, 네 선물은 아무것도 가져오지 못 했는데, 이번에도 받아만 가네."

"뭘?"

"윤호가 네가 쓰던 만년필을 주더군."

"그랬니. 윤호가 잘 생각했군. 내 손때 묻은 만년필을 작가인 네가 쓴다니 내가 기분 좋다 애."

"이 즈음에는 컴퓨터의 발달로 이전보다는 만년필을 덜 쓰지만 꼭 손으로 써야 할 때는 네 걸로 쓸게."

"만년필이 새 임자를 만나서 잘 됐다 애. 아마 만년필도 생명을 연장했다고 좋아할 거야. 더욱이 만년필을 아끼는 작가의 손에 들어갔으니… 부탁 하나 할까?"

"해 봐. 조금 전에는 없다고 하더니."

"이곳에 와서 곰곰 생각하니까 내가 숙자 씨에게 세상에서 아픔만 준 것 같아. 너 귀국하거든 꼭 숙자 씨를 찾아 내 말 전해 줘. 아마 어느 대학 강단에 서 있을 거야. 그 흔해 빠진 말이지만 '내가 정말 사랑했다'고. 그리고 '사죄한다'고."

"그 말이 모두야. 아까 윤호에게도 그런 부탁을 받았어."

"응, 내가 윤호에게 부탁한 적이 있었지. 하지만 걘 숙자 씨를 만나지 못했잖아."

"알았어. 귀국하면 어떻게든 찾아 네 말 꼭 전해 줄게."

"숙자 씨가 행복하게 살았으면 좋겠다. 아마… 행복하게 살 거야. 그 사람은 정갈하고 딱 부러지는 사람이었거든."

"그런 성격이라면 너처럼 일생을 고독하게 살지도 몰라."

"글쎄, 뒷이야기를 듣지 못하였으니까."

"숙자 씨를 만나게 되면 네 말 그대로 전할게. 다른 건?"

"없어. 굳이 있다면 네 아이들이 보고 싶다."

"만일 내 아이들이 뉴욕에 오게 되면 꼭 이곳을 찾아보라고 이를 게."

"고마워. 이제 그만 가 봐. 이 목사가 무척 오래 기다렸어. 이 목사는 친구라 이해하겠지만 부인에게 너무 미안하잖아."

"다음에 올 때는 내가 운전을 배워 차를 렌트하여 이곳에 나 혼자 찾아와 오래오래 머물다가 갈게."

"고맙다. 너 진짜로 의리의 사나이구나. 그런데 너 아직 운전 면허증이 없니?"

"없어. 그동안 학교에만 있었으니까 별 필요성을 못 느꼈어."

"정말 너도 참 구닥다리로구나, 얘."

"구닥다리지만 그래도 웬만큼 세계 여러 나라를 쏘다녔다. 다음 만나면 중국 용정 명동촌에서 만난 너 좋아하는 윤동주 시인 이야기도, 그리고 일본에서 본 혼탕 얘기, 메릴랜드 주 아카이브에서 한국전쟁 사진 찾았던 얘기도 들려줄게. 그리고 내가 평양 다녀온 얘기도."

"평양까지 다녀왔어?"

"그럼."

"꼭 듣고 싶구나. 글을 쓰려면 현장감 없이는 어렵지. 그래, 부지런히 많이 다녀라. 그게 네게는 재산이다. 앞으로 책을 열 권 이상은 더 쓰고."

"그렇게나 많이."

"넌 그렇게 쓸 수 있을 거야. 너 고교시절부터 닦은 솜씨가 아니니."

"노력할게."

"내가 지어준 '눈 덮인 소나무' 설송(雪松), 얼마나 멋있니? 꼭 이름값을 해야 돼."

"알았어. 많이 도와줘. 그런데 나는 네 호를 잘 못 지어준 것 같아. '구름의 성' 운성(雲城)이란 호 때문에 네가 한 곳에 정착하지 못하고 떠돌며 산 것 같다."

"아니야, 난 네가 지어준 운성이란 호를 무척 사랑해. 오히려 내가 철저하게 ‘구름의 성’이 되지 못한 게 아쉬워.”

“너를 만나 이야기를 나누니까 다시 옛날로 돌아간 듯 내 마음이 이렇게 편해질 줄이야. 잘 있어, 운성(雲城)!”

현은 활짝 웃으며 허공을 향해 손을 흔들었다.

“잘 가 설송!”

지수도 활짝 웃으며 손을 흔들었다. 현은 뒤돌아 이 목사의 차에 올랐다.

“기다리게 해서 죄송합니다.”

현은 뒷자리의 이 목사 부인에게 미안함을 전했다.

“아니에요, 선생님. 멀리서 두 분의 우정을 부러워하며 바라봤어요. 마치 영화 한 편 본 듯하였어요. 이제는 그 좋은 영화가 끝난 것 같아 오히려 아쉽네요.”

“조 선생, 너무 아파하지 마. 지수 형은 아주 기쁜 마음으로 천국에 갔어. 아마 지금도 하늘에서 기쁜 마음으로 우리를 내려다보고 있을 거야.”

“그럼, 그래서 그런지 지금은 내 마음도 참 편해. 조금 전 우리는 웃으면서 작별했어.”

“사실, 사람의 죽음이란 별개 아냐. 우리도 머잖아 곧 지수 형을 따라 갈 건데 뭐.”

“나는 그의 친구가 될 자격이 없어. 그의 친구가 아냐. 나는 천국에 갈 자격도 없는 사람이고.”

“무슨 말이야, 그때는 다들 어려웠고, 그동안 사느라고 여유도 없었잖아. 등록금이 없어서, 가족의 한 끼 양식을 위해, 피를 뽑아 팔았던 시절이었어. 우리는 언젠가 다시 만날 거야. 그때 지수 형한테 부끄럽지 않도록 남은 삶 열심히 살아. 그러면 누구나 다 하늘나라에 갈 수 있어.”

이 목사의 차는 교회 앞에서 멎었다. 현은 이 목사의 뒤를 따라 예배당으로 들어갔다. 조촐하고 아담한 예배당이었다.

“여기가 지수 형이 늘 앉았던 자리였어.”

현은 이 목사가 가르쳐 준 자리에 가 앉아 눈을 감았다.

“참 다행스러운 것은 지수 형은 죽기 전에 당신 아버지를 용서한 점이야. 그때 지수 형의 표정이 어찌나 밝았던지…. 아버지는 누구인가? 바로 내 생명을 주신 분이 아닌가.”

‘바로 내 생명을 주신 분이 아닌가’라는 이 목사의 그 말이 현의 폐부에 파고들었다. 사실 현도 한때 아버지를 얼마나 원망하였던가? 일제와 해방, 한국전쟁의 공간 속에서 격동의 세월을 살아온 한국의 아버지들은 대부분 거센 세파에 시달려 얼굴에 온통 얼룩이 묻게 마련이었다. 현은 깊이 머리 숙여 지수의 명복을 빌었다. 지수 부모님도.

“자, 이제 그만 일어나. 내일 아침 일찍 워싱턴으로 가야한다며. 너무 늦었어.”

이 목사 부인은 교회에 남고 현은 숙소로 가고자 이 목사 차에 올랐다.

“잘 가, 설송! 꼭 다시 와야 돼.”

지수가 교회 옆 낙엽이 잔뜩 쌓인 어둑한 숲에서 현을 향해 손을 흔들었다. 현이 숙소로 돌아오는 내내 앞 차창에 교복을 입고 검정바탕에 노란색실의 명찰을 단 지수의 고교시절 다정다감한 모습과 그가 상도동 집에서 현에게 준 목 자른 '워커'가 오버랩 되었다.

"안녕, 운성! 잘 있어. 우리 다시 만날 때까지…."

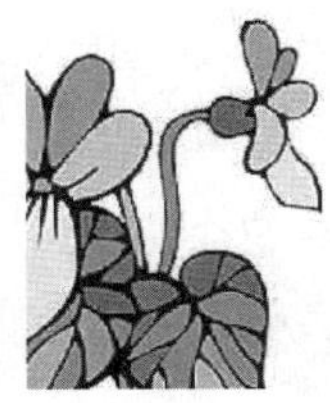

19. NARA의 한국전쟁 사진들

　이튿날 꼭두새벽 이수영은 현이 묵고 있는 호텔로 왔다. 자기 승용차로 농장도 갈 겸 현을 워싱턴 근교에 있는 아카이브까지 픽업해주고자 온 것이다. 현이 한국에서 미국으로 출국하기 전, 이수영에게 뉴욕에서 워싱턴 행 여정은 앰트랙 열차나 고속버스를 탈 수 있도록 예매를 부탁하였다. 하지만 뉴욕에 도착하여 워싱턴 행 예매 여부를 확인하자, 이수영은 마침 자기도 메릴랜드 농장에 다녀와야 하는 스케줄을 현의 일정에 맞춰 미뤘다고 하면서 굳이 손수 메릴랜드 주 칼리지파크에 있는 아카이브까지 픽업해 주겠다고 자청하였다. 현은 이국에서 낯선 길을 헤매지 않게 배려해 준 이수영이 더 없이 고마웠다. 현이 메릴랜드 주에서 하루를 머물자면 최소한 100불은 들었다. 이런 사정을 잘 아는 이수영은 현이 아카이브에서 한나절이라도 더 시간을 유용하게 쓸 수 있도록 뉴욕 출발을 서둘렀다. 출발 전에 메릴랜드 주 락빌에 사는 박유종과는 12시에 아카이브 구내식당에서 만나기로, 애초 약속시간을 두 시간 앞당겼다.

　그들은 호텔 구내식당에서 간단히 빵과 우유로 요기를 한 뒤 미처 어둠이 가시지 않은 데도 서둘러 뉴욕을 출발하였다. 뉴욕 시가지를 벗어나자 뉴욕 워싱턴 간 왕복 6차선의 95번 고속도로가 펼쳐졌다. 그들 승용차가 달리는 옆에는 화물전용 고속도로도 나란히 뻗었는데 미국은 정말 자동차의 나라답게 오가는 차들이 엄청 붐볐다.

미국은 역시 땅 덩어리가 넓은 나라였다. 국토의 넓이로 볼 때 미국은 러시아연방, 캐나다에 이어 세계에서 세 번째로 넓은 962만여 평방미터지만, 국토 가용 면적에서는 그들 나라보다 훨씬 더 넓었다. 미국 국토는 40여 개국의 유럽보다도 그 면적이 훨씬 더 넓은 나라다. 현이 미국에 오기 전에는 지도에서 워싱턴과 뉴욕이 이웃 도시처럼 매우 가까울 줄 알았다. 하지만 지난해 실제로 두 도시를 왕복해 보니까 그 거리가 자그마치 224마일 358킬로미터로, 한국에서는 서울에서 울산 정도나 되는 먼 길이었다. 그 길을 시속 70마일로 달리는데 언저리에는 높은 산이 보이지 않는 대평원이었다.

분명 미국은 축복받은 나라다. 지난해 현이 버지니아 주를 지나면서 언저리의 밀밭을 보자 그 넓이가 상상을 초월한 대평원이었다. 미국에는 온갖 지하자원 매장량도 숱하다. 석탄은 세계 매장량의 약 6분의 1을, 철광석은 8분의 1 정도다. 석유의 매장량도 엄청 많지만 먼저 값싼 중동산을 사다 쓰다가 중동에서 고갈되면 그제야 자기네 땅에 매장된 석유를 개발해서 쓰겠다고 할 정도로 여유 있는 나라다. 더욱이 미국 오대호 담수량은 전

세계 담수의 절반이나 된다고 하니 자원의 보고로 그저 입이 다 물어지지 않았다. 승용차 차창으로 드넓은 대지를 부러운 눈으로 바라보면서 이런 부유한 나라가 왜 극동의 조그마한 나라를 남북으로 분단시켜놓고 저희끼리 닭싸움하듯 아등바등 치고받는 걸 마치 스포츠를 보는 듯한 그 마음보가 얄미웠다. 현이 차창 밖을 내다보면서 이런저런 생각하는데 이수영이 무료함인지 침묵을 깨트렸다.

"바야흐로 '수컷 수난의 시대'입니다."

"'수컷 수난의 시대'라고요, 그 재미있는 말입니다."

"뉴욕거리에 노숙하는 홈리스들이 대부분 남성입니다. 뉴욕 메트로폴리탄에 빈둥거리며 세월을 죽이는 이들도 거의가 남성이고요."

"서울도 마찬가지입니다. 서울역이나 시청이나 종각 앞 지하도의 노숙자나 종묘공원에서 우두커니 하늘을 바라보는 노인들도 대부분 남성이지요. 서울뿐 아니라 중국 상하이 루쉰공원에도, 일본 도쿄 우에노 공원 벤치에서 잠자는 이도 남성들이었습니다."

"산업이 발달할수록, 여권이 커갈수록, 남성의 영역이 더 좁아지는 것은 세계적인 추세입니다. 여성들의 돈벌이는 대체로 쉬운 데 견주어, 남성들의 일자리는 점차 더 어려워지고 있어요. 지난날에는 힘든 일은 남성들의 전유물이었는데, 이제는 그런 일을 대부분 기계나 로봇, 컴퓨터가 도맡고 있지요. 또 남성들은 일자리도 구하기 어렵지만, 그 일자리도 고되기 짝이 없는 막노동판 일들이 대부분입니다. 뉴욕에서 남성들이 가장 쉽게 취업하는 업종이 콜택시인데, 경쟁이 매우 심하여 밥벌이가 시원치 않습니다. 한국에서는 백수들이 등산을 많이 다닌다고 하는데, 보시다시피 이곳에서는 산도 높은 곳이 없고… 그래서 공원의 벤치에서 하루 종일 죽치고 앉아있거나 바닷가에서 온종일 고기를 낚는 이가 많습니다.”

“글쎄 저도 한국에서 그런 광경을 많이 보고는 ‘그런 사람이 되지는 않아야 할 텐데…’라고 다짐하지만, 한 치 앞을 내다보지 못하는 게 인생이니까 장담할 수 없는 일이지요. 거리 노숙자도, 공원에 별볼일없이 시간을 죽이는 이들도, 다들 한때는 잘 나가던 이들이었을 테지요.”

“그럼요, 심지어는 대학교수도, 고위공직자도, 대기업간부 출신도 있어요. 저는 이번에 조 선생님이 이미 세상을 떠난 친구를 이곳까지 찾아와 추모하는 과정을 쭉 지켜보면서 느낀 바가 많습니다. 다른 분들은 지수 씨나 그 어머니를 애석하게 여길지 모르겠지만, 저는 그 아버지가 몹시 불쌍하게 여겨지대요. 대지주 아들로 태어나서 해방으로 갑자기 ‘38 따라지’ 신세가 되자, 그 박탈감으로 정신적 공황 상태가 되었을 테지요. 게다가 한 여인에 대한 연민의 정이 시앗을 만들었고, 그 사이에서 태어난 자식놈이 평생 애물단지로 가정을 파탄시킬 때, 얼마나 그 고통이 심했겠습니까? 또 다른 아들은 자기가 보기 싫다고 해외로 떠돌

때, 그 아비의 마음이 어떠했겠습니까?”

“이 박사님 말씀에 일리가 있네요. 과연 심리학을 전공하신 분답습니다. 저는 모든 가정 파탄의 책임은 그 아버지에게 있다고 생각했는데.”

“이 세상에는 여러 부류의 아버지가 있지요. ‘이 세상에 존재의 형체만이라도 있었으면 하는 아버지, 이 세상에 존재하지 않았으면 하는 아버지, 이 세상에 있으나마나 한 아버지’ 등, 아무튼 자식들에게는 그 아버지의 이미지가 평생을 지배하는 경우가 많습니다.”

이수영은 얼굴도 모르는 당신 아버지를 평생 그리며 살고 있었다. 그에게는 아버지가 ‘이 세상에 존재의 형체만이라도 있었으면 하는 아버지’라고 했다. 그는 형체도 모르는 아버지의 원한을 풀어드리고자 십 수년째 미국 워싱턴 근교, 메릴랜드 주 칼리지파크에 있는 아카이브 언저리를 맴돌고 있었다.

현이 이수영과 인연을 맺게 된 것은 한 월간잡지 2002년 7월호에 ‘영웅을 찾아서’라는 항일유적답사기 때문이었다. 그 글은 현이 자기 고장 출신으로, 동북항일연군 제3로군 총참모장인 허형식 장군의 행적을 더듬었던 내용이었다.

그 이태 전, 현이 중국대륙에 흩어진 항일유적지를 답사하면서 하얼빈 동북열사기념관을 돌아보던 중, 허형식 장군의 생애에 감동한 나머지 그 이듬해 다시 하얼빈을 찾아갔다. 거기서 허형식 장군을 잘 아는 동포사학자 서명훈 선생과 작가 김우종 선생을 만나 그분들의 안내로 허 장군이 장렬히 산화한 경안 청송령 희생지를 찾아 추모비에 헌화 참배한 답사기였다. 그 글이 인터 넷신문에 실리자, 재미 동포 이수영이 이를 보고 현에게 서명훈, 김우종 선생의 주소와 전화번호를 문의해 와 현이 이를 알려준 일이 있었다.

이수영은 제주 태생으로 한국전쟁 발발 직후 면서기였던 아 버지가 예비검속이란 이름으로 군인들에게 학살당하였다. 이수 영은 오랜 추적 끝에 마침내 당신 아버지를 학살한 부대장을 찾 았는데, 그가 일제강점기 하얼빈에서 살았다는 사실을 알고는 그 의 정확한 실체를 알고자 수소문할 때였다.

그 뒤 현이 인터넷신문의 시민기자로 한 우국지사를 취재하 던 중, 당신의 평생소원이 '백범선생 암살배후를 밝히는 일'이라 고 하면서, 그 배후를 밝히려면 워싱턴 근교 미국 국립문서기록 보관청의 문서를 뒤져보고 싶다는 이야기를 기사로 써서 보도하 였다. 그러자 그 기사를 본 누리꾼들의 열화 같은 호응으로 성금 이 쌓였다. 그 성금을 여비로 하여 마침내 워싱턴 근교 메릴랜드 주 칼리지파크의 아카이브에 가게 되었다. 그때 그곳 아카이브 사정에 밝은 이수영이 현에게 도움을 주겠다고 자청하여 마침내 두 사람은 만나게 되고, 그 뒤로도 교류가 잦았다.

이수영의 승용차는 주유를 하고자 휴게소에 잠깐 쉬었을 뿐, 계속 워싱턴으로 달렸다. 이수영은 현을 위해 여러가지 간식도 준비해 왔다. 커피에, 군고구마에, 김밥에, 후식으로 토마토까지 부인이 마련했다고 하였다. 두 사람은 차안에서 소홀했던 아침식사를 보충했다.

이수영의 승용차가 막 필라델피아로 빠지는 나들목을 지나는데 메릴랜드 주 락빌에 거주하는 박유종에게 여정 확인전화가 왔다. 그들이 예정대로 가고 있다고 답하였더니, 곧 자기도 집에서 아카이브로 출발하겠다고 하였다. 지구촌 구석구석 손 전화가 미치지 않는 곳이 없었다.

현은 이곳 뉴욕 워싱턴 간 고속도로를 두 번째 지나기에 어느 정도 길이 눈에 익었다. 뉴욕을 출발한 지 4시간 남짓 95번 고속도로를 달리자 마침내 워싱턴 DC를 에워싼 외곽순환 도로가 나왔다. 그 길은 지난 번 메릴랜드 주에서 40여 일을 머물며 숱하게 지나다녔던 길로 '로엘'(Laurel)이니, '실버스프링'(Silver Spring)이니 하는 익은 지명과 포토맥 강이 눈에 들어왔다. 곧이어 메릴랜드 주립대학이 나오고, 칼리지파크에 있는 내셔널 아카이브 곧 국립문서기록보관청에 도착했다.

미국 국립문서기록보관청(NARA, National Archives and Records Administration)인 아카이브는 워싱턴 DC에도 있었고, 메릴랜드 주 칼리지파크에도 있었다. 워싱턴 DC에 있는 아카이브에는 미국 독립선언서, 헌법, 인권에 관한 문서 등 주로 오래된 중요문서들이 보관돼 있고, 메릴랜드 주 칼리지파크에 있는 아카이브에는 근현대의 각종 비밀문서와 자료들이 매우 다양하게 보관돼 있다. 메릴랜드 주 칼리지파크의 아키이브는 최신식 6층 투명유리 건물로 지하 1층은 종합전시실과 방문자 휴대품 보관소, 1층은 행정실과 구내식당, 2층은 자료열람실, 3층은 지도 건축 작전일지 등 자료실, 4층은 마이클로 필름과 영상자료실, 5층은 사진자료실, 6층은 비밀문서보관실로 일반인의 출입이 통제된 곳이다.

이곳에 보관된 수천만 파일의 문서들 가운데는 독일 누렘베르그의 재판기록, 히틀러의 두개골 사진, 태평양전쟁 당시 도교 로즈의 라디오 원고, 이승만 대통령과 김구 선생간의 언쟁 등, 별별 희귀한 자료까지 다 갈무리돼 있다고 한다. 그래서 현은 지난번에도 이곳에서 한국전쟁 사진 자료를 발굴했고, 이번에도 그럴 참이었다. 이곳 자료실의 내부는 연중 내내 화씨 70도에 습도 50퍼센트로 기록물들이 최적의 상태를 유지하게 하며, 매 15분마다 실내공기를 환기시켜주고, 매 8시간마다 공기청정 필터를 교환하기에 먼지 하나 없다고 이곳 아키비스트(Archivist, 학예사)들은 한껏 자기네 아카이브를 자랑했다.

이수영의 승용차는 예정보다 30분 일찍 메릴랜드 주 칼리지파크에 있는 아카이브에 도착했다. 약속시간을 기다리는 동안 아카이브 출입증 패스카드를 만들고자 검색대를 통과하여 접수실로 갔다. 현이 서류에 기재사항을 다 쓰고 여권과 함께 데스크에 제출하자 아카이브 직원은 '굿'이라 하고는 카메라 앞에 서게 하였다. 사진촬영 후 패스카드 발급을 기다리고 있는데, 박유종이 그곳을 지나면서 유리창 너머로 보고는 들어왔다. 세 사람은 서로 반갑게 악수를 나눴다. 현과 박유종은 악수도 모자라 서로 굳센 포옹으로 일년 반 만에 만나는 반가운 정을 나눴다.

현이 패스카드를 받은 뒤 옆방의 구내식당 '아카이브 카페'(Archive Cafe)로 갔다. 거기서 점심 식사를 하면서 얘기를 나눴다. 박유종은 현을 위해 아카이브에서 가까운 곳에다 숙소를 예약해 뒀으며, 이미 사전 작업으로 이곳 아카이브에 사흘 동안이나 드나들면서 한국전쟁 관련 사진파일명을 조사해 두고 있었다. 세 사람은 점심식사 뒤 예약해 둔 숙소로 가서 체크인을 하고, 이수영은 메릴랜드 자기농장으로 떠났다. 현과 박유종은 다시 아카이브로 돌아와 곧장 자료실로 가 파일에서 한국전쟁 사진을 찾아 그 가운데 쓸 만한 작품을 골라 스캔을 했다.

우리나라의 자료를 다른 나라에 가서 찾는다는 것은 아이러니다. 하지만 그게 현실이다. 한국의 귀중한 자료는 국내보다는 미국, 일본, 러시아, 영국, 프랑스, 중국 등지에 더 많이 있다. 고대사는 중국에, 근대사는 일본에, 근 현대사 자료는 미국, 러시아, 영국, 프랑스, 중국, 일본에 산재돼 있다. 우리나라의 자료를 다른 나라가 더 많이 소장하고 있다는 것은 단적으로 우리나라 국력이 약했기 때문에 약탈당한 탓도 있지만, 다른 한편으로는 우리나라가 그 만큼 기록을 중요시하지 않은 탓도 있다. 게다가 우리나라는 있는 자료조차도 역사의 진실을 왜곡하거나 은폐하기 위해 훼손한 일도 없지 않았다.

한국 현대사의 진실은 아직도 이곳 미국 아카이브에 잠자고 있는 게 많다고 한다. 현이 2004년 아카이브를 처음 찾은 날 현황을 둘러보고자 5층 사진자료실에 갔다. 거기서 'Korea War'라는 파일을 발견했다. 호기심에 펼치자 1945년 일제 폐망에서부터 1953년 한국전쟁 정전회담까지 한국관련 사진들이 숱하게 담겨 있었다. 자료실의 규정에 따라 앨범을 정식으로 대출받아 펼쳤다. 그 사진들은 현이 이제까지 보지 못한 자료들로써 마치 1940~50년대로 돌아간 기분이었다.

1945년 9월 9일, 조선총독부 제1회의실에서 미 제24사단 사령관 하지 중장과 미 제7함대 사령관 킨 케이드 제독이 지켜보는 가운데, 조선총독 아베 노부유키가 항복문서에 서명하는 사진에 이어, 그날 오후 4시에 조선총독부 광장 국기게양대에는 35년간 나부끼던 일장기가 전승국 미군들이 도열한 가운데 내려지고, 곧 이어 미군들의 거수 경례 속에 미 성조기가 게양되는 사진도 나왔다. 이들 사진으로만 볼 때, 우리나라가 해방이 되었다고 보기보다는 주인만 바뀐 꼴이었다.

아카이브 자료실 185~215번 상자의 사진파일을 열자 온통 한국전쟁 사진들이 쏟아졌다. 사진 뒷면의 날짜와 장소는 '1950년 7월 29일 경북 영덕'으로 되어 있는 사진에서는 한 아낙네가 포화에 쫓겨 가재도구를 머리에 이고 허겁지겁 뛰어가는데, 앞뒤로 아이들이 동생을 업거나 가재도구를 들고는 어머니와 함께

같이 급박하게 뛰고 있었다. 또 다른 사진은 소가 길마에 피란봇
짐을 잔뜩 싣고서 헉헉거리며 피란길에 앞장서고, 뒤따르는 피란
민들도 하나같이 남부여대로 가재도구를 등에 지거나 머리에 이
고는 신작로를 따라 남하하는 장면이었다. 그리고 다리 밑에서
움집을 짓고 사는 피란민, 솥단지와 같은 가재도구를 지고 끊임
없이 이어져간 피란민 행렬, 배만 불룩한 아이가 길바닥에 버려
진 채 울고 있는 장면…, 포화에 쫓기는 피란민, 현은 마치 그 사
진 속에 주인공이 자신일 거라는 착각에 빠지기도 했다. 그 사
진들을 보는 순간 현은 마치 반세기 전으로 돌아간 기분이었다.

한국전쟁 당시 현은 여섯 살 난 소년으로 그 시절의 기억들
이 희미하게 남아 있는데, 이곳 아카이브의 사진들을 보자 마치
어제 일처럼 또렷하게 떠올랐다. 산길 들길 아무데나 지천으로
흩어져 있던 시체더미들, B-29 폭격기의 굉음과 포탄의 폭발소
리가 가까이서 들리는 듯했다.

현이 박유종과 함께 아카이브에서 어린 시절에 겪은 추억들
을 되새기면서 쓸 만한 사진을 고르는데 그새 문을 닫는 시간이
었다. 첫날 수확은 49장으로 기대 이상이었다. 현은 박유종의 차
를 타고 숙소로 돌아왔다. 마침 숙소 곁에 '이조'라는 한식집이
있기에 아주 편리하였다. 박유종은 지리에 어두운 현을 위해 일
부러 한식집 곁에다 숙소를 얻어둔 모양이었다. 숙박비도 장기
투숙으로 할인하여 무척 싼 값이었다. 현이 박유종과 함께 저녁
식사를 하고자 '이조'로 가자, 주인은 일 년 전 손님을 기억하고

는 현의 방미를 환영해 주었다. 미국에서 먹는 한식은 한식이로
되, 그 맛이 고국에서와는 사뭇 달랐다. 그래도 하루 한 끼는 한
식을 먹는 게 좋았다.

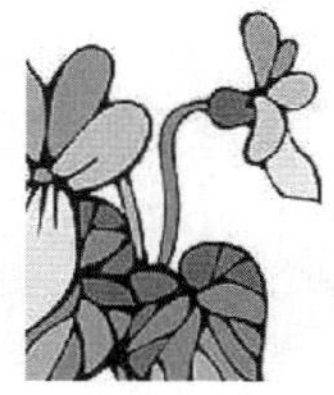

20. 임금님 귀는 당나귀 귀

갑자기 썰렁한 찬 기운에 눈을 떴다.

"설송, 나 운성이야."

"웬일이야. 예까지."

"뉴욕에서 너를 떠나보낸 뒤 무척 아쉬웠고, 네가 보고 싶어 예까지 찾아왔어. 나는 마음만 먹으면 아무데나 갈 수 있잖니. 그런데 너는 문도 잠그지 않고 편히 잠자더구나."

"나는 거의 평생 문을 잠그기는커녕 대문도 없이 살았어."

"넌 세상을 참 마음 편케 사는구나."

어느 새 지수가 성큼성큼 다가와 침대 옆 탁자에 앉았다. 그의 차림은 정장으로, 이 목사가 현에게 건네준 사진 속의 지수 모습 그대로였다. 그 모습이 사진으로 남아있는 지수의 이 세상에서 마지막 모습이라고 했다. 현이 침대에서 일어나고자 몸을 일으켰다.

"얘, 너 아직도 시차 적응이 안 되었을 테고, 게다가 오늘 오후 내내 아카이브에서 사진 검색한다고 무척 피곤할 테니까 그대로 누워 있어. 너와 나 사이에 서로 불편하게 격식이나 예의

차릴 것 없잖아."

"알았어. 그럼, 상체만 일으킬게."

현은 침대에서 일어나 침대 등받이에 베개를 받쳐 기대었다. 두 사람 사이에는 탁자가 놓여 있었다.

"고맙다. 예까지 찾아줘서…."

"얜, 난 네가 그리워서 찾아왔는데 고맙긴, 친구간에. 그리고 나는 마음만 먹으면 차비도 들지 않고 언제든지 금세 올 수 있는데 뭘 그러니."

"고맙다. 나는 늘 네 마음 씀에 따를 수가 없구나."

"그런 얘기 말아. 이 세상에 육신도 없는 나를 찾아, 산 넘고 바다 건너 미국까지 온 너인데, 아무렴 내가 너를 따를 수 있니? 오늘은 내가 문자 좀 쓰겠다. '벗이 있어 먼 곳에서 찾아왔다면 매우 즐겁지 아니하랴'"

"〈논어〉의 첫 구절 '학이'편에 나온 말씀이지."

"서예가로 우리에게 한문을 가르쳐주신 하촌 유인식 선생에게 배웠지."

"나도 그분한테 배웠어. 공자의 말씀은 평범한 이야기인데도, 여러 번 곱씹을수록 깊은 삶의 예지가 담겨 있어."

"그런 것 같아. 동양문학은 깊은 맛이 있어."

"오늘 밤, 네 마음속에 묻어둔 얘기나 들려줘."

"고마워. 내 얘기를 듣겠다고 하니. 사실은 나 아직도 마음에 맺힌 게 많아."

“마음에 맺힌 건 풀어야 돼. 그래야 저승에 가서도 편타고 하더라.”

“그 말은 맞아. 솔직히 나, 지금도 내 영혼이 편치 않아. 네가 풀어준다고 하니 고맙다, 예.”

“가슴에 맺힌 건 그 누군가에게 쏟아놓기만 해도 풀어지게 마련이야. 그걸 ‘신원’(伸寃)이라고 하지. 그걸 풀어주는 게 살아 있는 내가 하늘에 있는 너에게, 이 세상에서 진 빚을 갚을 수 있는 유일한 일인지도 몰라.”

“누구에겐가 얘기만 해도 풀어진다는 말은 맞아. 근데 애, 내가 너에게 뭘 해준 게 있다고 ‘빚’이라는 말을 하니? 이제 그런 얘기 더 이상 내 앞에서 꺼내지 마.”

“누군가 그랬어. 지금의 처지에서 지난날을 얘기하지 말라고. 나에게는 그때 목 자른 ‘워커’가 지금 황금 구두보다 더 값질 거야.”

“그런 얘기는 접고, 우리 이 세상에서 못다한 이야기나 하자. 친구에게는 세상에서 가장 비밀스런 이야기도 한다고 그러더라.”

“그런가 봐. 얼마 전 신문 보도를 보니까, ‘마음속 이야기를 주로 누구에게 하나?’라는 물음에 속마음을 털어놓는 대상으로 동성 친구가 가장 많더군. 그 통계를 보니까 동성친구 55.7퍼센트, 어머니 21.9퍼센트, 형제자매 5.9퍼센트, 이성 친구 4.8퍼센트, 아버지 2.3퍼센트 선생님 0.5퍼센트, 기타 및 무응답 8.9퍼센트로 나왔어.”

“그 통계가 사실일 거야. 왜 청소년 때 친구끼리는 불을 꺼놓고 밤을 새워서 이야기하잖아. 그래서 ‘친구 따라 강남 간다’는 속담도 생겨났지. 얘, 우리도 지난날 고교시절로 돌아가자. 아주 불도 *끄고서*.”

현은 머리맡의 전기스위치를 내렸다. 등이 꺼지자 푸르스레한 달빛이 창을 통해 실내를 비췄다.

“임금님 귀는 당나귀 귀라는 이야기처럼 비밀이나 진실은 혼자만 알고 있으면 괴롭거나 병이 되기도 하지. 그래서 친한 친구에게 이야기 하는 그 자체로도 구원받을 수 있는 거야.”

“맞아, 네 말이. 내가 그 몹쓸 병마에 시달린 것도, 이 세상에서 일찍 떠난 것도 누구에겐가 속 시원히 말하지 못하고 혼자서 끙끙 앓았기 때문이었을 거야. 막상 세상을 떠나니까 모두가 별것도 아닌 일인데도 말이야. 그 모두가 내 잘못이었는데, 굳이 변명하자면 내 곁에는 마음을 터놓고 속 시원하게 얘기할 사람이 없었던 거야. 이 세상에서의 삶을 돌이켜 보면 내가 무척 옹졸했고, 쓸데없는 알량한 자존심이 너무 강했던 것 같아.”

“너만 그런 게 아니야. 나도 마찬가지야. 그래서 옛날사람들은 물길이나 산길보다 더 험한 게 인생길이라고 노래했잖아. 그런데도 사람들은 이런 말에는 귀를 기울이지 않고, 모두들 저만 잘났다고 으스대며 살지.”

“너 오늘은 어떤 사진 찾았니?”

“흥남부두에서 철수하는 유엔군들과 피란민들의 모습으로 주로 1·4 후퇴 때 사진들이었어. 피란민들이 흥남부두에서 후퇴하는 수송선에 오르지 못해 발을 동동 구르는 모습, 유엔군들이 얼마나 다급했으면 군복을 입은 채 그대로 바다로 뛰어 들어가서 수송선에 오르는 모습, 끊어진 대동강 철교 위로 꾸역꾸역 곡예 하듯 남하하는 피란민 모습, 괴나리봇짐을 이고진 피란민들이 어린아이를 앞세우고 꽁꽁 언 한강을 건너는 모습, 부산의 피란민들의 판자촌, 수원역에서 기차를 기다리는 피란민들 등이었어.”

“그 속에 내 모습도 있을지 모르겠구나.”

“사실은 나도 내 모습이 있을 것 같아 낙동강 일대의 피란행렬에서 한참 찾아보았지. 그렇지 않아도 곁에서 도와준 박유종 선생도 이 사진집이 나가면 아마도 주인공들이 꽤 나타날 거라고도 하셨어.”

“그 시절 살아남은 사람들은 대부분 그렇게 살았어. 우리 가족들도 예외가 아니었고.”

“온 나라가 전쟁의 포화에 휩싸였으니 어딘들 편안할 수 없었을 테지. 포화에 직접 피해를 받지 않은 부산과 대구는 몰려든 피란민들로 처절한 삶의 각축장이었고.”

“그럼, 오늘 한국이 이만큼 살게 된 원인 중의 하나도 그때 전쟁 속에서 혹독한 삶을 살아서 강인해졌기 때문일 거야.”

“그 점도 있을 테지. 하지만 앞으로는 어떠한 명분의 전쟁도 없어야 해. 더욱이 동족끼리 싸우는 전쟁은 더더욱 없어야 해.

우리 어렸을 때 보았지만 한국전쟁으로 그야말로 삼천리금수강산이 초토화됐잖아. 브루스 커밍스라는 사람은 〈한국전쟁의 전개과정〉이란 책에서 미 해군소장 스미스의 말을 빌려 '원산에서는 길거리에 걸어 다닐 수 없다. 24시간 내내 어느 곳에서도 잠을 잘 수 없다. 잠은 죽음을 의미했다'고 할 만큼 폭격으로 온 시가지가 다시 석기시대로 돌아간 것 같았대."

"아무튼 이 사진집이 나오면 전쟁으로 어려웠던 지난 시절을 되돌아보는 좋은 자료가 되겠다."

"글쎄, 나와 봐야겠지만 바로 그 점에 초점을 맞춘 거야."

"전쟁을 체험하지 못한 세대들도 이 사진들을 보면 전쟁의 참혹함을 알게 될 테지."

"젊은 세대 가운데는 전쟁을 전자오락게임 정도로 대수롭지 않게 가볍게 여기는 이도 있어."

"그럴 테지. 사람이 처참하게 죽어간 줄도 모른 채 영화의 신나는 전투 장면으로 착각해서 마구 좋아할지도."

"우리도 그랬어. 고2 때 단성사에 단체로 영화 관람을 갔는데 그 영화 제목은 아마 '싸우는 젊은이들'(All the young men)이라는 한국전쟁을 배경으로 한 미국 영화였을 거야. 마지막 장면은 미국 흑인병사가 눈이 쌓인 고지에서 몰려오는 인민군 전사들을 기관총으로 죄다 쓰러뜨렸는데, 우리는 그 장면에 일제히 기립박수를 쳤어. 다음날 사회시간에 홍영수 선생님이 총을 쏜 병사는 어느 나라 사람이고, 피를 흘리며 쓰러진 사람은 어느 나라 사람이냐고 물어 답을 못한 적이 있었어.”

“그 사회 홍 선생님이 캐나다로 이민을 오셨는데, 1980년대 말에 뉴욕과 워싱턴 일대에 사는 중동동창들이 뉴욕으로 한번 모신 적이 있었지.”

“그랬니? 참 박학다식한 선생님으로 많은 걸 깨우쳐준 분이었는데.”

현이 하품을 손으로 가렸다.

“설송, 너 많이 피곤한가 보다. 나 그만 가봐야겠다. 너도 이제 좀 더 자야지 내일 일을 할 수 있지.”

“네 이야기는 하지도 않고서 가니?”

“얘, 오늘만 날이니. 너 떠나기 전까지 가능한 매일 밤 이곳으로 올게.”

“그래주면 더욱 고맙고. 그럼, 잘 가. 운성.”

“잘 있어. 설송.”

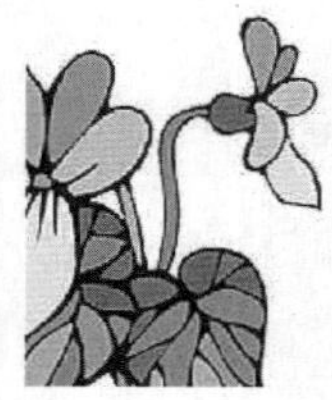

21. 한라산의 철쭉

　현은 메릴랜드 주립대학 들머리에 있는 데이즈 인이라는 자그마한 모텔에 머물렀다. 이 모텔을 얻은 까닭은 거기서 아카이브와 거리가 가깝고 숙박료가 비교적 쌌기 때문이었다. 그는 아침에 일어나 얼굴을 닦은 뒤 곧장 숙소 구내식당에 가서 빵 한 조각과 우유 한 잔으로 아침식사를 했다. 그리고는 모텔 언저리 숲길을 가볍게 산책한 뒤 다시 숙소로 돌아왔다. 커피를 내려 마시며 컴퓨터를 켠 뒤 미처 전날 정리하지 못한 사진 설명을 마무리하거나 인터넷을 연결하여 밤새에 들어온 메일을 읽은 뒤 답장을 보내곤 했다.

　날마다 아침 8시 정각이면 박유종이 숙소로 찾아왔다. 현이 그 시간에 맞춰 아카이브로 출근 준비를 서두를 때면 박유종이 숙소의 문을 두드렸다. 현이 차비를 차리고 차에 오르면 8시 10분이었다. 두 사람이 기분 좋은 상쾌한 마음으로 아카이브에 도착하면 8시 30분 전후였다. 주차장에 차를 세워 두고 아카이브 정문 검색대를 거쳐 본관 건물로 들어갔다.

　먼저 지하 휴대품 보관 장소로 가 겉옷과 불필요한 물건들을 두고 다시 자료실 출입구 검색대 앞에 서면 8시 45분으로, 그때부터 자료실 입장이 시작되었다. 자료실에는 필기구는 일체 가지고 들어갈 수가 없었다. 대신 아카이브에서 연필과 백지를 무료로 제공했다. 아마도 자료에 낙서를 하거나 자료 유출을 방지하기 위한 조치로 보였다. 자료실에는 카메라나 스캐너와 컴퓨터는 가지고 들어갈 수 있었는데, 미리 이를 등록한 뒤 출입 때마다 일일이 덮개를 열고는 아무 것도 없다는 것을 확인하고는 통과시켰다.

승강기를 타고 5층 사진 자료실 문을 열고 들어서면, 아카이브 직원들이 '굿 모닝 미스터 조!' '굿 모닝 미스터 박!' 하고 활짝 웃으며 인사를 했다. 현과 박유종이 '굿 모닝 미스 브라운!'이라고 답한 뒤, 데스크로 가서 흰 장갑과 연필 종이를 가지고 자리로 가면, 직원이 그 전날 신청해 둔 사진파일을 담은 카트를 밀고 와서 전해 주고 가기 마련이었다.

이곳에서 자료를 열람하거나 한 장의 사진을 복사 현상하는 데는 그 절차가 매우 까다로웠다. 먼저 자료실에서 목록 카드나 인터넷 검색으로 파일명을 찾은 뒤 데스크에다 자료 신청을 하면 앨범을 갖다 준다. 그 앨범을 뒤적여 필요한 사진을 체크한다. 그 사진을 현상하거나 스캔하고 싶으면 원본이 있는 박스 번호로 원본 자료 박스를 신청해야 한다. 그 원본 상자는 그때그때 주는 게 아니라 하루에 서너 차례 정한 시간이나 이튿날에 내주는데, 거기 원본 상자에서 사진을 일일이 찾아 현상장소에 가서 본인이 사진을 직접 현상한 뒤 대금을 지불하면 된다. 그 과정이 매우 복잡하고, 일단 사진 현상이나 복사가 완성되면, 그 뒷면에다 확인 도장을 찍어야 가지고 나올 수 있었다.

스캔의 경우에는 별도의 사용료를 받지 않았다. 또 이곳에서 사진을 검색할 때는 반드시 흰 장갑을 껴야 하는데 그 일이 여간 불편치 않았다. 장갑을 끼고 사진을 만지게 하는 것은 사진을 보호하기 위한 조치였다. 맨손으로 사진을 만지면 지문이 남아 몇 사람만 거치면 사진이 훼손되기 때문이었다. 그것을 방지하고자 반드시 장갑을 끼게 하는 규정을 만든 모양이었다.

현이 두 차례 미국 방문에서 크게 느낀 점은, 미국이란 나라는 절차는 무척 까다롭지만, 일단 그 절차를 거치면 매우 자유로운 사회라는 걸 깨달았다. 곧 원칙만 지키면 자유로운 사회로, 선진국일수록 그 원칙에는 지위가 높건 낮건 간에 예외 없었고, 모두들 그 원칙을 묵묵히 지킨다는 점이었다. 아카이브 출입만 해도 그랬다. 아카이브에 들어가기 위해 출입증을 만들어 두 차례의 까다로운 검색대를 통과해야 자료실에 들어갈 수 있지만, 일단 그 자료실에 들어가면 자료를 마음대로 얼마든지 볼 수도, 복사할 수 도 있었다.

현이 미국으로 떠나기 전에 서울에서 정부기록보존소에 간 적이 있었다. 하지만 일반인들이 자료실에 들어가 문서를 마음대로 열람할 수도 없었고, 반드시 신청한 문서에 한해 그것도 복사물로밖에 볼 수 없었다. 그런데 미국의 아카이브에서는 자료실까지 들어갈 수 있음은 물론, 거기 자료를 자기 손으로 그곳 현상기로 현상도 할 수 있고, 카메라 촬영도 허용되며, 조사자의 스캐너에 얼마든지 무료로 담아올 수도 있었다.

현과 박유종은 아카이브 자료실에 입실하면, 전날 신청한 파일 상자의 사진을 일일이 살피면서 우선 자료로서 가치 있을지 여부를 판단했다. 조현이 가치 있는 사진으로 판단하면 박유종은 뒷면의 사진 설명을 번역했다. 그때 현이 스캔 여부를 최종 결정했다. 스캔하기로 결정한 사진은 스캐너로 복사한 다음, 사진 뒷면의 설명을 옮겨 적거나 매우 중요한 사진이라고 판단되는 경우는, 뒷면의 사진 설명조차도 함께 스캔하였다.

현은 이번 방미 길에 소득이 없으면 어쩌나 염려하였으나 지난번 방미 때보다 더 좋은 자료가 쏟아졌다. 남과 북, 유엔군, 중공군 가릴 것 없이 전사자들의 시신들이 가을 낙엽처럼 나뒹구는 장면도 숱하게 많았고, 전주 대전 함흥 등지에서 끔찍한 민간인 학살자 사진도 이따금 나왔다. 그 시신들이 철사로 꽁꽁 묶인 채 이열종대로 가지런히 누워있는 장면을 볼 때면 현도, 박유종도 눈을 감고 고개 숙여 깊이 묵념을 드렸다. 이런 참혹한 학살 사진들은 대부분 가해자에 대한 정확한 기록은 없었다. 아마도 그 시신들의 영혼은 아직도 구천에서 헤매고 있으리라 싶었다. 특히 이번 체류기간중에는 재미사학자 방선주 박사의 도움으로 2층 자료열람실에서 북한노획물 자료 상자를 검색했다. 그 상자에서는 남하공작원 명단, 북조선로동당 당원증명서, 빨치산들이

민폐를 끼치고 주민들에게 준 동해남부전구 빨치산 사령관 발행의 원호증, 경상남도 진주시 인민위원회가 거리에다 붙인 식량과 피복 원조를 부탁한 벽보, 조선인민유격대 전라남도 곡성군 유격대 대장 김훈 이름으로 만든 선전 삐라 등은 그 당시를 증언하는 매우 귀중한 자료들이 있었다.

현은 한국전쟁의 실상이 그대로 담긴 사진 자료와 문헌들을 하나라도 더 찾고자 자료열람실에 가장 먼저 입장하고 가장 나중에 퇴실했다. 자료 열람실에서도 온종일 사진 발굴에만 매달렸다. 이는 기록문화가 척박한 우리나라 현대사에 1차 자료가 될 사진자료를 남기고자 함이었다. 사진 자료는 무척 많았지만 그 사진을 다 복사해 가져갈 수는 없는 일이다. 그래서 그 가운데 자료로서 더 값어치가 있는 걸 고르고 스캔하자면 시간이 절대 부족하였다. 참 다행한 일은 월 수요일 이틀은 오전 8시 45분부터 오후 5시까지 문을 열었지만, 화 목 금 사흘은 저녁 9시까지 문을 열어두기에 거의 하루 12시간 동안 일할 수 있었다. 토요일도 오후 4시 45분까지 문을 열기에 애초 생각보다 하루를 더 일할 수 있었다. 이는 아마도 아카이브 측에서 국내외에서 비싼 경비를 들여 메릴랜드 칼리지파크까지 찾아오는 조사자들을 위한 배려로, 그들의 서비스 정신에 현은 새삼 고마움을 느꼈다.

사실 이런 일은 현 혼자서는 도저히 불가능한 일이었다. 현지 사정에 밝고 영어가 능통한 박유종이 곁에서 도와주기에 가능한 일이었다. 현이 박유종에게 감사의 말을 하면, 당신은 늘 조상에 대해 미안한 마음 갖고 있는데, 그 은혜에 백분의 일이나마 갚는 자세로 현을 돕는다고 했다. 그러면서 오히려 자신에게 한국전쟁 자료를 복원하는 일에 참여할 수 있는 기회를 준 현에게 감사를 표했다. 박유종의 할아버지 박은식 선생은 사학자로서, 독립운동가로서 우리나라의 독립을 위하여 일생을 바치신 분이다. 특히 박은식 선생이 남긴 〈한국독립운동지혈사〉는 우리나라 독립운동사에 초석이 되는 고전이다.

토요일 저녁, 뉴욕에서 이수영이 일부러 현의 숙소로 찾아왔다. 현이 뉴욕을 떠날 때 당신은 로스앤젤레스에서 열리는 한반도 평화 포럼에 참석할 예정이라 만날 수 없을 거라면서 미리 작별 인사차 왔다고 하였다. 그러면서 다음날 일요일 현에게 워싱턴 근교 안내를 자청했다. 이수영은 이곳에 오면 늘 들린다는 한 동포 식당에서 만찬을 베풀었다. 세 사람이 만찬을 나눈 뒤, 박유종은 댁으로 돌아가고 현과 이수영은 숙소로 돌아왔다. 이수영의 제의로 두 사람은 숙소 건너편 맥주 집으로 갔다. 주말 탓인지 술집 안은 매우 한적했다.

"조 선생님, 제주도에 가 본신 적이 있습니까?"

"네, 십여 년 전에 가 봤습니다. 그때 가족과 함께 갔는데 경치가 무척 아름답더군요. 그래서 저는 제주를 아름다운 환상의 섬으로 기억하고 있습니다. 제가 보기에는 이탈리아 산타 루치아나 소렌토 바다보다 우리나라 제주 바다가 더 아름답더군요."

“감사합니다. 제 고향을 좋게 봐 주셔서.”

“아닙니다. 사실이 그랬습니다.”

“혹 한라산의 철쭉은 보셨는지요?”

“제가 찾을 때는 2월 하순이라 유감스럽게 보지 못하였습니다. 하지만 사진으로나 텔레비전으로는 여러 번 봤지요. 우리나라 어느 곳보다 한라산의 철쭉은 더 붉고 아름답다고 하더군요.”

“그렇습니다. 선홍색으로 무척 아름답지요. 제 고향사람들은 한라산의 철쭉이 그렇게 붉고 아름다운 것은 억울하게 죽은 사람들의 원혼 때문이라고도 하지요. 해방과 한국전쟁 공간에 제주에서 숱한 사람들이 죽었지요.”

“저도 그런 이야기를 여러 번 듣기도 하고 보도나 작품을 통해 알고 있습니다. 고향에는 자주 가십니까?”

“워낙 멀기에 아무래도 자주는 못 갔습니다. 하지만 몸은 뉴욕이나 워싱턴 근교 아카이브 주변을 맴돌고 있지만, 제 마음은 늘 고향 한라산과 제주 앞 바다에 떠돌고 있습니다.”

“고향에 대해 아픈 추억이 많은 사람일수록 더 그런 모양입니다. 그 아픈 추억을 지워버리고자 고향을 버리고 떠나왔지만, 세월이 흐를수록 더 깊은 향수에 젖어드는 게 사람의 마음인가 봅니다.”

“그렇습니다. 제 홀몸이라면 벌써 고향으로 돌아갔을 겁니다. 아내와 자식들은 제 마음을 이해하지 못하지요. 그들은 제가 너무 과거에 얽매여 산다고 비판을 많이 합니다. 이번에 조 선생님이 미국에 오신다고 하여 얼마나 반가웠는지 모릅니다. 몇날 밤 같은 방에서 날을 새면서 이야기하고 싶었습니다. 그래서 오늘 일부러 뉴욕에서 여기까지 찾아왔고요. 사실 오늘 밤 저를 선생님 방에 재워주세요."

"그럼요, 제 옆 침대는 늘 비어 있습니다. 오늘밤만 아니라 언제든 좋습니다."

"감사합니다. 오늘 밤 저로서는 무척 행복한 밤이 되겠습니다. 마음속에 사무친 이야기를 하소연할 수 있는…."

"그럼 장소를 숙소로 옮길까요? 마음에 사무친 이야기는 잠자리에서 나란히 누워 나누는 게 더 운치가 있지요."

두 사람은 잔에 남은 맥주를 들이키고는 숙소로 돌아왔다. 현이 먼저 샤워를 하고 침대에 눕고 이수영이 뒤따라 몸을 닦고는 옆 침대에 누웠다. 불을 껐다. 커튼 사이로 달빛이 실내를 비췄다. 그 달빛을 타고 이수영의 목소리가 들렸다.

1950년 8월 20일, 그 날은 견우와 직녀가 은하수를 건너 오작교에서 만난다는 칠월 칠석이었다. 당시 남제주군 대정면 서기였던 아버지가 한밤중에 잠을 자다가 경찰에게 불려나갔다. 아버지는 그날 새벽 이미 예비 검속됐던 마을 사람 250여 명과 함께 이튿날 새벽 모슬포 주둔 아무개 부대 군인들에게 총살당한 뒤 마치 사람으로 젓갈을 담듯이 채마밭에 암매장됐다.

소년 이수영은 그런 사실을 까마득 모르고 자랐다. 아버지가 몹쓸 병으로 일찍 돌아가신 줄로만 알았다. 이수영이 초등학교 5학년이던 겨울이었다. 눈 내리는 날 운동장에서 아이들과 눈싸움을 하던 중, 눈 뭉치에 맞은 하급생이 자기 담임선생에게 일렀다. 그는 교무실에 불려갔다. 그 선생은 소년 이수영에게 심문하듯 물었다.

"아버지 이름이 뭐냐?"

"아버지 없습니다."

"호로 새끼로구먼."

그 순간 아버지의 실체를 모르고 자라난 수영은 쇠뭉치로 한 대 맞은 듯한 충격에 휩싸였다. 그때 그 일이 소년 수영의 평생을 지배할 정도로 머릿속에 각인됐다. 그날부터 지금까지 '아버지'라는 화두는 이수영의 머리에서 떠나지 않았다. 초등학교 6년 내내 할아버지가 준 골갱이(호미)로 어머니와 보리밭 검질(김매기)을 하며 보냈다. 중학교에 입학하자 할아버지는 골갱이 대신 황소 한 마리와 밭가는 쟁기를 수영에게 주었다. 고등학교 졸업 때까지 고된 농사일에 매달리며 살아야만 했다. 할아버지는 손자를 먹물장이보다 철저한 농사꾼으로 만들려고 했지만, 소년은 고등학교를 마치자 그 뜻을 저버리고 뭍으로 나갔다.

그는 학비가 전액 면제받는 한 국립사범대학에 입학해 졸업했지만 신원 조회로 교사 발령이 몇 달 동안 늦어졌다. 그때부터 이수영은 연좌제라는 망령에 시달렸다. 우여곡절 끝에 간신히 교사 발령을 받고, 4개월 남짓 교사로 근무하다가 군 입대로 휴직하게 됐다. 연좌제라는 망령은 군에서도 이수영을 괴롭혔다. 2급 비밀취급 인가가 나오지 않아 보직을 받을 수 없었다. 이수영은 제대와 동시에 대학원에 진학했다. 하지만 공부를 하면서도 앞길이 보이지 않았다. 1978년 미국 유학을 결심하고 수속을 밟을 때도 신원 조회에 걸려서 떠날 수가 없었다. 1년 남짓 줄다리기하다가 한 대학 선배의 도움으로 간신히 미국으로 떠났다. 이듬해 아내에게 초청장을 보냈지만 아내 또한 번번이 출국이 좌절됐다. 그때마다 충격을 받은 아내는 그만 실성하여 식음을 전폐한 상태에서 침을 맞다가 운명했다.

1979년에 시작한 학위 공부가 1995년에 끝났다. 학위를 받고 난 뒤 곧 건강이 갑자기 악화돼 이수영은 폐의 삼분의 일을 잘라내는 수술을 받았다. 그때 이수영은 하늘이 자신을 살려준다면 할아버지의 유업인 일백여 할아버지의 자손들이 한날한시 한 곳에서 죽어 뼈가 서로 엉키어 하나가 되었다는 '백조일손'(百祖一孫) 사업을 하겠다고 맹세했다. 그것은 바로 아버지 죽음의 진상을 밝히고 명예를 회복시키는 일이었다. 건강을 회복한 이수영은 제주의 한 신설 대학에서 초빙이 와 고향에 돌아갔다.

이수영은 제주도에 가자마자 예비검속에 관한 중요한 문서를 입수하여 그 실체를 추적하는 데 착수했다. 하지만 이수영은 전임 강사 계약이 만료되자 다시 미국으로 왔다. 미국에 온 뒤, 이수영은 비로소 하늘의 뜻을 알고 아카이브에 드나들면서 본격적인 제주 4·3사건과 예비 검속 등 민간인 학살의 진상을 규명하는 일에 매달렸다. 1999년 크리스마스를 앞둔 어느 날 비밀 해제 요청을 한 지 2개월 만에 해제된 문서 3건이 우편으로 배달됐다. 초보 심마니가 수십 년 묵은 산삼을 캐는 기분이었다.

처음에는 아버지의 억울함을 풀어드리기 위한 일념으로 시작한 일이었다. 하지만 이제는 4·3사건이나 예비 검속으로 목숨을 잃은 피학살자 민간인들의 진상을 캐는 역사를 발굴한다는 소명 의식으로 여태 미국 아카이브를 맴돌고 있다고 하였다.

이수영의 이야기는 커튼 사이로 비친 푸르스레한 달빛과 실루엣으로 잔잔히 흘렀다. 하지만 잔잔한 그 속삭임이 때로는 흐느낌으로 변하기도 하고, 분노의 함성으로 현의 귀를 두드렸다.

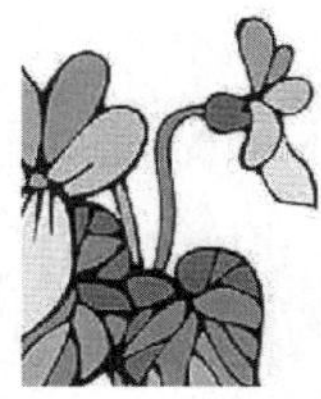

22. 세난도 국립공원

　상쾌한 아침이었다. 그야말로 '굿 모닝'이었다. 워싱턴 DC와 메릴랜드 주 일대는 위도로는 서울보다 조금 북쪽에 위치하고 있으나 해양성 기후로 기온이 서울과 비슷했다. 이곳은 도시 전체가 숲 속에 파묻히다시피 온통 숲이기에 자동차가 무척 많은데도 서울보다 대기가 더 맑았다. 일요일 아침, 현과 이수영은 구내식당에서 빵 한 조각으로 아침을 때우고 일찌감치 나들이에 나섰다. 이수영은 곧장 워싱턴 DC로 향했다. 워싱턴은 미합중국의 수도로 도시 계획이 잘 된 도시였다. 먼저 백악관으로 갔지만 그 언저리 일대는 경계가 무척 삼엄해 정사복 경찰들이 길을 메웠고, 백악관 상공에는 헬기가 계속 빙빙 돌고 있었다. 지난날 자유와 평화의 상징이었던 백악관이 이제는 테러의 표적으로 전전긍긍하는 것은, 현의 눈에는 마치 남의 곳간 양식을 노리다가 내 곳간의 금은보화를 잃는 어리석음 같이 보였다.

　거기서 가까운 링컨기념관, 제퍼슨기념관, 워싱턴 기념탑을 둘러본 뒤 한국전쟁 전몰자 위령비로 갔다. 위령비에는 다음의 비문이 새겨져 있었다.

Our nation Honors

Her Sons and Daughters who Answered the call to defend a country

They never knew and people they never met. 1950 Korea 1953

(미국이 명예롭게 생각하는 사람들 여기 잠들다.

여기 우리의 아들딸들은 그들이 전혀 알지 못했던 나라와 그들이 전에 한 번도 만난 적이 없는 사람들을 위하여 1950년에서 1953년 사이에 나라의 부름에 응해 싸우다가 잠들었다)

"그들이 전에 한 번도 만난 적이 없는 한국인을 위해 싸우다가 잠들었다는 말은 수긍이 되지 않습니다. 그냥 솔직히 미국을 위해 싸우다가 잠들었다는 말이 정직하지요."

이수영은 비문을 번역하면서 군말을 붙였다.

"국제간의 전쟁도 겉으로는 그 명분이 거창하지만 막상 그 내막을 자세히 들여다보면 강대국 무기제조업자들이 뒤에서 다 조종하고 있습니다. 그들은 전쟁이 일어나야 먹고살 수 있으니까 국제간에 자꾸 분쟁을 일으키지요. 또 그들은 정치지도자들의 돈줄입니다. 우리나라도 그렇지만 미국도 돈에는 약한 게 정치인입니다. 나약한 약소국가의 애꿎은 백성들만 무기제조업자들이 만든 신형무기 놀음에 억울하게 죽어가지요."

현과 이수영은 워싱턴 몰 일대를 '구름에 달 가듯이' 훌쩍 훑어본 뒤 교외인 세난도 국립공원으로 차머리를 돌렸다. 이수영은 현의 방미에 맞춰 10여 년간 타던 차를 폐차시키고, 새 차를 샀다는데 승차감도 무척 좋았고, 오디오시설이 무척 잘 돼 있었다.
이수영은 오늘을 위해 존 덴버의 '날 고향으로 데려다 주오'(Take
me Home Country Roads)라는 테이프를 마련했다면서 그 곡을
틀었다. 바로 그들이 찾아가는 버지니아 서쪽의 세난도강을 배경
으로 한 감미로운 노래였다.

워싱턴 몰을 출발한 차가 서쪽으로 한 시간 남짓 달리자 세
난도 국립공원이 나왔다. 대단한 규모의 국립공원이었다. 공원
한가운데 산을 오르자 오래된 성곽도 보였고 그 성곽에 오르자
사방의 벌판이 내려다 보였다. 어딘가 '세난도'라는 지명도 귀에
익었고 벌판도 눈에 익었다. 이수영은 이곳이 옛날 인디언들의
본거지였다고 일러주었다. 현도 기억을 더듬으니 고교시절 서부
영화에서 세난도라는 지명을 본 기억이 났다. 조금 더 올라가자
이곳이 인디언 옛터임을 가리켜 주는 팻말이 나왔다.

INDIAN OLD FIELDS

Within the bends of the Shenandoah river below, the
Indians kept fields burned off as pastures for deer and
bison. These fields were "old" to the first white settlers
who prized the fertile bottom lands. Today the old fields
are sites of modern farms.

(인디언이 살았던 옛 들판
저 아래에 보이는 세난도 강의 굽이 안쪽에 인디언들이 살았
다. 그들은 사슴과 들소를 먹이고 목초를 얻기 위하여 이 들판에

불을 놓아 태우곤 하였다. 그런 까닭으로 이 들판은 아주 기름진 땅이 되었다. 그리고 미 대륙에 건너온 백인 이민자들은 정말로 이 땅을 원했고, 그래서 여기로 백인들이 들어와 개척하여 오늘날 이 들판은 현대적 농장이 되었다.)

"이 글을 보면, 인디언들이 불 태워 못쓰게 만든 땅을 백인들이 살려서 농장을 만든 것으로 적었습니다. 이것은 분명 사실과 다릅니다. 그리고 인디언들이 불을 놓아 자연을 파괴하였다는 식으로 기술한 것도 싫고요. 저는 이런 점이 못마땅합니다. 엄연히 미 대륙에 가장 먼저 살던 사람들은 우리와 같은 피인 몽골리언이었습니다. 그들이 이 땅의 주인이지요. 솔직히 말해, 지금 미국인들의 백인 조상은 이 땅을 인디언들에게 거의 강제로 빼앗은 것입니다."

이수영은 팻말의 안내문을 번역하면서 조금은 흥분하였다. 그러면서 아메리카 인디언의 유래에 대해서 이야기했다.

"인디언이란 말은 유럽인들이 만들어낸 말로서, 콜럼버스가 자신이 도착한 신대륙이 인도인 줄 착각하고 원주민들을 '인디언'이라 부른 데서 유래하였습니다. 그때 아메리카 대륙에는 약 일천 팔백만 명의 원주민이 살았다는군요. 인류학자들의 견해로는 기원 전 1만년 전후로 몽골리언들이 베링해협을 건너서 왔다고 하는 데는 대체로 의견의 일치를 보이고 있습니다. 최근의 연구 결과에 따르면, 캐나다와 미국의 북부 지방은 두꺼운 얼음으로 덮여 있지 않고 넓은 평원으로서 아시아 대륙에 연결되어 있었다는 주장도 있습니다. 여러가지 정황을 볼 때, 아득한 옛날에 몽골리언들이 배를 타고 베링 해를 건넜거나 걸어서 아메리카 대륙으로 옮겨왔다는 도래설이 설득력이 있습니다.”

“네에?”

현이 미처 몰랐던 얘기였다.

“인디언이 몽골리언이라는 방증을 들자면, 인디언에게도 우리 겨레의 신생아들에게서 볼 수 있는 몽고반점이 많다든가, 술을 먹었을 때 얼굴이 빨개지는 현상이 백인에 견주어 동양인에게 많은 것 같이, 인디언에게서도 많이 나타난다고 하는군요. 또 인디언의 어떤 부족들의 언어는 우리말과 매우 비슷하다든가, 우리의 민속놀이인 윷놀이나 실뜨기 등과 비슷한 놀이가 그들에게도 있다든가, 우리나라의 장승과 그들의 토템 폴이 비슷하다는 등, 아무튼 저는 인류학에는 문외한이지만 몽골리언이 베링 해를 건너 아메리카로 온 것이 정설로 여겨집니다.”

“그렇다면 미국 땅은 우리와 전혀 연고가 없는 남의 땅이 아닌, 바로 우리 조상들의 땅이군요.”

“근원을 따지면 그런 셈입니다. 15세기 유럽인들이 아메리카 대륙에 처음 도착했을 때는 약 1800만 명 내외의 원주민들이 살고 있었다는데 1890년대에는 약 25만 명으로 급격히 줄어들다가 현재는 약 200만 명 정도로 추정된다는군요. 이를 봐도 이주 초기 유럽인들의 잔학상을 알 수 있습니다. 1800만 명이 25만 명으로 줄었다니….”

“학교 다닐 때 서부영화를 보면서 백인 총잡이들이 인디언 부락을 초토화시키는 걸 보고 박수쳤는데 큰 잘못을 저질렀군요.”

“아마 대부분 학생들이 그랬을 겁니다. 저도 학창시절에는 그랬습니다. 미국인 시각으로 인디언을 본 거지요.”

“과거 조상을 따지면, 한국인을 비롯한 몽골인들은 미국이 조상의 나라로 당당히 이민 와서 이제는 자식들을 많이 낳아 조상의 땅에 당당히 뿌리를 내려야겠습니다.”

“조 선생님의 견해에 전적으로 동의합니다. 가장 합법적이고 합리적으로 조상 땅 되찾기 운동인 셈이지요.”

“이곳에 사는 동포마다 자녀를 열 이상씩 낳으면 두 세기 안에 미국을 지배할 수 있겠습니다.”

“이론상으로 맞는 말입니다. 하지만 요즘 젊은이들이 자녀를 그렇게 낳습니까?”

“‘조상 땅 찾기 운동’이라고 한다면, 아마 우리나라 사람들은 기를 쓸 겁니다. 땅이라면 사생결단하는 사람들 아닙니까?”

“아무튼 조 선생님의 지론이 동포사회에 널리 퍼져서 그런 운동이 미국 전역에 전개되었으면 좋겠습니다. 한 세기만 지나면 약소민족의 설움에서 벗어날 겁니다.”

두 사람은 크게 웃었다.

“그런데 이런 사실을 미국사람들이 알면 한국인들을 추방하겠지요.”

"미국에 30년 가까이 살다가 보니까 대부분 미국 사람들은 무척 착해요. 한국인들이 버린 유아들을 입양시켜 기르고, 자기들의 재산을 죽기 전에 대부분 사회에 환원하는 선량한 국민들입니다. 더욱이 감동하는 일은 한국의 자폐증 어린이나 장애아를 입양하여 그 아이들을 돌보는 일로 세월을 보내는 미국인들을 볼 때는 머리가 숙여집니다. 미국인들은 기본을 지키며 판정에 승복할 줄 아는 국민들이에요. 제가 보기에는 95퍼센트의 미국인들은 이처럼 선량한데 나머지 5퍼센트가 문제입니다. 그들이 미국의 정가를 움직이며 세계의 정복자로 군림하고자 하면서 약소국가들을 무력침공을 하거나 자기들 말을 듣지 않는 나라를 그냥 두지 않지요."

계절이 초겨울로 썰렁함인지 공원에는 사람이 거의 없었다. 산의 정상에서 세난도 공원 언저리를 둘러보고는 다시 차를 타고 거기서 가까운 룰레이 동굴로 갔다. 현이 동굴에 들어가자 강원도 고씨동굴과 분위기는 비슷하였지만 그 규모는 상대가 되지 않았다.

룰레이 동굴은 보통 걸음으로 한 바퀴 살피는 데만 꼬박 두 시간 남짓 걸렸다. 동굴 안 얕은 호수에 비쳐진 종유석이 무척 신기하고 예뻤다. 이곳을 돌아보는 동안은 마치 신비로운 용궁을 헤매는 기분이었다. 어떤 곳에는 종유석이 파이프 오르간 모양으로, 장엄한 연주를 듣는 분위기를 자아내기도 하였다.

동굴을 벗어나자 입구 주차장이 나왔다. 주차된 수백 대의 자동차 가운데 한국산 로고가 붙은 우리나라 제품의 자동차를 드문드문 볼 때 그 기쁨과 뿌듯함은 이루 말할 수 없었다.

돌아오는 길에 이수영은 간밤에 미처 마무리 못한 얘기를 했다. 이수영은 십 수년 간 끈질긴 추적과 집념으로 마침내 당신 아버지를 학살한 당시 제주 주둔 부대의 책임자들을 찾았다. 그들 가운데는 5·16쿠데타의 주체 세력으로, 국방장관까지 역임한 이도 있었다. 이수영이 증거물을 들이대며 그 당시 부대 책임자로 지금은 큰 교회의 장로인 김 아무개 예비역 장군에게 추궁하자 참회는커녕, 그때는 어쩔 수 없는 일이었다고 얼버무리거나, 자기는 그런 일은 전혀 모른다며 물증조차도 부인하거나, 이미 고인이 된 일본 헌병 오장 출신의 김 아무개 장군에게 모든 걸 떠넘기면서 대면을 피했다. 그래서 한 방송국의 협조로 5·16군사혁명 대담이라는 이름으로 인터뷰를 요청하여, 그 말미에 1950년 8월 제주도에 있었던 예비검속 학살자 사건을 추궁하였다고 하면서 그 대담 녹음테이프를 틀었다.

"누구의 명령을 받고 총살 집행을 하였습니까?"
"군대에서 한 일이란 뻔하지 않아요. 이제 와서 그때 일을 들춰 뭘 하려 합니까?"
"만일 장로님 아버님이 억울하게 학살되었다면 어떻게 하겠습니까?"

“······.”

“왜 대답을 못합니까?”

“그때는 전시라 어쩔 수 없었습니다.”

“그곳 제주는 전투 현장도 아니었습니다. 그리고 아무리 전시라도 국민의 생명과 재산을 마음대로 빼앗아도 됩니까? 더욱이 제 아버지는 당시 면서기로 국가공무원이었습니다. 아무런 심문도 재판도 없이 한밤중에 데리고 가 그렇게 총살하고 암매장해도 됩니까?”

“군인이란 명령에 따라 행할 뿐입니다. 당신의 얘기를 듣고 보니 미안한 점도 있군요. 자, 이제 우리 악수로 지나간 과거 일을 역사의 뒤안길로 묻읍시다.”

“저는 지금 장로님과 악수할 계제가 아닙니다. 당신이 제주도에 있는 제 아버지 공동묘역인 백조일손에 참배하고, 유족들에게 진정으로 무릎꿇고 사죄한다면 그때에 악수할지 모르지만 지금은 때가 아닙니다.”

“언제 제주도에 꼭 한번 가야겠습니다. 그곳에 가자면 쿠데타를 일으키는 이상의 용기가 필요할 것 같습니다.”

그 이듬해 백조일손 위령제에 이수영은 그 장로를 초청했으나 끝내 나타나지 않았다고 했다.

핸들을 잡고 있는 이수영의 눈에서는 눈물이 주르르 흘러내리고 있었다.

"조 선생님, 감사합니다."

"제가 무슨 일을 하였다고 그러십니까?"

"간밤에도, 지금도 제 이야기를 다 들어주신 것만으로 고맙습니다. 제 마음에 맺힌 게 좀 내려갔습니다. 오십년 묵은 체증이 뚫린 기분입니다. 아무도 제 이야기를 귀담아 들어주지 않았습니다. 모두들 이미 지나간 일인데, 왜 그 일에 얽매여 사느냐고 저를 압박합니다. 심지어 재혼한 제 처나 자식들까지도."

"이제 그들을 용서할 아량이 없습니까?"

"저도 예수를 믿는 사람으로 용서가 가장 좋은 덕목이라는 것도 알고 있습니다. 하지만 그들이 자신의 행위를 진정으로 참회도 하지 않는데 어떻게 그들을 용서할 수 있겠습니까? 저는 그들을 용서하고 싶습니다. 그에 앞서 진실규명과 그들이 진정으로 참회해야 합니다. 프랑스 속담에 '쉽사리 용서해 주면 잘못을 반복시킨다'고 합니다. 해방 후 일련의 양민 학살사건들 진상이 한 번도 제대로 규명돼지지 않았고, 가해자가 진정으로 참회하지 않았기 때문에, 5·18광주민주화운동 같은 비참한 역사가 되풀이되었습니다. '좋은 게 좋다' '이미 지나간 과거다' '그 시절에는 어쩔 수 없었다' 이런 식으로 과거를 적당히 넘긴 결과가 어떻습니까? 진실이 묻힌 결과, 일제 강점기에 독립투사 잡아들이는 데 가장 악질 노릇을 한 헌병 오장 아들이 얼굴에 철판을 깔고 여당 대표까지 했던 세상 아닙니까? 이런 나라에 무슨 정의가 있겠습니까?"

“……."

간밤에 시작한 이수영의 이야기가 그제야 모두 끝났다. 그새 차는 메릴랜드 주립 대학 캠퍼스를 지나고 있었다.

“이 박사님이 먼저 그들을 용서할 아량은 없습니까?”

“성서에도 ‘용서하라. 그리하면 너희도 용서를 받을 것이다’ 라고 말씀하셨습니다. 용서하다의 영어는 ‘Forgive’인데, 저는 이 를 ‘For me give’의 준말로, ‘곧 자기를 위해 용서해 주라’라고 해석하고 싶습니다. 그래서 요즘 저도 마음속으로 지난날의 원한 을 하나 둘 정리하고 있습니다.”

“잘 하셨습니다. 그래야 여생을 건강하게 사실 수 있습니다.”

“말씀 마음에 잘 새기겠습니다.”

그새 이수영의 승용차는 숙소 주차장에 멎었다. 이수영은 지 갑에서 버스티켓을 꺼내 현에게 건넸다.

“조 선생님 귀국하는 날 하필이면 제가 로스앤젤레스에서 열 리는 한반도 통일 포럼에 참석할 예정이라 그날 뉴욕 케네디공 항에서 전송할 수 없게 되어 매우 유감입니다. 마침 이 고속버스 티켓은 제가 쓰다가 남은 것으로, 새 차를 구입했기에 앞으로 이 티켓을 별로 쓸 기회가 없을 겁니다. 그래서 드리니까 부담을 갖 지 마십시오. 워싱턴 DC에서나 볼티모어에서 탑승할 수 있습니 다. 뉴욕에서는 다운타운과 미드타운에서 내릴 수 있는데, 가능 한 미드타운에서 내리십시오. 워싱턴 DC 출발 후 5시간이면 뉴 욕에 도착할 겁니다. 바쁜 이 목사님에게 공항 행 길안내 부탁하기 미안하면 거기에서 콜택시를 이용하십시오. 제가 잘 아는 토마스 정이라는 동포 기사 전화번호를 티켓 뒷면에 적어뒀으니 그 친구에게 연락하시면 아주 친절히 공항까지 태워드릴 것입니다. 제가 미리 토마스 정에게 부탁해 두겠습니다.”

　이수영과 현은 차에서 내린 뒤 서로 포옹으로 작별인사를 하였다. 이수영은 뉴욕으로 가는 길이 바쁘다고 하면서 주차장에서 그대로 떠났다.

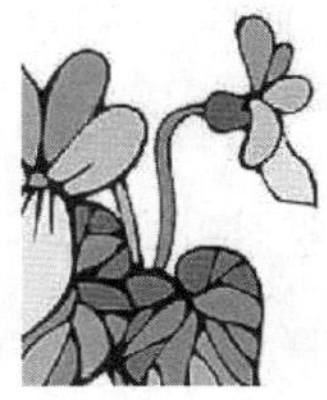

23. 볼티모어

　월요일 아침은 다른 날보다 더욱 활기가 찼다. 이 날도 박유종은 아침 8시 정각에 현의 숙소로 찾아왔다. 새벽녘에 비가 조금 내린 탓으로 하늘도, 숙소 언저리 숲도, 거리도, 더욱 맑아 쾌적했다. 숙소에서 아카이브까지 늘 다니던 길에 차들도 월요일에는 더 많은 듯했다. 아침 출근길 분위기는 서울도, 뉴욕도, 메릴랜드 주도 비슷했다.

　"안녕하세요. 조 선생님, 아주 좋은 아침입니다."

　"네, 박 선생님. 정말 상쾌한 아침입니다."

　현은 평소처럼 아카이브에 가져가는 가방에 컴퓨터와 스캐너, 이 날은 디지털카메라도 챙겨 넣고는 차에 올랐다. 아카이브 정문에 도착하자 흑인 수위가 그새 낯이 익은 듯, 출입증을 내밀자 평소와는 달리 건성으로 훑고는 '굿 모닝!' 인사를 하면서 붉은 막대지시봉으로 통과신호를 보냈다. 여러 날 겪어보았지만 이들 아카이브에 근무하는 흑인 직원들은 매우 친절하고 성실했다. 미처 몰랐던 무엇 하나를 질문하면 어떻게나 친절하게 답해주고 도와주는지 이편에서 미안할 정도였다.

　"여기 사는 한인 동포들은 길을 물을 때 백인에게 묻는 것보다 흑인에게 물어보라고 합니다. 왜냐하면 백인들은 겉으론 그렇지 않은 척해도 마음속으론 은연중에 유색인종을 얕잡아보는지 대답을 안 해주는 경우가 많지만, 흑인들은 자기가 시간이 있는 한 매우 친절히 가르쳐줍니다."

　핸들을 잡은 박유종의 말을 듣자, 현은 지난해 미국 방문 길에 로스앤젤레스에서 만난 통일운동가 노정남 씨의 말이 떠올랐다. 그때 현을 로스앤젤레스로 초대한 노정남 씨는 한인 동포들이 고국이 그리울 때면 자주 찾는다는 산타모니카 해변과 할리우드를 비롯한 다운타운을 보여준 뒤, LA 교외 '와츠타운'이라는 흑인 밀집 지역으로 안내했다. 그곳은 1992년 4월 29일 흑인 민중 봉기가 일어났던 곳으로 아직도 거리나 집들이 매우 허름했다.

　"조 선생님, 여기를 보십시오. 바로 흑인 밀집지역입니다. 차도 찌그러진 헌차가 더 많고 곳곳이 낙서투성이죠. 그리고 여기 사는 흑인들은 대다수가 연방정부에서 빈민에게 주는 웰페어(보조금)에 의지해 살아갑니다. 하지만 흑인들이 원래 이런 사람들이 아닙니다. 원래 흑인들은 아프리카에서 나고 자란 사람들입니다. 거기서 평화롭게 잘 살고 있던 흑인들을 백인들이 쇠사슬로 손발을 묶어 유럽이나 아메리카에 노예로 끌고 온 것이죠. 미국에 끌려온 흑인들은 노예생활을 하다가 해방은 되었지만 사회, 경제면에서 보면 아직도 노예 상태를 벗어나지 못했죠. 제가 볼 때 다른 인종에 비해 흑인은 중산층의 숫자가 적습니다. 평균소득도 다른 인종에 비해서 가장 낮고요. 대학 진학률도 다른 인종보다 많이 떨어집니다. 고등학교 중퇴율은 가장 높지요. 그렇지만 흑인들은 마틴 루터 킹 목사의 말처럼 꿈이 있습니다. 흑인들 가운데 머리가 깨인 분들은 일찍부터 자녀 교육시키는 데 전력투구 하고 있습니다. 비록 자신들은 제대로 배우질 못해 막노동하고 살지만 자녀들을 제대로 교육 시켜 백인과 동등해지겠다는 꿈이 있는 것이죠. 그래서 그런지 흑인들 가운데 제대로 교육받은 사람들은 지금 사회 각계각층에서 두각을 내면서 열심히 활동하고 있습니다. 미국의 외과의사 가운데도 수술 실력 뛰어난 의사는 흑인 의사가 적잖습니다. 또 변호사 가운데도 흑인들이 많고요. 그리고 운동선수나 음악가, 미술가 중에는 두각을 발휘하는 흑인이 상당수입니다. 그러나 아직도 미국사회의 인종 차별은 눈에 보이진 않지만 남아 있습니다."

그러면서 노정남 씨는 미국의 흑인들이야말로 소수 민족의 인권을 오늘날 수준으로 끌어올린 이들로서, 우리 한인 동포들은 그들에게 감사해야 하는데 일부 몰지각한 동포들이 오히려 백인들보다 더 그들을 천시하는 것을 볼 때 몹시 마음이 아프다고 했다.

사람의 관계는 피부색이 문제가 아니었다. 현도 그때까지 생각했던 흑인에 대한 이미지가 이번 방미 길에는 확 달라졌다. 현은 아카이브에서 만난 흑인 직원들의 친절성과 근면성을 보고는 그동안 마음속에 지녔던 그들에 대한 편견이 부끄러웠다. 이제는 모두가 한 지구촌 사람으로 인종이나 피부색, 종교를 초월하여 더불어 평화롭게 살아야 하는 이웃이라는 생각이 들었다. 이제 우리나라도 결혼이나 취업 등으로 다른 민족들이 숱하게 귀화해 살고 있지 않은가.

이 날도 현과 박유종은 가장 먼저 5층 사진자료실에 도착했다. 이 날 자료들은 프랑스에서 수집한 한국관련 사진들을 뉴욕타임지에서 보도용으로 쓴 것을 다시 아카이브에서 구입해 놓은 것이라 하여 기대가 컸다. 자료실 담당 미스 브라운이 아침인사를 하고는 사진파일을 실은 카트를 밀고서 자리로 왔다.

카트에서 사진을 담은 상자를 내리자 이제와는 달리 'KOREA'가 아닌 'COREE'라는 불어권 표기였다. 상자를 열자 약간 퇴색된 사진들이 우수수 쏟아졌다. 한국전쟁 당시 사진도 있었지만 개화기와 일제 강점기의 한국 모습을 담은 사진이 더 많았다. 경성 남대문역 전차 정거장에 흰옷을 입은 떠꺼머리총각의 모습이라든지, 인천 제물포 부두에서 일본으로 보내는 쌀을 싣는 광경이라든지, 그 당시 가장 많이 이용했던 소달구지, 볕 좋은 가을날 창호지를 바르는 할아버지, 매잡이, 갓을 쓰고 흰 두루마기를 입고 긴 담뱃대를 물고 있는 노인, 무당의 칼춤, 젖가슴을 다 들어낸 한국 아낙네의 당당한 모습 등, 그들의 눈에 낯설고 신기한 풍경들을 담은 사진들이 마구 쏟아져 날마다 전쟁사진을 보는 데 식상한 눈의 피로를 말끔히 씻어주었다.

이 날 찾아낸 사진 가운데 가장 감동적인 사진은, 전란으로 교실이 불타버려 운동장에서 수업을 받는 한 소녀가 남동생을 무릎에 앉힌 채 공부하는 장면과 또 하나 눈길을 끄는 사진은 다 쓰러져가는 초가집 처마 아래에서 두 소년이 정답게 이야기하는 사진이었다. 두 사진 다 소년소녀들이 남루한 차림이지만 그들의 표정과 미소가 밝았다. 바로 이들이 폐허더미에서 한강의 기적을 이룬 이들이 아닌가 하니 가슴이 뭉클해지기도 했다.

또 다른 상자에서 나온 사진 가운데는 마르린 먼로의 한국전쟁 위문공연사진으로, 아름답고 풍만한 육체파 배우 마르린 먼로의 절정기를 볼 수 있었다. 당시 서울 효창초등학생이었던 박유종은 그때를 또렷이 기억하고 있었다. 박유종은 마르린 먼로가 위문 공연할 때는 노팬티 차림이라는 풍문을 듣고서 짓궂은 한국인 기자가 반사경을 이용하여 그것을 확인하는 사진을 찍다가 쫓겨나는 소동도 벌였다는, 믿거나 말거나 한 그때의 이야기도 들려주었다. 숱한 염문과 화제를 뿌린 마르린 먼로의 군복 입은 사진을 손에 넣어 기분이 무척 좋았다. 하지만 사진에서는 마르린 먼로의 팬티 착용 여부를 확인할 수 없었다.

이 날 발굴한 사진은 60여 장으로 여느 날보다 더 많았다. 현이 기분이 매우 좋다고 자축하자고 했더니 박유종은 귀갓길에 볼티모어로 안내했다. 볼티모어에는 부둣가 바다 게 요리가 일품이라면서 좋은 사진을 발굴한 자축연을 벌이자고 제의했다. 아카이브를 출발한 지 40여 분 달리자 대서양 연안 항구도시 볼티모어에 닿았다. 그곳 부둣가 게 요리 집은 1인당 30달러 정액제로, 술값은 별도지만 게는 얼마든지 먹을 수 있는 뷔페식이었다. 메릴랜드 주의 상징물이 바다 게라는데, 주 최대도시인 볼티모어의 게 요리는 소문대로 그 맛이 일품이었다. 두 사람은 맥주를 곁들여 게 요리를 마냥 즐겼다.

볼티모어에서 돌아온 뒤 현이 곧장 한잠 푹 자고 눈을 뜨자 지수가 침대 옆 탁자에서 현을 물끄러미 바라보고 있었다.

"언제 왔니? 깨우지 그랬어."

"얘, 너 아주 코로는 자장가를 연주 하며 아주 곤히 자더라. 너 잠자는 모습을 곁에서 지켜보는 게 좋았어."

"오늘은 기분이 좋아 한잔 했어."

"잘했다, 얘. 기분이 좋은 날은 한잔 하는 거야. 사실 인생을 통틀어 기분 좋은 날은 며칠 안 되는 것 같아."

"그 말이 맞아. 나도 살아보니까 나머지 날은 그 기분 좋았던 날에 즐긴 빚을 갚느라고 헉헉거리는 날이라고나 할까? 동물의 세계를 보니까 수벌은 여왕벌과 교미 한 번하고 나면 죽고 말아. 살아도 하는 일 없이 먹기만 한다고 일벌들이 집밖으로 밀어내거나 쫓아내더군."

"그게 벌들 세계만 그런 게 아닐 거야. 특히 수컷들은 능력이 떨어지면 비참하지."

"인간세계도 그와 비슷한 일들이 벌어지고 있지. 말로는 성격 차이네, 뭐네 하지만 그 근본을 파고들면 수컷으로서 능력 상실이 가장 큰 원인일 거야. 그저 수컷들은 암컷에게 위 아래로 잘 먹여줘야 오랫동안 암컷과 동거할 수 있지.”

“일리 있는 말이다, 얘. 그래, 무슨 사진을 보고서 그렇게 기분이 좋았니?”

“다 쓰러져가는 초가집 처마 아래에서 두 소년이 정답게 이야기하는 장면의 사진을 보고는 어찌나 가슴이 찡한지 무릎을 쳤어. 남루한 소년이지만 해맑은 미소를 보고서는 바로 이것이 오늘의 한국을 일으켰다는 생각이 퍼뜩 스쳤어.”

“오늘은 그 사진을 보고 싶구나.”

“알았어. 내 일어나서 컴퓨터를 켤게.”

현이 침대에서 일어나 겉옷을 입고는 노트북에 전원을 켰다. 경쾌한 신호음이 울렸다. 그리고는 화면이 뜨는 새 커피포트에 물을 붓고 원두커피를 올렸다.

“어머 얘, 이게 컴퓨터니?”

“응, 노트북이라고도 해. 가지고 다닐 수도 있어. 나 이것 서울에서 가져온 거다.”

“그래? 내가 살았을 때는 컴퓨터가 전축만 했는데 그새 이렇게 작아졌구나. 이거 어느 나라서 만든 거니?”

“한국에서 만든 거야.”

“뭐?”

“사실 나도 놀랐어. 지난해 미국에 오는데 공항입국심사대에 놓여있는 컴퓨터 모니터가 한국제품이더라고. 한국이 이 분야에서는 세계 최첨단이야.”

“그래? 일본도 제치고.”

“그럼.”

“정말 세상 많이 변했구나.”

그새 커피포트에 커피가 다 내렸다. 현은 커피를 두 잔에 담았다.

“얘, 한 잔만 타. 나는 마실 수 없잖니.”

“나 혼자 마시면 맛도 운치도 없어. 너는 그냥 분위기만 잡아.”

“고마워. 사실 나도 살아서는 커피 광이었거든. 너랑 마주앉아 오랜만에 커피 냄새를 맡으니까 좋구나. 요즘도 서울 시청 앞에 가화다방 있는지 모르겠다. 그리고 중앙청 앞 설매다방, 연대 앞 독수리다방도. 숙자 씨랑 그 다방들 참 뻔질나게 드나들었는데.”

“아마 벌써 다 사라졌을 거야. 요즘 젊은이들이 옛날 같은 다방에는 가지 않아. 중앙청은 건물조차도 오래 전에 허물어버렸는데. 지나면서 보니까 설매다방 자리는 벌써 오래 전부터 공원이 됐더라.”

“30년이 더 지났으니 그럴 만도 하겠군.”

현이 노트북 ‘내 그림’으로 가서 한국전쟁 사진폴더를 클릭하자 저장한 사진들이 화면에 떴다. 현은 거기서 소년의 모습을 찾아서 슬라이드 보기로 확대했다.

“정말 감탄할 만한 사진이구나. 따사한 햇살을 받으며 웃고 있는 소년의 표정이 아주 자연스럽고 해맑구나.”

“나는 여기서 우리 겨레의 저력과 앞날을 읽었어. 다음 장면의 사진 좀 봐.”

“소녀가 젖먹이 어린 동생을 안고 야외교실에서 수업 받는 장면 같은데.”

“맞았어. 바로 그 장면이야. 내가 태어난 시골에서는 그랬어. 바로 이런 장면이었을 거야.”

“갑순아, 니 오늘 학교 가지 말고 집에서 돌식이나 봐라.”

“어무이요, 지는 오늘 학교에 꼭 가야합니다. 어제 선생님이 오늘 산수시간에는 구구단 가르쳐준다고 했어 예.”

“핵교? 이 가시나가 무신 귀신 씻나락 까먹는 소리를 하노. 오늘 엄마가 이장댁 밭을 매주고 보리 됫박이라도 얻어 와야 우리 세 식구 저녁 굶지 않는다. 난리로 굶어죽을 판에 핵교가 다 뭐고.”

“알았어 예. 퍼뜩 당겨 오이소.”

남편은 전쟁터에 나간 뒤 이태가 넘도록 돌아오지 않았다. 어머니는 학교를 못 가 훌쩍거리는 딸에게 젖먹이를 맡겨둔 채 김매는 삯일을 가고자 고샅을 벗어났다. 산 입에 거미줄을 칠 수 없어 학교에 가려는 딸을 붙잡아 어린 젖먹이를 맡길 수밖에 없는 어머니는 철없는 딸에게 야단을 치고는 속으로 울었다.

엄마가 마을을 벗어난 걸 확인한 갑순이는 동생을 업고는 엄마 몰래 학교로 갔다. 6·25전쟁으로 불타버린 학교, 하급생에게는 아직도 교실이 없었다. 아이들은 불탄 교실 자리 맨땅에 돌멩이를 주어다놓고 앉았다. 갑순이는 동생을 무릎에 앉히고 칠판을 바라보면서 선생님 말씀에 귀를 기울이고 있다.

"사진 하나가 숱한 이야기를 간직한 작품이구나. 그런데 전쟁중이지만 소년소녀들의 표정들이 하나같이 밝구나."

"너도 그렇게 보이니. 나도 그렇게 보았어. 이것이 아마도 우리나라의 미래가 밝다는 표상일 거야."

"이 사진집 나오면 야단나겠다."

"글쎄다. 나로서는 대중들의 마음을 읽을 수가 있어야지. 처음 책을 펴낼 때는 독자의 반응을 무척 기대를 했는데 이제는 별로야. 다만 이번 사진집은 한국전쟁의 사진기록이 부실한 우리나라에 그 기록을 복원시킨다는 소명감으로 만들려고 해."

"잘 생각했어. 작가가 독자들의 인기에 연연하거나 영합하면 작품이 단명하게 되고, 곧 독자들은 등을 돌려. 미국의 작가 중에서도 〈백경〉을 쓴 멜빌 같은 이도 사후 50년 후에야 빛을 봤어. 작가는 좋은 작품만 남겨두면 언젠가는 독자들이 알아주는 거야."

"다행히 아들놈이 재산보다 원고를 남기는 게 더 좋다고 하니까."

"그 아비에 그 아들이구나. 사실 나 오늘 너에게 취재 여행한 이야기 들으려 왔어. 지난번에 약속하였지?"

"그랬지. 유럽은 네가 더 잘 알 테니까 생략하고, 중국 일본 북한 순으로 할까 보다. 매일 밤 조금씩 나누어서."

"학창시절 너와 수업시간에 참 숱하게 이야기를 했지. 그러다가 선생님한테 혼도 나고."

"참 그 시절에는 웬 이야기가 그리도 많았던지."

"꿈도 많고 호기심도 많았던 시절이었으니까 그랬던 거야. 40년 만에 다시 너를 만나도 너는 그 시절과 다름이 없구나. 그래서 옛 친구가 좋은 가 보다. 얘, 어서 이야기해 보렴."

"중국은 세 차례나 여행했는데, 모두 항일유적지 답사여행이었어. 베이징, 상하이, 선양, 하얼빈, 창춘, 지린, 단동, 옌지, 다롄, 뤼순 등 독립운동가들의 발자취를 거의 다 쫓아다녔지. 거기서 만난 훌륭한 선열들과 독립전쟁 이야기를 일일이 얘기할 수는 없고, 네가 가장 좋아하는 시인 이야기나 할까?"

"윤동주?"

"맞아, 부끄러움의 미학을 노래한 윤동주 시인이야. 연길에서 그리 멀지 않은 곳에 용정이 있었고, 거기서 자동차로 30분쯤 더 달리자 윤동주 생가마을 명동촌이 나오더군."

"나도 생전에 거기는 꼭 한번 가보고 싶었는데."

"너 독신으로 사는 거, 혹 윤동주 시인의 〈서시〉 때문 아냐?"

"꼭 그런 건 아니지만 전혀 부인하지는 않겠어. '죽는 날까지 하늘을 우러러/ 한 점 부끄러움이 없기를/ 잎새에 이는 바람에도/ 나는 괴로워했다….' 아직도 외워지는군."

"윤동주 시인이 태어난 명동촌 마을은 여태 1930년대의 초가집들이 듬성듬성한 20여 호 정도의 자그마한 마을인데 사방이 산으로 병풍처럼 둘러싸인 분지로 퍽 아늑했으며, 언저리 산수가 시심이 저절로 우러나올 만큼 빼어나게 아름답더군. '훌륭한 인물은 아름다운 고장에서 태어난다'고 하더니, 그렇게 아름다운 고장이었기에 위대한 시인이 탄생했나 봐."

"윤동주 시인의 생가에는 누가 살고 있던?"

"아니. 아무도 살지 않았어. 윤 시인의 생가는 큰 도로에서 좁은 길로 100여 미터 내려가자 명동 교회와 나란히 붙은 외딴집이었어. 개가 하품을 할 정도로 무척 한적한 마을이더군. 명동 교회는 목사요, 독립 운동가이며, 명동소학교 교장이었던 김약연 선생이 세웠다는데 바로 그분이 윤동주 시인의 외삼촌이었대. 교회 마당에는 100여 년을 더 지났을 고목이 녹음을 잃지 않은 채, 우람하게 서 있었어. 윤동주가 연희전문에 다니다가 방학을 맞아 고향에 돌아와서 주일 학교 교사로 봉사할 때 교회 종을 그 나무에 매어두고 울렸다는데 지금도 종이 매달려 있었어."

"그래서 교회 종을 한 번 쳐 보았니?"

"그러지는 못했어. 대신 사진은 찍어뒀지. 마침 그 사진이 내 노트북에 저장돼 있을 거야. 잠깐 기다려."

현은 노트북을 다시 켰다. 그때부터는 명동촌 사진을 하나하나 클릭하면서 얘기했다.

"윤동주 생가는 명동 교회와 널빤지로 이은 야트막한 울타리로 이어져 있었어. 명동 교회 마당에서 널빤지 쪽문을 밀고 윤동주 생가로 들어갔어. 아담한 단층 기와집이었는데 현재는 아무도 살지 않은 듯 방마다 문은 닫혔고 인기척도 없더군. 마당에는 우물이 있었는데, 바로 〈자화상〉에 나오는 거라고 안내하던 청년이 말하더군. 그래 두레박을 들고 우물 바닥을 내려다보았어. 우물은 10미터 정도로 꽤 깊더군. 생가 앞마당은 울타리도 없는 밭으로 앞이 환히 틔었는데 거기서 윤동주의 모교인 명동소학교가 정면으로 빤히 보이더군. 명동소학교 종이 '땡땡' 울리면 이 집에서도 들릴 정도의 거리였어."

"얘, 사진을 보면서 네 얘기 들으니까 내가 너랑 직접 가서 보는 거나 다름이 없구나. 노트북이 아주 요술보따리구나. 나 지금도 윤동주의 〈자화상〉을 흥얼거릴 수 있을 것 같아.

산모퉁이를 돌아 논가 외딴 우물을 홀로 찾아가선
가만히 들여다봅니다.

우물 속에는 달이 밝고 구름이 흐르고 하늘이
펼치고 파아란 바람이 불고 가을이 있습니다.
……………

"윤동주 매니아는 역시 다르군. 생가를 둘러본 뒤 곧장 윤 시인의 모교 명동소학교로 갔지. 이 학교는 세 번이나 화재를 입었대. 1920년 일제의 경신토벌이 시작되자마자 이 학교는 독립운동의 소굴로 비쳐져 가장 먼저 보복을 당했대. 1920년 10월 20일, 청산리전투가 개시되기 바로 전날, 일제 토벌군이 이 학교는 항일소굴이라고 불을 질렀다더군. 윤동주는 명동소학교를 1925년부터 1931년까지 다녔대. 마침 내가 찾아갔을 때는 여름방학 중으로 잡초가 무성한 운동장 한쪽에서 세 소녀가 공기놀이를 하고 있었어."

"참 우리 초등학교 다닐 때 많이 했던 놀이였잖아."

"그랬지. 땅 따먹기 놀이도."

"서울에서도 그랬냐?"

"그럼, 그때는 마땅한 놀이기구가 없었잖니."

"윤동주의 생가, 모교를 본 뒤 무덤을 찾았어. 몇 차례 차를 세우고 길가에서 현지 주민에게 물은 끝에 용정현 뒷동산에 있는 중앙교회 공원묘역을 힘들게 찾았어. 산을 오르자 올망졸망한 무덤들이 즐비했는데 윤동주 묘지의 봉분은 다른 묘보다 조금 더 컸고, 봉분 아래 부분은 시멘트로 둘러 발라 얼른 눈에 띄었어. 오석(烏石)으로 된 묘비가 1미터 정도 높이인데 '詩人 尹東柱之墓'(시인 윤동주지묘)라고 새겨 있더군. 그곳에서 본 언저리 산천도 무척이나 아름다웠어. 나는 그곳을 찾기 전에 윤동주 묘지는 그를 사랑하는 사람이 많은 서울로 마땅히 이장해야 한다는 생각을 가졌는데, 막상 현지에 가서 보니까 그분은 제자리에 묻혀 있었어. 윤동주는 조국에서보다 그곳에서 더욱 사랑받고 있었으며, 중국에 사는 조선족 동포에게 민족의 자긍심을 심어주는 대단한 인물로 살아 있었어.”

“참 다행한 일이다, 얘. 나도 대학 다닐 때 본관 옆 솔숲 속의 윤동주 시비에 자주 찾았지. 그때마다 윤동주 무덤이 참 궁금했는데 네 얘기로 갈증을 다 풀었다, 얘. 오늘 얘기는 여기서 끝내자. 너도 내일을 위해 자야지. 설송, 오늘 저녁 이만! 나 간다. 굿 나이트!”

“잘 가, 운성. 내일 또 와.”

“응.”

금세 지수는 자취도 없이 사라졌다.

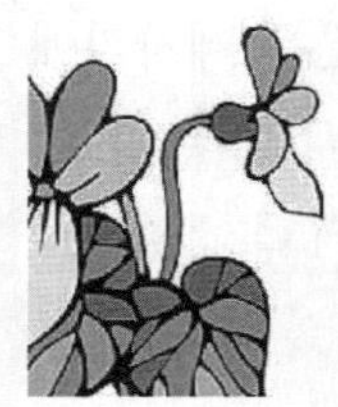

24. 겨 울 비

새벽녘부터 비가 주룩주룩 내렸다. 어느 계절보다 겨울에 내리는 비는 더욱 을씨년스럽다. 더욱이 남의 나라 모텔에서는 더더욱 그러하다. 현은 여느 날처럼 일어나 구내식당으로 가서 빵한 조각과 우유 한잔으로 아침을 때웠다. 이런 날 아침식사는 보글보글 끓는 된장찌개가 그립지만 모텔 옆 이조식당에는 10시이후라야 문을 열었다. 마냥 늑장을 부리면서 출근준비를 하는데예삿날처럼 8시 정각에 박유종이 문을 두드렸다. 준비물을 챙겨박유종 차에 올랐다. 비가 내린 탓으로 예삿날보다 차가 더 밀렸다. 어린이 통학용 노란색 스쿨버스가 이채로웠다. 그 버스가 길가의 어린이를 태우고자 멈출 때는 반대편 차선의 차들도 모두섰다. 어린이를 최우선하는 사회의 세심한 배려가 엿보였다.

출근길이 밀린 탓으로 아카이브에 도착하니 다른 날보다는 조금 늦었지만 그래도 9시 직전이었다. 여느 날보다 15분 늦은 셈이었다. 우리가 자료실 좌석에 앉자 미스 브라운이 사진파일이 담긴상자 카트를 밀고 와서는 전해 주고 갔다. 오늘부터는 각론 파일인 탓인지 사진 사이즈도 크고 선명한 사진들이 꽤 많이 쏟아졌다.

'DEAD'라는 파일명 상자에서 나온 사진들은 모두가 전사자들의 시신 사진으로 대부분 끔찍한 장면이었다. 국군, 인민군, 유엔군, 중공군들의 시신들이 수로에 길가에 산야에 볏단처럼 마구 널브러져 있거나 구덩이에 쓰레기처럼 마구 버려져 있었다. 1950년 한국전쟁 때 피아간 전상자 수는 5백 만 명을 넘는다고 한다. 워싱턴 기념탑 옆 한국전쟁 전몰자 위령비에 새겨진 전사자 수는 미군 5만 4천여 명, 유엔군 62만여 명, 부상 미군 10만여 명, 유엔군 100만여 명, 실종 미군 8천여 명, 유엔군 4만 7천여 명으로 자유진영 전체 사상자가 200만 명에 가까웠다. 공산진영의 인민군과 중공군 전상자 수는 이보다 더 많은 350만여 명이라고 하니, 한국전쟁으로 한반도에서 희생된 사상자는 어림잡아 오백만 명은 넘었다.

특히 1951년 5월 17일 촬영된 중부전선의 중공군 시신더미는 마치 뽕잎 채반 위에 누에들처럼 시신들이 질펀하게 널브러져 있었다. 그 시신들 하나하나가 남의 집 귀한 아들이요, 남편이요, 아버지가 아닌가. 시신더미 사진들을 한장 한장 넘기면서 현과 박유종은 한숨을 몰아쉬었다. 그리고는 눈을 감으며 명복을 빌었다. 퇴근길에 두 사람은 끔찍한 장면들을 잊고자 맥주를 몇 잔 들이켰다. 그래도 시신더미가 가물거렸다.

"설송, 안녕!"
"마침 잘 왔어."

"나 때문에 쉬지도 못하고….”

"아니야. 오히려 고마워. 사실 나 이곳에 온 뒤로 밤마다 제대로 잠을 이루지 못하고 있어. 저기 보다시피 와인을 사다놓고 밤마다 억지로 잠을 이루고자 한두 잔씩 수면제로 마시고 있어. 그리고 어디까지나 나는 너를 만나고자 미국에 온 거 아니니.”

"어제 윤동주 얘기가 참 좋았다. 너 언제 떠날거니?”

"금요일 밤에 뉴욕 케네디 공항에서 떠나.”

"그러면 며칠 남지 않았네. 매일 밤 찾아올 테니 〈아라비안나이트〉처럼 날마다 한두 가지씩 이야기를 들려줘라.”

"그래, 매일 밤 찾아주면 고맙지. 나는 〈아라비안나이트〉의 세라자드와 같은 그런 능력은 없지만, 우리 사이 그동안 밀린 얘기나 내 그동안 취재 여행담을 나누려면 남은 날이 모자랄 거야. 오늘은 일본으로 건너갈까 봐.”

"너 좋은 대로 해.”

"너 일본 가 봤니?”

"아니, 못 가 봤어.”

"사실 나도 먼 나라는 돌아보면서도 바로 이웃 나라인 일본에는 가보지 못하다가 이태 전에 한 제자와 친구의 도움으로 가게 되었어. 두 차례 다녀왔는데 한 번은 눈길 따라 일본의 북동북 기타도호쿠 지방인 아키타, 이와테, 아오모리 세 개 현을 둘러보았고, 곧 이어 뱃길로 일본 세토나이카이 내해를 들러봤어. 일본의 남동부 지방인 후쿠오카, 오사카, 교토, 나라 등지를 훑어봤지.”

“내가 살아있다면 너와 같이 여행한다면 얼마나 좋겠니?”

“그러게 말이다. ‘친구 따라 강남 간다’고 했는데, 그보다 더 즐거운 인생은 없을 거야. 마침 일본 세토나이카이 뱃길 여행은 고교동창 윤기주라는 친구와 같이 갔고, 눈길 따라 간 기타도호쿠 지방은 김자영 제자랑 함께 갔지.”

“얘, 참 좋았겠구나.”

“응, 네가 들으면 아주 셈이 날 정도로 좋았어. 보름 정도의 짧은 여행이었지만, 작은 섬나라 일본이 자기 나라보다 몇 십 배나 큰 청나라를 이기고, 러시아를 굴복시킨 다음, 그네들이 오매불망 그리던 한반도를 꿀꺽 삼켜버린 그 원동력을 알았어.”

“땅덩어리로는 도저히 상대가 되지 않는 청나라와 러시아를 모두 이기고 끝내 미국에까지 도전하다가 결국 그동안 삼킨 것 모두 다 토해 냈지만 아무튼 대단한 나라였지.”

“그런데, 그런 큰 힘은 아주 작은 데서 출발하나 봐. 일본 북동북 지방의 아키타 현 이나카와마찌에 있는 한 우동집에 갔는데, 이 집의 우동은 300여 년의 역사를 자랑하는 그 지방의 특산물로, 손국수 전통 기술이 아직도 옛 맛을 그대로 전한다고 하더군. 이 집 우동은 매끈매끈하고 쫄깃쫄깃한 면발이 일품이라 자기네 천황에게도 진상한다는데, 1665년 창업으로 현재 7대째 가업을 이어온다고 자료관 한편에다 자기네 선조 족보와 제1대부터 제7대까지 역대 업주 사진과 이름을 자랑스럽게 내걸어 두었더군. 그 우동 만드는 과정을 살펴보았더니 밀가루에서 우동제

품이 되기까지 모두 아홉 단계를 거치는데, 하나같이 사람 손으
로 반죽하고, 뽑고, 늘리고, 건조시키고, 자르고, 포장했어. 그런
데, 이런 힘들고 따분한 일을 모두 일본의 젊은이들이 하고 있었
어. 아마 우리나라라면 이런 일을 십중팔구 기계화시키거나 외국
인 노동자에게 맡겼을 게야. 그들은 나의 질문에 상냥한 얼굴로
'우동의 맛은 손에서 나온다' '자기의 일에 만족한다' '우동 만드
는 일이 좋아서 이 일을 하고 있다'고 대답하는데, 그들의 일하
는 자세도 무척 진지했어."

　"아무튼 걔네들의 장인정신은 알아줘야 해,"

　"다음은 아키타현 유자와 시에 있는 일본 청주의 명품 한 양
조장으로 갔어. 이 양조장은 1615년에 창업해서 오늘까지 명맥
을 이어오고 있다니 자그마치 그 역사가 400년에 이르고 있더
군. 그런 역사와 이름에 견주어 공장은 아주 낡았고, 사무실도
무척 초라해 보였어. 이곳에서는 술을 빚는데 여태 옛 방식 그대
로 처음부터 끝까지 손으로 이루어지고 있었어. 공장 지배인 말
이 옛 방식 그대로 빚어야 술맛이 제대로 난다고 하더군. 이 양
조장의 술맛 비결을 물었더니, 깨끗한 물과 좋은 쌀 그리고 삼나
무 통 때문이라고 하는데, 막 빚은 술을 맛보았더니 상큼한 향기
와 혀끝에 감칠맛이 돌았어. 이들은 조금 유명해졌다고, 조금 돈
을 벌었다고, 새 공장을 짓거나 다른 사업을 확장하지 않고, 차
분하게 옛 방식대로 전통을 지켜나가고 있었어. 아마도 옛 방식
을 그대로 지켜나가는 게 명품 전통을 유지하는 비결인가 봐. 나

는 일본인들이 우동 한 그릇에도 온 정성을 다 쏟는 그네들의 장인 정신을 그저 탄복했어. 그러면서 그네들보다 역사가 더 오래된 우리나라의 '안동국시' '평양냉면' '춘천막국수'도 그 맛을 더욱 개발하고 전문화하면서 옛 방식을 지켜나간다면 그들 우동보다 더 나은 명품이 되리라고 확신해. 우리가 일본을 따라잡고 이기는 길은 먼 곳에 있는 게 아니야. 바로 우리 생활 속인 부엌에, 안방 반짇고리에, 대장간에, 도자기 가마에 있다고 생각해. 하찮아 보이는 것도 가업으로 대물림하면서 최선을 다하는 일본인의 장인 정신이 모여서 일본을 강대국으로 만들었나 봐."

"맞아, 걔네들 제품이 미주 대륙도 휩쓸고 있잖아."

"그 틈새에 우리나라 제품이 비집고 있는 것 같아."

"최근에 그래. 또 다른 얘기는?"

"몇 해 전, 안중근 의사 유적지를 답사하고자 뤼순에 갔지. 뤼순 법원과 감옥을 다 둘러본 뒤 뤼순항을 한눈에 바라볼 수 있는 203고지에 올라갔어. 그곳에는 1904년 러일전쟁 당시 러시아의 난공불락 요새가 있었는데, 일본은 그 요새를 함락시켜야 전쟁에 이길 수 있었던 거야. 그래서 노기 마레스케 육군대장이 이끄는 일본군은 하루 최대 8천 명의 사상자를 내는 혈전을 치렀다더군. 마침내 총 6만 명의 사상자를 내고는 203고지를 빼앗았대. 나의 안내자는 그 뤼순전투의 승리의 원인은 일본군 280미리 유탄포의 정확도 때문이라고 하더군. 그때 쓰시마 해전에서 일본이 러시아의 발트 함대를 궤멸시킨 것도 해군 함포사격의 정확도 때문이었대.”

“어머, 그런 일도 있었니?”

“응, 그랬기에 20세기 초에 일본이 중국과 러시아를 제치고 우리나라를 집어삼킨 거야. 아무튼 걔네들의 정확도 대단해.”

“초정밀을 요하는 카메라만 보아도 세계시장에서 일제가 독일제를 밀어냈잖아.”

“정말 일본은 미워도 걔네들의 정확성은 배울 점이 있을 거야.”

“그럼, 자기를 낮추고 배우는 자세는 개인도 나라도 필요해. 얘, 잘 들었다. 너 피곤할 테니 오늘은 예까지 듣고 갈게.”

“나는 괜찮은데.”

“아니야. 너는 내일을 위하여 이제 자야 해.”

“알았어. 잘 가, 운성.”

“그럼 잘 자, 설송.”

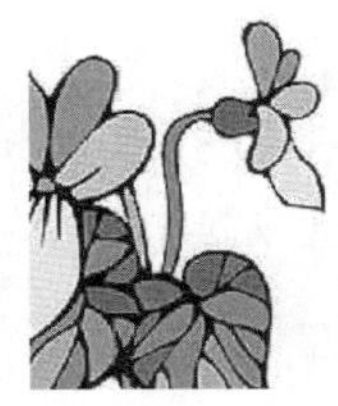

25. 칼리지파크의 밤

　아카이브 5층 자료실에서 한국전쟁 사진이 숱하게 쏟아졌다. 1차 방미 때 40여 일, 이번 2차 방미에 열흘을 뒤져도 여기저기서 계속 쏟아져 나왔다. 한국전쟁 사진은 '한국전쟁'(Korea War) 파일에만 있는 게 아니라, '정보'니 '통신'이니 '무기', '전사자'니 하는 각론 파일에서도 드문드문 나왔다.

　이들 전쟁사진들은 거의 대부분 인명 살상과 시설물 파괴사진들이었다. 하늘에서는 전투기로, 바다에서는 함포로, 육지에서는 전차와 대포로, 폭탄을 쏟아 붓는 장면들이 많았다. 그런 폭탄으로 길가에 널브러진 시신들이 가을바람에 흩어진 낙엽처럼 나뒹굴었고 도시와 마을은 온전한 건물 하나 없이 온통 폭삭 주저앉았다. 흰옷 입은 백성들은 가재도구를 머리에 이거나 등에 지고 포화에 쫓겨 도망가고 있었다. 어른들이 떠나간 텅 빈 도시에는 벌거벗은 배가 볼록한 아이들이 울부짖고 있었다. 집을 잃어버린 피란민들은 산자락에다 움막을 치고는 피란민촌을 이뤘다. 산 사람도 죽은 사람도 편히 쉬지 못하고 이리저리 쫓기거나 아무렇게나 팽개쳐 있었다. 현과 박유종은 사진을 통하여 무수한 사람들을 만났다.

"이 사진들에는 그 당시의 실상이 그대로 나타나 있어요. 정말 이런 동족간의 전쟁은 다시는 한반도에서 없어야 하는데…."

박유종은 사진 뒷면의 설명을 번역하면서 아직도 분단 현실을 탄식하면서 말꼬리를 흐렸다. 흰옷 입은 백성들은 국군과 유엔군이 마을을 지나면 태극기를 흔들고, 인민군들이 지나면 인공기를 흔드는 장면이 가장 가슴에 아팠다. 그렇게 해야만 목숨을 부지할 수 있었는지, 사람들이 전쟁 속에서 목숨을 부지한다는 것 자체가 치욕으로 보였다.

현이 몸을 닦고 막 잠옷으로 갈아입는데 지수가 찾아왔다. 다시 옷을 입으려 하자 지수가 말렸다.

"나를 편케 대해 줘. 그래야 내가 부담 없이 매일 밤 너에게 올 수 있어. 너 온 종일 일하고 이제는 쉬어야 할 텐데."

"너랑 이야기하는 게 나에게는 피로를 푸는 일이야. 조금도 괘념하지 마. 오히려 혼자 있으면 잠도 오지 않고 적적해서 더 힘들어."

"오늘 밤 이야기는?"

"일본인들의 친절성이랄까 그들의 이중성에 대해 얘기할까 봐."

"일본인의 친절성은 익히 알고 있지만 이중성 얘기는 듣지 못했는데 잘 되었다, 얘."

"일본 아카타 현 오가반도의 한 호텔로 들어서는데 로비에서

기모노를 입은 종업원 다섯이 일렬로 서서 상체를 90도로 굽힌 채 '아라가또오 고자이마스' '이랏샤이마세'를 외치더군. 그리고 는 우리 일행에게 주르르 달려와서 짐을 낚아챘어. 로비 의자에 서 이미 준비된 차를 한 잔 마신 뒤 승강기를 타고 객실에 도착 하자 문에는 엽서 크기의 두꺼운 종이에 다음과 같이 예쁘게 쓴 글이 붙어 있었어. '歡迎 趙炫'(환영 조현). 그리고 그 아래에는 내 가방이 놓여 있었어. 이런 일은 내가 이제까지 세계 여러 나 라를 다녀봤지만 처음이었어. 그것이 허례허식이요, 겉과 속마음 이 다른 일본인들의 이중성인 '다테마에'라고 해도, 그 순간은 나 그네의 마음이 감동치 않을 수 없었어."

"아무튼 걔네들의 친절성은 대단하지."

"그럼, 일본인들은 일제 강점기 때 자기네 말을 듣지 않는 '불령선인'(不逞鮮人)들을 일본으로 데려 갔는데, 그들 중 많은 이들이 친일파로 돌아선 까닭을 알 수 있었어. 나는 그들의 친절 이 진정한 마음에서 우러나는 게 아니라는 걸 수없이 다짐하면 서, 더 냉정해지고자 마음을 다잡았어. 여간 정신 차리지 않고는 그네들의 끝내주는 친절과 접대에 껌벅 넘어갈 것 같았어. 객실 에 짐을 두고 저녁 눈 축제 행사장에 가기 위해 곧장 버스에 오 르자 나를 안내하는 구로타 씨가 장화를 건네주는데, 그걸 신자 발에 꼭 맞았어. 한국에서 출국 전 전화로 신발 사이즈를 묻더니 장화를 준비하려고 그랬던 모양이야. 행사장은 진흙인 데다가 눈 이 녹아서 길도 진탕이 많아 준비한 모양이야. 그런데 자기네들은 정작 장화를 신지도 않았더군."

"거기까지…. 정말 놀랠 일이다."

"이튿날 아침, 객실에서 손님을 위해 마련한 것들을 살펴봤더니 일본의 여관이나 호텔은 으레 차가 준비됐고, 그 곁에는 일본 전통의 과자나 찹쌀떡 같은 게 놓여 있기 마련인데 그곳에는 가지절임 같은 게 놓여 있었어. '나스'라고 하더군. 차를 마시며 맛을 봤더니 쌉쌀한 게 별미였어. 또 다른 탁자 위에는 한 마리의 종이학과 한지에 붓으로 쓴 여관주인의 '느긋하고 여유롭게 휴식을 취하고 가라'는 편지였어. 아무튼 여행자는 별 것 아닌 조그마한 것에도 감동하기 마련이야. 한국전쟁 후, 수많은 주한 미군들이 휴가 때면 한국에 머물지 않고 곧장 일본으로 날아갔다고 하잖아. 그들뿐 아니라 한국의 정치인이나 재벌들도 연말연시면 일본에서 휴식을 취하면서 신년 사업구상을 한 까닭을 알았어."

"맥아더가 일본에 상륙한 뒤 일본인의 친절에 껌뻑 넘어가 천황도 살려줬다는 유명한 일화도 있잖아."

"정말 정신 바짝 차리지 않으면 그들의 겉마음에 꼬박 속을 것 같았어."

"베네딕트는 〈국화와 칼〉에서 일본인들은 국화처럼 우아한 반면에 칼처럼 용감무쌍하고 때로는 잔인한 양면을 지닌 사람이라고 평했어. 무릇 사람에게는 이중성이 있지만 특히 일본인들은 강자에게 약하고 약자에게 강한 이중성이 매우 심하지."

“일본이 자랑하는 교토의 고류지의 미륵보살반가상이나 호류지의 백제관음상에서는 우리 조상의 숨결을 찾을 수 있었어. 이처럼 일본 문화의 밑바탕은 한반도를 비롯한 대륙문화로 지난날 자기네 문화의 종주국에게 은혜를 원수로 갚은 셈이었지. 이제 일본은 그 전성기를 지나 쇠퇴기를 맞고 있는 점이 엿보이더군. ‘역사는 돌고 돈다’고 하는데, 역사의 사이클이나 정의로 볼 때, 일본은 그동안 이웃나라 침략에 대한 인과응보의 대가를 받을 날이 올 거라고 믿어.”

“하지만 늘 경계해야 하는 나라이지. 그들이 물러갈 때 이런 말을 퍼트렸다고 하잖아. ‘미국을 믿지 말고 소련에 속지 말라. 일본은 일어선다’고 말이야.”

“개인도 나라도 이웃을 잘 둬야 편히 살 수 있는데, 예로부터 우리나라는 그렇지 못했어. 아직도 일본인들의 속마음에는 우리나라를 삼켰다가 태평양전쟁 패전으로 토해낸 아쉬움이 많은 것 같아. 그들은 태평양전쟁에서 패전한 뒤 일본 헌법에 군사 재무장 금지, 정치와 종교의 완전한 분리를 명시하고 국제평화를 부르짖고 있지만 슬그머니 자위대를 만들고 해외에 파병까지 하면서 재무장을 하고 있어. 요즘 일본 총리는 아주 공개적으로 태평양전쟁의 에이급 전범을 안치한 야수꾸니 신사를 참배하더군. 그러고는 불쑥 불쑥 망언을 일삼으면서 한국과 중국을 깔보고 있어.”

“정말 얄미운 나라야. 이웃 간 사이좋게 지내면 얼마나 좋겠니. 도대체 그네들은 왜 대륙침공을 버리지 못할까?”

"우리나라와 일본의 자연조건을 견주어 보니까 그 답이 나오더군. 일본의 산하는 어딘가 거무튀튀하고 걸핏하면 장마와 태풍, 쓰나미로 사람들이 편안케 살 수 없는 자연환경이야. 그런데 견주어 우리나라는 자연환경이 그네들보다 얼마나 더 좋아. 그야말로 쌀밥과 보리밥의 차이더군. 그래서 그네들은 대륙 침략의 야망을 오래 전부터 품고 사는 것 같았어. 지금도 마찬가지야. 우리는 이 점을 설핏 지나치면 또 나라를 빼앗기는 수모를 당할 것 같아."

"정말 우리나라 사람들이 정신 바짝 차리고 살아야겠다."

"내가 근현대사를 공부해 보니까 우리나라가 분단되고 동족상잔의 전쟁이 일어난 것도 그 근원을 찾으면 일본의 침략에 있었고, 그 원인을 제공한 것은 우리 조정의 무능과 관리들의 부정부패였어. 해방 후의 38선과 한국전쟁 후의 휴전선으로 얼마나 많은 사람이 죽거나 다치고, 감옥에 갔던 원한의 선이야. 우리 겨레치고 이 38선, 휴전선의 직간접 피해자가 아닌 사람이 거의 없을 거야."

"그럼, 우리 집도 피해자였지."

"우리나라가 분단된 것부터 잘못이었어. 우리나라는 전범국이 아니었어. 우리는 전범국의 식민지였어. 분단이 된다면 마땅히 일본이 되어야 옳았어. 종전이 임박할 무렵 소련이 한반도에 상륙하자 미국은 후끈 달았던 거야. 그때 미군 장교 몇 사람이 지구본을 앞에 두고 불과 30분 만에 38선을 그은 뒤 그 이북은 일본이 소련군에게, 그 이남은 미군에게 항복케 하라는 안을 작성했다더군. 이 안에 소련도 동의하여 원한의 38선이 되었다더군. 한국전쟁 뒤로는 휴전선으로 변했고.”

“그 원한의 38선이 그렇게 생겼군. 그런데 일본인들의 이중성이란 뭐니?”

“일본인들은 실제 속마음인 ‘혼네’와 겉으로 드러내는 ‘다테마에’라는 게 있어서 좀처럼 그들의 진심을 알아내기가 어렵다는 거야. 그리고 그들은 강자에게는 한없이 약하고, 약자에게는 무자비한 두 얼굴을 가졌다는 거야.”

“정말 경계해야 할 민족성이구나.”

현이 하품을 했다.

“설송, 나 내일 또 올게.”

“벌써?”

“11시가 지났는데. 너는 이제 눈을 붙여야 내일 또 일을 할 수 있어.”

“알았어. 사실은 조금 졸려. 그럼, 내일 꼭 와야 해. 그럼 잘 가, 운성.”

“잘 자, 설송.”

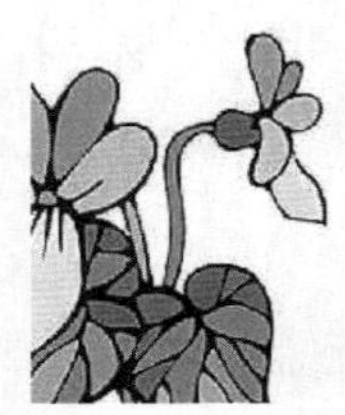

26. 새로운 날

　　귀국 사흘 전이었다. 전날 밤 일기예보에는 새벽녘에 눈이 내린다고 하더니, 아침에 일어나 커튼을 젖히자 창밖은 예보대로 온통 눈으로 덮였다. 겉옷을 입고 산책 겸 눈 구경을 하고자 밖으로 나갔더니 날씨가 눈바람에 매서웠다. 숲 속의 주택가에 눈이 덮이자 마치 비단에 수를 놓은 듯 더욱 아름답게 보였다. 돌아오는 길에 구내식당에서 여느 날처럼 빵 한 조각과 우유 한 잔으로 아침을 때웠다. 객실로 돌아온 뒤 여느 날처럼 컴퓨터를 켰다. 메일함에는 아내와 아이들이 보낸 편지가 기다리고 있었다.

새로운 날

잘 지낸다니 다행이네요. 생일을 혼자 보내니 쓸쓸할까봐
카드메일을 보내요.
새로운 인생의 시작을 축하드리며….
건강이 제일입니다.

고국에서 아내

아빠 생일 축하해요

먼 이국에서 생일을 맞이하는 아빠에게
축하의 꽃다발을 드립니다.
너무 무리하지 마시고 알맞게 일하세요.
늘 건강하시기를 빕니다.
딸 아들 드림

현은 울컥 눈물이 났다. 중국 당나라 때 두보의 '집에서 온 편지는 만금에 해당한다'는 시구처럼 가족들의 안부 메일이 현을 울렸다.

8시 정각 예삿날처럼 박유종이 문을 두드렸다. 다른 날보다 서둘러 조금 일찍 출발했다. 아카이브로 가는 길은 예상대로 밀렸지만 언저리 경치가 눈부시게 황홀했다. 미국은 어디나 넓은 땅으로 대도시조차도 전원도시였다.

오늘도 노란색 스쿨버스를 만났다. 스쿨버스에 오르는 어린이들이 무척 귀여웠다. 사람이나 동물이나 어릴 때는 귀엽지 않은 게 없다.

이제 자료실에서 한국전쟁 사진 탐사도 얼추 마무리 단계인지, 사진도 한국전쟁이 끝날 무렵의 포로수용소나 정전회담 사진이 더 많이 나왔다.

15, 6세의 애송이 포로가 심문당하는 장면을 보자 그가 교실에서 장난치다가 교무실로 불려 와서 담임선생에게 야단맞는 개

구쟁이처럼 보였다.

유엔군 포로감시병이 포로수용소 천막 막사 앞에 포로들을 정렬 시키고는 이를 박멸하고자 디디티 분무기로 온 몸 곳곳에 뿌리는 장면은 '믿거나 말거나'라는 프로를 보는 듯했다. 정말 그 때는 이가 무척 많았다. 속옷에도, 여자 아이들 머리카락 속에도 이가 득실거렸다. 내복을 벗어 화롯불 위에 털면 화롯불에 이가 타는 냄새로 진동했다.

포로는 남자뿐 아니라 애송이 여자 포로도 이따금 눈에 뜨였다. 단발머리 소녀가 'PW'라고 쓴 헌 군복을 입은 채 천막막사 앞에 서 있는 모습은 볼수록 처절해 보였다. 그의 뒷이야기가 궁금하다. 아마 지금은 칠순을 넘긴 할머니로 한반도 어느 구석에 선가 손자손녀들의 재롱 속에 여생을 보내고 있을지도 모르겠다.

가장 코믹하면서도 못내 가슴 아픈 사진은 휴전 협정 조인 후 포로들이 트럭을 타고 돌아가면서 입고 있던 옷을 벗어 길가에 버리고 웃통은 알몸인 채로 북으로 귀환하는 장면이었다. 굳이 그래야 월북한 뒤 당성을 보장받고 생명을 부지할 수 있었는지? 돌아간 뒤 새 옷으로 갈아입은 후 적절히 처리하였으면 보는 이도 마음이 아프지 않으리라는 생각이 들었다.

이날 나온 파일 상자를 다 뒤지자 저녁 7시가 넘었다. 귀가길에 박유종은 현의 귀 빠진 날이라고 '가람' 한식집으로 안내하고는 한 턱 썼다. 주인도 낌새를 알았는지 와인 한 병을 축하주로 내놓았다. 둘이 축배를 들면서 온종일 아카이브에서 마신 먼지로 텁텁한 목을 축였다.

"안녕, 설송!"

"어서 와, 운성!"

"해피 버스데이 투 유."

"고맙다. 그런데 어떻게 알았니?"

"왜 귀신 같이 안다는 말 있지? 그런데 빈손으로 와서 미안하다. 유감스럽게도 나는 무엇을 가지고 다닐 수가 없단다."

"무슨, 됐어. 와 준 것만도 고맙다."

"쓸쓸치 않았어."

"아니, 이미 가족들과는 출국 전에 축하모임을 가졌어."

"그래도 61회 생일이면, 우리나라 사람들은 환갑이라 하여 이름 있는 날인데."

"오늘 아침 아내와 아이들에게 축하 메일까지 받았어. 요즘은 옛날처럼 환갑이라고 하여 요란 법석을 떨지 않아."

"그것은 바람직한 변화다."

"아마 옛날에는 평균 수명이 짧아서 환갑까지 사는 이가 적어서 그랬을 거야. 간밤에 너 돌아간 뒤 잠이 오지 않아 이곳 워싱턴 현지에서 발간되는 한국 신문을 보았는데, 이 일대 동포 가운데 50대 이상 남성은 절반 넘게 혼자 산다는 보도를 보니까 아찔하더군. 그 이유는 첫째가 배우자 사별이고, 다음이 이혼 때문이라나."

"이곳 미국에서는 젊은 사람 가운데도 혼자 사는 사람이 많아. 소득 수준이 높고 복지가 잘 된 나라일수록 그런가 봐. 나 네덜란드에서 살 때는 그 나라가 미국보다 더 심했다."

"하기는 한국도 요즘 그런 추세야. 소득이 높아지고 복지가 향상될수록 가족해체가 비례하는 추세야. 행복은 소득과 복지와는 정비례하지 않나 봐."

"그럼, 오히려 국민소득이 낮은 나라일수록 사람들의 행복지수가 높다고 하잖아. 현아, 아무튼 네 가정 부부 해로하고 가족들이 건강하기를 빈다."

"고맙다. 빌어줘서. 사실 내 남은 소망도 그것인데 어떨지 모르겠다. 참 흔하고 쉬운 일 같은데 가만히 살펴보면 그런 가족간의 소박한 행복을 누리는 집이 생각보다는 적어. 아마도 가정의 행복은 사람의 힘만으로는 안 되는 모양이야."

"그럼, 그런 자세로 겸손하게 살아야 해. 그래서 옛날부터 나라를 다스리는 일보다 가정을 꾸려가는 게 더 힘들다고 하잖아. 러시아의 어머니들은 아들이 전쟁터로 나갈 때는 한 번, 바다로 나갈 때는 두 번, 결혼식장으로 갈 때는 세 번 기도한다는 얘기를 들었어. 그 만큼 부부생활이 힘들다는 거지. 너 종교 가지고 있니?"

"그냥 기웃거리기만 하고 있어."

"꼭 가지도록 해. 늘 기도하고… 기도해도 부족한 게 인생이야."

"네 충고 명심하고 언젠가는 실천하도록 할 게."

“오늘은 무슨 이야기 들려줄래? 좀 색다른 얘기 들려다오.”

“귀신도 색다른 얘기 좋아하니?”

“그럼, 산 사람이나 비슷해.”

“그러면 혼욕탕 얘기 들려줄까?”

“혼욕탕이라면 남녀가 한 욕조에서 같이 목욕하는 걸 말하니?”

“응, 그래. 정말로 남녀가 벌거벗고 한 욕조에 들어가 목욕하더라.”

“얘, 거짓말 같다. 세상에 공개적으로 모르는 성인 남녀가 벌거벗고 한 욕조에 들어간다니 도무지 믿어지지가 않는다, 예.”

“나도 처음 그 이야기를 들을 때는 이 문명국가에서 원시의, 야만의 풍습이 아직도 남았을까 믿지를 않았어.”

“그런데…. 좀더 자세하게 얘기해 줄 수 없니?”

“알았어. 귀신도 별 수 없구나. 일본 혼슈의 기타도호쿠 지방에는 겨울철에 눈이 무척 많이 내리더군. 길옆에 쌓인 눈이 2~3 미터는 예사였어. 그런데 일본인들은 이런 눈을 관광자원으로 이용하고 있었어. 눈 축제를 한다든지, 온천이나 천연스키장으로 관광객을 불러 모았어. 아오모리 현 도와다하치만헤이 국립공원에서 조금 떨어진 곳에 스카유온천장이 있었는데, 그곳은 여태 남녀가 같은 탕 안에서 벌거벗고 함께 온천욕을 한다고 했어. 그 동안 풍문으로만 들었던 남녀혼욕 현장을 실제로 본다는 데 여간 호기심이 발동치 않았지. 탕에 들어가기 전까지도 ‘설마 남

녀가 벌거벗은 알몸으로야 한 탕에 들어가지 않을 테지’ 하며
반신반의했어. 그런데 우리를 안내하는 일본인들은 조금도 부끄
러워하거나 이상해 하지 않았어. 그때 나의 말동무 겸 안내인은
아오모리현의 관광주사 곤 씨로 30대의 여성이었어. 그는 ‘정말
남녀가 한 욕조에 들어가느냐’는 나의 질문을 오히려 이상해하
며, 그게 무슨 그리 대단한 일이냐는 듯한 표정이었어. 마침내
욕탕으로 들어갔지.”

“그래서….”

“욕탕은 꽤 넓었는데, 욕조의 넓이는 배드민턴 코트 정도였
어. 욕조 가운데를 경계로 왼편은 남자, 오른편은 여자용으로 나
눠져 있더군. 그 경계는 칸막이나 줄을 쳐두지 않고 욕조 가운데
기둥을 세워 ‘男’ ‘女’라는 글씨로만 구분해 두었어. 탕 안에 들
어간 직후는 온천수의 수증기로 시야가 흐릿했지만 곧 욕탕 전
체가 시야에 들어왔어. 남자용 욕조에는 서너 사람이 욕조에서
고개를 내민 채 온천욕을 즐기고 있었고, 여자용 욕조에도 두어
사람이 고개를 반대쪽으로 돌린 채 욕조에 몸을 담그고 온천욕
을 즐기고 있었어.”

“그래서.”

“탕 안을 두리번거리면서 느긋하게 적나라한 장면을 기다렸
지. 마침내 30대 전후의 풍만한 여성이 들어왔어. 그는 한 손으
로는 젖가슴을, 다른 한 손에는 수건을 들고서 음부를 가리면서
욕조로 걸어 들어오더군. 나는 그 정도로도 만족하고 더 이상은

기대치 않았지. 그런데 그는 탕 안에 이국의 나그네를 전혀 의식치 않고, 물바가지로 온천수를 떠서 온몸에 끼얹고는 일어나서 유유히 탕 안으로 들어가잖아. 물바가지로 온천수를 온몸에 끼얹을 때부터 탕 안으로 들어가는 2, 3분 동안, 나는 그의 윤기가 자르르 흐르며 새까맣게 번들거리는, 도톰한 음부와 음모를 정면에서 빤히 바라볼 수 있었지만 차마 카메라의 셔터는 누를 수 없었어. 그런데 그 순간 조금 전까지 들떴던 내가 갑자기 부끄러워졌어. 그의 음부를 골똘히 바라보는 내가 나이에 걸맞지 않은 치신머리없는 짓 같은 자괴감이 엄습했어. 나는 곧장 혼욕탕을 벗어났어. 곤 씨가 싱긋 웃더군. 나는 아무런 말도 않고 그를 외면했어."

"나도 유럽에 있을 때, 네덜란드나 독일에도 남녀 혼욕탕이 성업 중이라는 얘기를 들었지만 어째 거짓말 같아서 가 보지는 않았어. 벌거벗은 알몸뚱이는 어떻게 보면 위선을 모두 팽개쳐 버린 인간 본래의 적나라한 모습이지. 사람이 자꾸 가리고 못 보게 금기시하면 더 보려고 하고, 그 금기를 깨트려 버리고자 하는 게 사람의 고약한 마음일 거야."

"하지만 사람이 벌거벗고도 부끄러워하는 마음이 없다는 것은 짐승이나 다름이 없을 테지."

"잘 들었다. 애, 또 다른 얘기는?"

"사슴 이야기야."

"사슴? 재미있겠다."

“글쎄, 재미보다는 슬픈 얘기일 거야.”

“아무튼 좋아. 어서 하렴.”

“오사카에서 그리 멀지 않은 나라 도다이지(東大寺)에 갔어. 그곳 주차장에서 내리자 가장 먼저 반기는 것은 어디선가 불쑥 나타난 사슴이었어. 사슴이 사람을 두려워하기는커녕 오히려 뿔로 툭툭 관광객을 건드리고 눈을 껌뻑거리며 아는 체했어. 아마 먹이를 달라고 그런 모양이야. 야성이라고는 거의 없고, 사람에게 잘 길들여진 사슴들이었어.”

“신기하다, 얘.”

“그런데 나는 신기함보다 그 사슴의 눈매에서 일제의 채찍과 당근에 길들려진 서럽고 불쌍한 식민지 백성들의 모습을 읽었어. 순간 눈물이 왈칵 쏟아지더군. 대부분 어리석은 백성들은 일제가 던진 은사금이나 채찍에 그만 이성도, 야성도 버리고 길들여진 백성이 되어 버렸을 거야. 우리말도 글도 빼앗기고, 조상 대대로 이어오던 성씨마저 빼앗긴 채, 그들이 일으킨 전쟁에 짐꾼이나 총알받이로, 성 노리개로 내몰렸지. 끝내 길들여지지 않았던 일부 백성들은 만주벌판에서 총칼을 들고 투쟁하면서 야성을 지켰어. 그분들의 야성은 두고두고 기려도 모자람이 없을 거야. 국내에 남은 일부 야성의 백성들은 형무소에 갇히거나 지하에 숨었을 뿐, 거의 대부분 백성들은 도다이지 사슴들처럼 야성을 잃고 일제에 사육당했을 거야. 만일 내가 그때 태어났다면 어떠했을까 생각해 보았어. 아마 나도 야성을 지닌 사슴이 못 된 채, 날마다 먼 산을 바라보다가 채찍에 휘갈기는 '바가야로 조센징'이 되었을 성 싶어."

"얘, 아마 나도 그랬을 것 같다. 정말 독립운동은 아무나 한 게 아니었을 거야."

"그럼, 말은 쉽지만 행동으로 옮긴다는 것은 어려운 일이지."

"오늘 일본 얘기 잘 듣고 간다. 내일 밤에 또 올께. 이제 이틀밖에 안 남았지."

"그래 꼭 와야 해. 내일 밤에도 기다릴게. 잘 가, 운성."

"그래, 잘 자. 설송!"

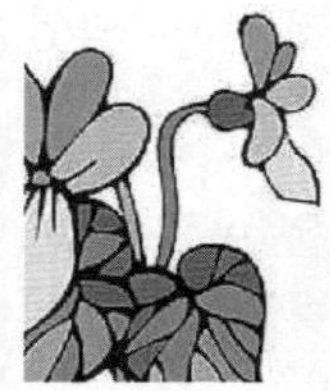

27. 백두산의 해돋이

"애, 설송. 너 오늘 무슨 언짢은 일이라도 있었니?"

"아니."

"네 얼굴에 쓰여 있는데. 너 귀신을 속이려고 하니?"

"정말 너 귀신같이 아는구나. 사실은 나 오늘 아카이브에서 온 종일 학살 장면 사진만 봐서 그래. 학살 현장은 한두 곳이 아니라 대전, 전주, 충주, 함흥 등 전국방방곡곡이었어. 피해자의 사진은 수두룩한데 그에 대한 가해자에 대한 자세한 기록은 거의 없었어. 아마도 남과 북, 어느 편도 자유로울 수 없을 것 같아."

"그럴 거야. 전쟁은 사람의 이성을 마비시키니까."

"서로 상대편만 학살했다고 주장하는데 설득력이 없어. 개인 간의 싸움도 마찬가지 아냐? 이편이 그러니 상대편도 그러고. 그야말로 닭이 먼저냐, 계란이 먼저냐의 논쟁이지. 우물에서 시신을 끌어올리는 장면, 갱도에서 300여 구의 시신을 들것에 실어 끄집어내는 장면, 낙엽처럼 흩어진 시신더미에서 아들을 찾는 어느 아버지나 갱도 어귀에서 울부짖는 어느 아낙네, 거적에 덮인 시신 곁에 통곡하는 가족들 등의 생생한 화면은 당시 비극을 그대로 말해주고 있었어.”

“나도 피란중 그런 장면을 여러 차례 목격한 적이 있고, 어려서부터 얘기도 많이 들었어. 아버지 고향사람들이 대부분 피란민들이라서 귓속말로 하던 이야기를 많이 전해 들었지.”

“나 어렸을 때 우리 고향에서 유행했던 말, ‘골로 간다’의 실체도 연속사진으로 봤어. ‘골로 간다’는 말의 어원은 ‘너 내 말을 듣지 않으면 산골짜기로 데려가서 쥐도 새도 모르게 죽여 버린다’는 뜻인데, 한국전쟁 전후로 인민군의 우익학살이나 국군의 좌익 숙청 등, 그런 일들이 숱하게 많았기 때문이야. 1951년 4월, 대구 근교 마을에 부역 혐의자 아홉 명을 군인들이 데려가서 구덩이를 파게 한 다음 갑자기 나타난 헌병들이 그들을 구덩이에 몰아넣은 다음 총살하는 장면을 6매로 연속 촬영하였더군. 마지막 장면은 헌병들이 학살한 시신들을 묻는 장면이었어.”

“야만시대 얘기로군. 또 다른 사진은?”

“1950년 12월의 흥남철수 작전 사진들도 숱하게 쏟아졌는데 수송선 LST 갑판에도 사람이 포개질 정도로 그야말로 콩나물 시루더군.”

“그때 유엔군들이 철수하면서 원자탄을 투하한다는 소문이 돌아서 대부분 사람들이 잠깐 난리를 피한다고 군함을 타고 내려왔다고 하더군. 그 잠깐이 반세기를 넘긴 셈이지.”

“내가 학교에 있을 때 서무실의 목공은 함흥태생이었는데 맏

아들이라 부모가 일주일 정도 피란하고 오라기에 혼자 나섰다가 여태 이산가족이 됐다고 하더군."

"피란민들 가운데는 대부분 그런 사정이었을 거야."

"어떤 분들은 이렇게 오래 이산가족이 될 줄 알았다면 그때 고향을 떠나오지 않았을 거라고 울먹이더군."

"일주일 보름이 오십년이 넘어버렸으니까 그런 얘기가 나올 만도 하지."

"그런데 참 재미있는 것은 춥고 배고프던 시절은 고향생각을 잊고 살았는데 밥술깨나 먹은 뒤에 향수병이 돋아나서 그게 병이 된 이도 있더라. 내 고향 장터에 '아바이상회'라는 옷가게가 있었는데, 그들 부부는 6·25전쟁 피란길에서 만나 우리 고향에서 정착하게 되었어. 처음에는 남자는 농사일을 하고 여자는 부엌일을 하면서 움집을 짓고 살다가 부인이 임신을 하자 밥상에다가 삶은 고구마, 볶은 땅콩, 사과 등을 얹어놓고 팔았어. 그 밥상이 평상으로, 나중에는 우리 고향 장터에서 가장 큰 옷가게인 '아바이상회'로 발전하더군. 그런데 그렇게 가게가 커지고 생활에 여유를 찾게 되자 남편이 북에 두고 온 부인과 자식 생각에 젖게 된 거야. 그 향수병이 마침내 다른 병이 되고 얼마 살지 못하고 세상을 떴어. 그 부인의 말인즉 밥상 위에 삶은 고구마 팔 때가 행복했다고."

"그런 얘기는 무척 흔해. 고향에 가려고 일부러 미국에 이민 온 사람도 숱하다고."

"정말 그런 분 있더라. 의용군에 끌려간 아들을 찾기 위해 이민 온 사람도. 소설 〈상록수〉 작가 심훈 씨의 부인이 그러셨더군."

"너도 북한에 다녀왔다면서."

"응, 지난 여름에 작가 방북단의 일원으로."

"그곳에서 보고 들은 얘기 좀 해 줘라."

"50여 년간 반공 이데올로기 속에서 살았던 사람이 인천공항에서 북한 고려항공을 타고 평양으로 가는데, '우리 비행기는 서울 평양 간 540킬로미터를 시속 850킬로미터 고도 7900미터로 나릅니다. 비행시간은 50분입니다. 그럼 손님 여러분들의 유쾌한 여행이 되시기 바랍니다'라는 악센트가 강한 북녘 여승무원의 똑 떨어지는 안내방송에 서울과 평양이 그렇게 가까운 줄이야. 인천 공항을 떠난 지 50분 만에 평양 활주로에 닿아 기내 창으로 바깥을 바라보자 평양이 조금도 낯설지 않은 내 조국 땅이야. 지난날 내 집에서 학교까지 출근하는 시간에 도착했어. 초록 들판의 벼, 콩, 옥수수, 소나무, 미루나무, 아카시아… 등등 나는 그곳이 평양이 아니라 원주공항이나 여수공항에 도착한 것으로 착각할 정도였어."

"평양 거리와 시민들의 표정은 어땠니?"

"한산한 거리, 칙칙한 고층건물, 온통 낡은 궤도전차와 무궤도전차…. 핏기 없는 사람의 얼굴처럼 평양뿐 아니라 북녘 전체가 어딘가 궁색해 보였어. 아직도 굶주리는 사람들이 많다고 해. 안내원은 아직도 북녘은 '고난의 행군'중이라고 솔직히 말하더군. 이 세상에서 가장 큰 설움이 배고픈 거라는데 남쪽에서는 남아도는 쌀이 북녘에서는 모자라 아우성이니 같은 겨레로 얼마나 가슴 아픈 일이야. 평양공항에서 '반갑습니다' 하고 인사하는 북녘동포의 손을 잡자 마치 농사꾼의 손처럼 거칠했고, 얼굴도 몹시 그을렸어. 평양 시가지를 둘러보면서 안내원에게 유서 깊은 옛 도읍지에 왜 기와집 같은 전통 가옥이 없느냐고 물었더니, 조선전쟁(한국전쟁) 때 미군 폭격기가 북조선 천지를 석기시대로 만들었기에 모두 불타버렸고 겨우 몇 채 남은 건 새 조국 건설할 때 모두 헐어버렸다더군."

"평양 외에는 안 갔니?"

"묘향산도 가고 백두산에도 올랐어. 그곳을 오가며 차창을 통해 바라본 북녘 땅은 1960~70년대의 남녘땅을 연상케 했어. 청천강 지류에는 발가벗고 멱을 감는 아이들이 내 유년시절을 되새김질하게 했고, 미루나무가 우거진 동네에는 소를 몰고 가는 농부들이 내 형제로 보였고, 밭에서 김을 매는 아낙네가 내 고모나 이모로 보였어. 하지만 연료난이 극심한 탓인지 고속도로에는 거의 차가 다니지 않았고, 들판의 곡식조차도 비료를 주지 않은 탓으로 제대로 자라지 못하고 비실비실했어. 산은 온통 벌거숭이로 조금만 비가 내려도 사태가 나지는 않을지 가슴 아팠어. 백두산을 오르고자 삼지연 공항에서 버스로 이동하는데 이따금 숲길의 아이들이 손을 흔들더군. 얼굴들이 하나같이 그을렸는데 무척 순박하게 보였어. 내 마음대로 할 수 있다면 차를 세우고 그들에

게 다가가 얼싸안아 주고 싶었어. 곧 삼지연 별장지대가 나타났
는데, 다른 곳과는 달리 지붕 색깔이 무척 화려했어. 마치 알프
스의 어느 별장지대인 양 아름답기 그지없었어. 통일 후 이곳에
휴양지를 만든다면 여름철 피서지로 최적지가 될 거야.”

“스위스보다 더 아름답대?”

“글쎄, 내 보기에는 엇비슷했어. 자연환경은 백두산이 더 나
아보이더군.”

“그랬어. 너는 두 곳 다 보았으니까 잘 가름이 되었을 테지.
정말 아름다웠던 모양이구나.”

“그동안 나는 백두산을 세 번 올랐어. 중국으로 두 번, 북한
으로 한 번, 그런데 역시 북한 쪽으로 오르는 백두산이 더 좋더
군. 내가 백두산을 올랐던 2005년 7월 23일 새벽 북한 안내원이
이토록 천지를 잘 볼 수 있도록 맑은 날은 드물다고 탄성을 지르
더군. 마침내 어둠 속에 천지 비경이 모습을 천천히 드러냈어.
서편 하늘에는 둥근 달이 떠 있고, 동녘하늘에는 붉은 해가 두꺼
운 구름의 장막을 헤치고 솟아오르는데 그 장엄한 경치가 황홀
하더군. 나는 그 경치에 넋을 잃어버렸어. 해가 밝아질수록 달빛
이 희미해지는 게 조물주가 연출해낸 기막힌 장관이었어. 이윽고
새벽 5시 5분, 두꺼운 검은 구름의 장막을 헤치고 시뻘건 붉은
해가 솟아올랐어.”

“장엄했겠구나.”

“그럼, 내가 본 해돋이 가운데 가장 아름다웠어. 백두산 정상

에서 바라본 우리나라 강산도 더없이 신령스러웠고. 나는 북녘 땅을 둘러보면서 우리 조국의 미래는 무척 밝다고 확신이 서더군. 무엇보다 아름다운 산하와 오염되지 않은 국토가 북녘 땅에 그대로 보전되고 있다는 사실이야. 세계 어디에도 그보다 더 아름다운 산하가 없는 것 같아. 문자 그대로 비단에 수를 놓은 듯이 아름다운 금수강산이었어."

"네 말을 듣고 보니 정말 그곳에 가보지 못한 게 후회스럽구나. 우리 어머니도 생전에 늘 고향 평양에 가보고 싶다고 말씀하셨어. 그러다가 끝내 돌아가셨지만. 네가 보기에 통일의 빌미가 조금 보이든?"

"분명 보였어. 우선 나 같은 작가도 북한에 갈 수 있는 것만 봐도."

"지난 세기에 한반도에서 태어난 거의 대부분 사람들은 분단의 피해자였어. 사실 우리 집도 그랬고. 솔직히 앞으로 우리나라가 어떻게 되면 좋을까?"

"남과 북이 서로 더 이상의 흑백논리나 선악의 이분법으로 우리는 옳고 상대는 그르다는 아집에서 벗어나야 된다고 생각해. 만일 서로 우리만 옳고 상대는 마냥 그르다고 한다면, 그 분단의 벽은 더욱 높아지고 견고해질 수밖에 없을 거야. 서로가 상대의 지난 과오를 용서함과 아울러 서로 이해하려 하고 상대를 껴안으려는 넓은 마음만이 그 벽을 허물 수 있다고 생각해."

"서로 이해하려 하고 상대를 껴안으려는 넓은 마음이라는 말이 참 듣기 좋구나. 비단 나라끼리가 아닌 개인도, 가족간도, 그 렇겠지.”

“그럴 테지. 나는 이 세상의 모든 사회나 제도, 이념, 사상에 는 100퍼센트 진선진미한 것은 없다고 봐. 어느 사회나 장단점 이 있기 마련이고, 제도 이념 사상도 마찬가지야. 인류의 역사와 문화가 발전하는 것은 그 사회의 단점을 극복하고, 더 나은 제도 나 사상으로 진보하기 때문일 거야.”

“얘, 정말 그렇게 북녘동포들이 가난하게 살든?”

“잠깐 살펴본 내 눈에도 몹시 어려워 보였어. 모든 게 부족해 보이더군. 밤에는 평양조차도 조명이 밝지 않아. 다른 곳은 한 세기 전처럼 고요하고 어두운 밤이었어. 이 문명 세상에 수백만 의 북녘동포들이 굶주리고 있더군.”

“듣고 보니 마음 아프다.”

“다행히 남쪽에서는 햇볕정책이라 하여 북녘을 도왔어. 그 결과 금강산도 오갈 수 있지.”

“어머, 그랬니. 꿈에나 그리던 그 금강산을 일반인도 다녀올 수 있었다고.”

“그럼, 나도 벌써 한 차례 다녀왔는데. 정말 끝내주도록 아름 다운 금수강산이더라.”

“얘, 네 말 듣고 보니 정말 일찍 죽은 게 억울하다. 내가 살았 더라면 이번에 너를 따라 귀국해서 달라진 서울 구경도 하고, 한 라산 지리산 아주 금강산까지 돌아올 건데.”

　　"이 분단 때문에 나라 발전에 엄청난 피해도 있지만 역설로 볼 때, 우리나라는 자본주의와 사회주의의 두 체제를 함께 체험한 이점도 있어. 장차 통일된 우리나라는 그동안 체득한 두 체제의 장점이 결합된 나라가 되었으면 하는 바람이야. 그래서 우리나라가 세계에서 가장 이상의 나라로 자유와 평등을 다함께 마음껏 누릴 수 있는 나라가 되었으면 좋겠어. 남과 북이 이런 방향으로 나아가야만 그동안 우리가 겪었던 비극과 참상에 대해 보상을 받을 수 있고, 또 이것이 우리를 갈라서게 한 강대국에 선의의 복수를 하는 길일 거야."

　　"얘, 네 결론이 아주 멋있다. 내일 밤이 이곳에서 마지막 밤이지."

　　"그래. 비행기 탑승시간은 모레 밤이지만."

　　"그럼 내일 밤에도 올게. 잘 자 설송."

　　"잘 가, 운성. 내일 밤에 꼭 와야 돼."

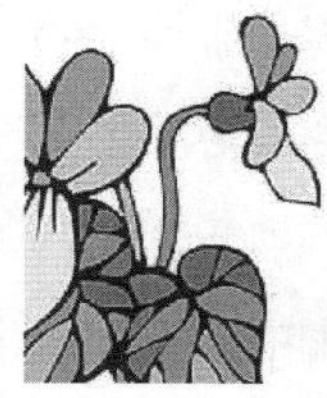

28. 찢어진 워커

현이 아카이브로 가는 마지막 날이었다. 예삿날과 다름이 없이 아침 8시 정각에 박유종이 숙소로 왔다. 아카이브로 가는 마지막 출근길이라는 생각이 들자 길 언저리 나무들에도 친밀감이 갔다. 오늘이 마지막 날이라고 박유종은 어제 퇴근하면서 데스크에다 여느 날보다 더 많은 상자를 신청해 뒀다. 자료실에 도착하자 평소 곱이나 되는 파일 상자가 기다렸다. 현과 박유종은 서둘러 파일 상자의 사진을 골라 쓸 만한 자료를 부지런히 스캔 작업을 하였다.

이날 자료사진은 포화에 파괴된 건물 사진이 많았다. 전화로 파괴된 화신백화점, 중앙청, 보신각 종각, 썰렁한 서울역 일대, 굴뚝만 남은 원산공장지대 등으로 현에게 낯익은 건물도 있었다. 1952.7.5 자료사진에는 지뢰를 밟아 찢어진 워커 한 켤레를 클로즈업시킨 사진이 있었다. 그 사진이 두 조각난 한반도로 비치기도 했고, 그 연상은 지수가 현에게 준 목 자른 워커로 비치기도 했다. 워커는 지뢰를 된통 밟은 듯 워커 밑창까지 밖으로 튀어나왔다. 그 워커 주인의 국적은 알 수 없으나 아마도 최소한

다리가 절단되는 부상은 입을 성 싶다. 현이 어렸을 때 무수히 본 목다리를 짚은 한국전쟁 전상자 장애인의 모습이 찢어진 워커에 오버랩 되었다.

그동안 자료사진들은 대부분 흑백이었지만 이날따라 컬러도 심심찮게 나왔다. 거제포로수용소 철조망 안에서 중공군포로들이 따뜻한 봄볕을 즐기고 있는 사진도 있었고, 로켓포가 불꽃놀이를 하듯 밤하늘을 밝히면서 날아가는 장면의 사진도 있었다. 하지만 가장 감동적인 사진은 1950년 9월 경남 진주의 한 시골 마을에서 한 남정네가 지게에다 병중의 아내를 지고 피란하는 장면이었다. 그 사진을 찾고는 한동안 숙연해졌다. 현은 마치 그 장면이 하나의 성화처럼 보였다. 더욱이 병중의 아내는 시각장애인으로 보였다. 마침 이날은 목요일로, 밤 9시까지 문을 여는 날로 시간에 쫓기지는 않았다. 신청한 자료 상자를 모두 다 살피자 밤 8시가 조금 넘었다. 그동안 열흘 남짓 아카이브에서 고른 사진은 모두 770장이었다. 한 권의 사진집 분량으로는 충분하였다.

"이 사진집이 많은 독자의 호응을 받아 조 선생이 다시 메릴랜드 주에 올 날을 고대하겠습니다."

"저도 그럴 날을 기다리겠습니다. 그때도 박 선생님이 도와주셔야 합니다."

"그럼요, 여부가 있습니까."

현은 이번 방미에도 아카이브를 뒤질 만큼 뒤졌다. 하지만 이 아카이브에는 워낙 방대한 자료가 소장되어 있기에 아직도 살피지 못한 부분이 분명 더 있으리라 생각되었다. 하지만 더 이상 머물면서 작업하기에는 심신이 무척 피곤하여 일의 능률도, 경비문제도 무리라서 현은 여기서 일단락 짓기로 했다. 꼬박 열하루 동안 정말 열심히 일했다. 현은 그대로 헤어지기가 섭섭하여 박유종과 함께 간밤에 갔던 한식집으로 가서 단둘이 사진 스캔 작업이 무사히 끝난 축배 겸 이별주를 든 뒤 숙소로 돌아왔다. 현은 겉옷도 벗지 않은 채 그대로 침대에 쓰러졌다.

"설송, 곤히 자는 걸 내가 깨우는구나. 나 운성이야."
잠결에 지수의 음성이 들렸다.
"잘 깨웠어. 자칫하다가는 너를 여기서 다시 못 보고 돌아갈 뻔했구나."
"그래 말이야. 네가 무척 곤히 자기에 그냥 돌아가려다가 한참 기다렸지."
"잘했어. 그냥 갔다면 내가 무척 서운할 거야."
현은 일어나서 손목시계를 풀고는 겉옷을 벗었다.
"두어 시간 남짓 눈을 붙였네."
"많이 피곤했나 보다."
"그랬나 봐. 왜 큰 일이 끝났을 때 쓰나미처럼 덮치는 피로 같은 거 있잖아. 잠깐 눈을 붙인 덕분에 피로가 말끔히 풀린 것 같아."
"그동안 너 무척 무리했어. 이곳에 도착한 뒤 열흘이 넘게 쉬지 않고 계속 일했으니. 수십 년 먼지 묻은 상자에서 사진을 꺼내 일일이 고른다고 신경도 많이 쓰고, 아마 먼지도 엄청 마셨을 거야.”

“날마다 미세 먼지를 마신 탓인지 목이 텁텁하고 코가 막히더군.”

“고생한 만큼 소득이 있었니?”

“기대 이상이야. 애초 목표보다 더 많은 양의 사진을 스캔해 가지고 가. 질적으로도 좋았고.”

“네가 목표를 초과달성하고 간다니까 나도 좋다 얘. 사진 자료가 부실한 우리나라에 아주 좋은 자료가 될 것 같구나.”

“글쎄다. 이 사진들이 한국전쟁의 참 모습을 이해하는 데 이바지하고 다시는 동족상잔의 전쟁이 일어나지 않게 하는 비망록이 되었으면 좋겠다.”

“네가 이토록 애썼는데 분명히 그렇게 될 거야. 그나저나 이제 네가 간다고 하니까 내가 얼마나 섭섭한지 모르겠다. 네가 이곳에 온 뒤로 거의 날마다 너랑 이런저런 이야기를 나누며 즐겁게 지냈는데.”

“나도 마찬가지야. 내일은 여기서 떠나기만 하면 되니까 오늘 밤은 부담도 없고, 막 단잠을 자고 일어났으니까 졸음도 오지 않을 테니 오래도록 놀다가 가.”

“나도 그럴 작정으로 왔어. 우선 너 옷부터 잠옷으로 갈아입고 욕실에 가서 닦고 와.”

“알았어. 조금만 기다려.”

“시간 많으니까 느긋하게 아주 샤워까지 하고 와.”

“그럴게.”

현은 옷을 벗어 옷장에 걸고 잠옷으로 바꿔 입은 뒤 욕실로 갔다. 욕조에 뜨거운 물을 받아 몸을 담근 뒤 샤워를 하고나자 몸이 날아갈듯이 가뿐했다. 현은 콧노래를 부르며 욕실을 나온 뒤 침실 머리맡에 둔 와인 병을 들고 탁자로 왔다.

“이곳에 온 뒤 시차적응을 못해 잠을 이루지 못할 때마다 수면제로 한 잔씩 들고 잠을 청했지. 이제는 시차에 적응이 되니까 떠나야 하네. 마침 두 잔 가량 남았는데 오늘 밤 우리 이별주로 마시자.”

“좋아 나는 냄새만 맡을 테니까 마시기는 네가 다 해.”

현은 안주로 탁자 위에 릿츠 비스킷과 허쉬 초콜릿을 내놓았다.

“슈퍼에 갔더니 우리 어린시절 미군들이 던져주면 받아먹었던 릿츠 비스킷과 허쉬 초콜릿이 있더군. 문득 그때가 생각나서 그것들을 사와 군것질 겸 안주로 쓰고 있어. 그 시절 눈깔사탕이나 엿이나 먹던 우리 악동들에게 이 릿츠 비스킷과 허쉬 초콜릿 맛은 그야말로 환장케 했지. 그 맛을 못 잊어 미군 지프차나 트럭 꽁무니를 졸졸 따라다녔고. 심지어 사복 경찰관은 그걸 미끼로 철모르는 어린이에게 빨치산 삼촌의 행방을 캐기도 했지.”

“우리 가족도 부산으로 피란을 갔는데 아버지가 미군부대 피엑스에 다녔어. 아버지가 퇴근할 때에는 허쉬 초콜릿이나 릿츠 비스킷을 가져오곤 하였지. 그때 그 맛이란 기가 막혔지. 지금 생각해도 우리 가족은 그때가 가장 행복했던 시절이었어. 부산역 앞 산비탈 영주동 판자촌에서 초롱 물을 받아다 먹고 살았지만 집안에는 웃음꽃이 떠나지 않았지. 어머니는 아침마다 미군부대 옆 세탁소로 가서 빨래를 하고, 형과 누나는 학교를 다녔어. 나는 학교 갈 나이가 안 돼 홀로 집을 지키면서 가족들을 기다렸지.”

“개인이나 가정의 행복은 오히려 조금 가난한 데 있나 봐. 하늘은 사람들에게 한꺼번에 모든 복을 주지 않는 모양이야.”

“그 말은 맞는 것 같아. 사람이 배가 부르면 다른 생각을 하거나 교만해지거든.”

“그게 어리석은 사람의 한계일 테지.”

“네가 나를 찾아 먼 길을 왔고, 너는 작가이기에 내가 세상 누구에게도 이야기하지 않았던 걸 말하고 싶구나. 산 사람도 속에만 넣어두면 부글부글 끓어 병이 되기 십상인데 영혼의 세계도 마찬가지야. 이 세상에서의 일들은 다 툴툴 털어버리거나 잊어버려야 하는데 나는 여태 그러지 못하고 있어. 아마도 네가 찾아온 것은 이참에 너에게 모든 걸 다 쏟고 툴툴 털어버리라는 하늘의 계시일 거야. 마침 오늘 밤이 마지막 밤이니까 내 그동안 풀어놓지 못한 이야기 다 들려줄게.”

“그래, 모든 걸 다 쏟아버려. 그러고는 하늘나라에서 편히 살아. 사실 내가 여기까지 온 가장 큰 목적은 네가 이 세상 사람이 아닌 걸 알고는 생전에 무관심했던 내 지난날 잘못을 용서 빌고 뒤늦게나마 네 영혼을 진혼하는 일이야. 그리고 네 이야기를 다 들어주는 게 지난날 너에게 받은 목 자른 '워커' 값을 조금이라도 갚는 길이라면 이 밤뿐 아니라, 출국 날을 늦춰서라도 다 듣고 갈게."

"'금을 팔아 친구를 산다'고 하더니, 정말 고맙다 애. 근데 그 '워커' 얘기는 이제 그만 해."

"아니야 난 내 평생 그 '워커'는 잊을 수 없는 이야기야. 그 워커만 생각하면 삶의 의욕이 불끈불끈 솟아. 사람들은 이 세상이 각박하다고 하지만, 나는 그 워커만 생각하면 그래도 이 세상은 살만하다는 생각이 들어. 내가 오늘까지 사람을 믿고, 사람을 가장 아름답게 여기면서 살아온 것도, 앞으로도 사람만이 대안이라는 생각을 갖게 한 것은 그 목 자른 '워커'도 한 요인일 거야. 오늘 마지막 날인지 아카이브 한국전쟁 자료사진에서 지뢰를 밟아 찢어진 워커 한 켤레를 클로즈업시킨 사진이 나왔어. 그 사진을 보자 분단된 조국의 모습으로 비치기도 했고, 네가 준 워커도 연상되었어."

"어머, 그랬니?"

"조금만 기다려. 내가 노트북을 켜서 보여줄게."

현이 노트북을 탁자로 옮겨서 전원을 켰다. 내 그림에서 '한국전쟁' 파일을 찾아 미리보기로 그 장면을 클릭하였다. 곧 자료사진이 화면에 떴다.

"네 말대로 찢어진 워커가 분단된 한반도 모습 같구나. 이 사진을 찍은 이는 종군기자가 아닌, 사진작가가 아닐까?"

"글쎄다. 유감스럽게도 촬영자의 이름이 없더구나. 종군기자 가운데는 작가도 있었을 테지."

"우리 집안도 한국전쟁으로 저 워커처럼 찢어진 거지."

"네 집뿐 아니라 그 당시 대부분의 집안이 그랬을 거야. 용케 피한 집도 있었지만 대부분 수난의 세월이었지."

"그런 수난에 가족들이 합심해서 슬기롭게 극복한 집이 있는가 하면, 그렇지 못하고 가족간 서로 탓하면서 자멸하다시피 그만 깊은 곳으로 가라앉은 집도 있어. 우리 집이 바로 그 예야."

"불 끄고 이야기 나눌까?"

"너 좋은 대로. 난 아무래도 좋아."

"그럼 끈다."

현이 전등 스위치를 모두 내렸다. 커튼 틈새로 달빛이 방안으로 들어왔다. 현은 커튼을 젖혔다. 갑자기 눈이 쌓인 지상에 비친 달빛이 실내로 확 빨려 들었다.

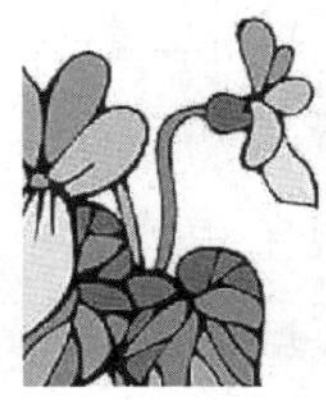

29. 이복동생

　원래 지수의 집안은 함경도에서 조상 대대로 가난한 소작농이었다. 다행히 지수 할아버지 장영두는 눈을 조금 뜬 탓으로 개화기에 광산에서 서기로 일했다. 장영두는 광맥만 하나 찾으면 일확천금을 얻는 걸 보고는 광산 서기직을 그만두고 그도 광맥을 찾아 나섰다. 그렇게 수년을 돌아다니다 보니까 장영두는 그나마 있던 재산조차도 거들이 나 아주 가난뱅이가 되었다. 그런 가운데도 장영두는 포기치 않고 몇 년을 미친 사람처럼 헤매다가 마침내 함경도 덕산에서 큰 광맥을 발견했다. 그 일로 장영두는 하루아침에 벼락부자가 되었다. 장영두는 일남사녀 오남매를 두었는데 막둥이 외아들 장호남은 어린시절부터 무척 호사스럽게 자랐다. 장영두 내외는 아들을 일본으로 유학을 보내면 자주 볼 수 없다고, 그래서 경성, 지금의 서울 한 전문학교에 유학 보냈다.

　함흥에서 서울로 유학 온 장호남은 정작 공부보다 기방출입이나 노는 일이나 운동에 더 마음을 쏟았다. 그 당시에는 무척 드문 피겨 스케이트 선수생활을 했다. 장호남은 평양 출신의 아

가씨와 결혼을 하였는데 그 당시 신부에게 혼수로 피아노를 사
줬을 만큼 초호화 혼례식을 치렀다. 결혼 후 장호남은 아버지의
광산을 물려받아 운영하였다는데, 사실상 광산 운영은 큰매부가
하고, 장호남은 다달이 이익금이나 챙겨가는 자본가로 함흥에서
유지행세를 했다. 그는 지웅, 지란, 지수, 삼남매를 두었다. 지수
가 태어나던 해 해방이 되었다. 해방으로 뜻하지 않았던 38선이
생기고, 북한에는 공산정권이 들어서자 장호남 집은 자본가 지주
계급으로 타도의 대상이 되었다. 해방 후 함흥에서 몇 달을 버티
다가 도저히 더 살 수가 없어 장호남 가족들은 금붙이 등 동산만
조금 지니고 월남하여 서울 회현동에 정착했다. 장호남은 북에서
가져온 금붙이와 돈으로 회현동에 집도 한 채 사고 그렁저렁 고
등 룸펜으로 지내던 가운데 6·25전쟁을 만났다. 그들 가족은 부
산까지 피란갔다가 장호남은 미군부대에 통역관으로 있던 전문
학교 동창생 주선으로 미군 피엑스 경비로 근무하게 되었다.

"그때가 여섯 살 때였는데, 나에게는 그 무렵이 가장 행복했
던 시절로 남아 있어. 아버지는 퇴근할 때 우리 남매들에게 주려
고 초콜릿과 비스킷, 껌들을 가져왔는데 그 맛이란 기가 막혔어."
"그랬지. 나도 고모부가 미군부대 통역관이었는데 어쩌다 고
모 집에 가서 초콜릿이나 비스킷을 얻어먹으면 그야말로 환장할
정도였지."
"아버지가 애초에는 우리 가족들에게 주려고 가져나온 그 피

엑스 물건들이 동네 구멍가게로, 마침내 국제시장으로 흘러나갔
어. 우리 가족들이 부산에 피란가 처음은 영주동 산동네 피란민
판자촌에서 지냈는데, 아버지가 피엑스에 다닌 이듬해부터는 대
신동 일본인 적산가옥으로 이사를 할 만큼 생활이 윤택해졌어.
그때부터 아버지의 퇴근이 날마다 늦어지다가 일주일에 한두 번
씩 집에 오지 않자 그때마다 부부싸움이 잦아졌어. 나중에야 알
고 보니 아버지에게 시앗이 생긴 거야. 어머니와 우리 형제들은
아버지를 찾아 부산거리를 헤매었어. 여러 날 아버지와 숨바꼭질
을 하면서 미행 끝에 아버지가 시앗과 살림을 한 집을 찾아냈어.
우리 어머니가 평안도내기로 얼마나 억세. 아버지 시앗은 함경도
내기더군. 그야말로 억센 평안도와 함경도내기 에미네가 머리끄
덩이를 잡고 대판 붙었어.”

“그거 볼만한 싸움이었겠구나.”

“그럼, 두 여자가 한 남자를 두고 싸우는데, 나는 그날 누구
한 사람 죽는 줄 알았어. 그런데 결국은 평안도 에미네인 우리
어머니가 이기더군. 우선 명분에서 이기고 목소리에서 이기고…
하지만 함경도 에미네도 순순히 물러서지를 않더군. 피란지에서
그 여자에게는 아버지가 가져다 준 피엑스 물품이 생명줄이나
다름없었으니까. 하지만 부엌칼을 들고 죽이려고 덤비는 우리 어
머니에게는 함경도 에미네는 그만 항복을 하고 물러나더군.”

“어머니로서는 자식들 때문에 더욱 억세졌겠지. 여자는 약하지
만 어머니는 강하다는….”

"아마 그랬을 거야. 그 뒤에도 이런저런 불미스러운 일이 잇따르자 마침내 아버지는 미군 피엑스에서 쫓겨났어. 그러는 가운데 서울이 완전히 수복되어 우리 가족들은 다시 서울로 올라왔어. 아버지는 회현동 집을 팔아 사업을 하였지만 이태 만에 홀랑 날려버렸어. 우리 가족들은 하는 수 없이 해방촌 판잣집으로 이사를 간 후 어머니가 남대문시장에서 달러장사로 생계를 이어가고, 그때부터 아버지는 다시 룸펜이 된 거야. 어머니의 달러장사 수입이 괜찮아 해방촌에서 몇 해 살다가 내가 중학교 다닐 무렵에 상도동 국민주택에 입주했어."

"나도 그 집에 가 봤지."

"맞아. 바로 그 집이야. 한동안 잠잠하던 집안에 이복동생 지철이가 태풍을 몰고 들어왔어. 아버지의 시앗이 함경도 에미네가 어느 날 집으로 찾아와 이복동생 지철이를 떨어트려놓고 갔어. 아이가 학교 갈 때가 되었는데도 그때까지 호적도 없고, 여자 홀몸으로는 도저히 키울 능력도 없다면서 시앗은 아버지에게 지철이를 맡기고 사라진 거야. 아버지는 그 모든 것을 당신의 업보로 알고는 지철이를 묵묵히 받아들였지만 어머니는 흔쾌히 받아들이지 않았어. 그 이유 가운데 하나는, 지철이가 아버지의 자식이 아닐지도 모른다는 거야. 그 무렵에는 디엔에이 검사 같은 것도 없었던 시절이었잖아. 어머니는 지철이가 어떤 놈의 자식인지도 모르는데, 왜 겔 내 자식으로 입적시키느냐고 거세게 반발했어. 그때부터 다시 집안이 편안한 날이 드물었어. 더욱이 그런 낌새를 알게 된 지철조차 계속 말썽을 피웠어. 걸핏하면 싸움질에, 도벽에, 동네나 학교에서 심하게 따돌림을 당하고…. 아버지는 지철이 때문에 자주 학교로, 파출소로, 불려갔어. 그러다가 내가 고등학교에 입학할 무렵 그 녀석이 가출을 하더군. 이태 만에 그 녀석이 다시 나타났는데 완전히 불량배가 되었어. 남산에 찾아오는 아베크족을 칼로 위협해서 돈을 뜯다가 상대방이 반항하자 칼부림을 하여 그 무렵 신문과 방송에 한참 떠들썩했던 이른바 '남산 아베크족 사건'의 주범이 그 녀석이었어."

"뭐! 그 사건의 주범이 네 동생이었다고?"

"그랬어. 바로 개였어. 지철이는 소년원에 들어가서 이년 만에 풀려나 다시 집에 돌아온 뒤로는 성격이 더욱 난폭해졌어. 그때는 억센 우리 어머니도 그만 두 손을 들더군. 지철이는 수시로 어머니의 장사밑천을 뜯어갔어. 걸핏하면 자기 인생은 우리 가족들이 다 망쳤다고 하면서 밤마다 숫돌에 칼을 갈았어. 가족 모두 다 죽이고 자기도 죽겠다고 위협을 일삼았어. 그런 가운데 누나가 결혼하였는데 매부가 천하의 바람둥이인 거야. 결혼식 직전에야 이미 딴 여자와 아이까지 낳고 산 사실을 알았어. 그래서 결혼식장이 엉망이 될까 봐서 그때 내가 너에게 도움을 청했던 거야."

"나도 기억하고 있어. 을지로 6가에 있었던 어느 예식장이었지. 그날 정작 너의 매부보다 네가 더 안절부절 불안해하더라."

"결혼식장에서 그 여자가 소동을 부린다면 그 무슨 망신이니."

"얘기를 끊어 미안해. 그래 다음 이야기는."

"어느 하루 지철이는 어머니에게 요구한 용돈을 주지 않는다고 칼부림을 했어. 어머니는 병원으로, 그 녀석은 경찰서로 갔어. 형은 평소 자폐증이 있는데다가 그런 집안 분위기를 이기지 못하고 스스로 목숨을 끊은 거야. 아버지도 그 충격에 그만 쓰러졌지. 그때가 내가 대학을 졸업한 해로, 아무튼 나는 현실을 무조건 도피하고 싶었어. 게다가 긴급조치가 펑펑 쏟아지는, 사람의 기본적인 자유조차도 구속되는 한국 사회가 무척 싫었어. 우리 집을, 한국 땅을 우선 떠나고 싶었어. 그래 나에게 가장 좋은 방법이 해외지점이 있는 회사에 입사하는 길이었어. 나는 대우도 직종도 가리지 않고, 입사 후 곧 해외파견 근무를 할 수 있는 회사를 찾아 한 무역회사에 입사한 뒤 도망치듯 한국 땅을 벗어났어. 애초의 발령지는 레바논의 수도 베이루트였는데, 내가 그곳에 가고자 네덜란드 로테르담 지사에 도착하자 현지 사정이 좋지 않아 베이루트 출장소가 철수하는 바람에 그만 네덜란드 지사에 주저앉게 되었어. 나에게는 전화위복인 셈이었지. 풍차와 튤립과 운하의 나라, 네덜란드에서의 회사생활은 나에게 물심양면으로 안정을 가져다 주었어. 그래서 너에게도 엽서를 보냈던 거야."

"답장을 못해 미안해. 그래서 우리 사이 소식이 단절된 게지."

"나도 다시 소식 전하지 못한 잘못도 있지."

"사실 그때 나도 마음이 편치 못했어. 그래, 다음 얘기는."

"후딱 2년 해외근무 기간이 지나갔어. 회사에서는 즉각 본사로 발령을 내더군. 나는 다시 방황했어. 귀국이 무척 싫었어. 그때 나는 한국으로 돌아가는 일만 아니라면 아프리카 사막이라도 가려고 발버둥을 쳤어. 귀국 날짜를 앞두고 몹시 고민하다가 문득 윤호가 미국 뉴욕에 있다는 생각이 떠올라 그에게 전화를 했더니 와도 좋다고 하더군. 그 말이 마치 하늘에서 구원의 밧줄이 내려오는 말로 들렸어. 곧장 네덜란드 지사에다 사표를 낸 뒤 그 길로 가방 하나 달랑 들고 미국 행 비행기에 올랐어."

"그래, 미국에서 생활은 어땠니?"

"암스테르담 공항을 출발하여 케네디공항에 내렸지. 윤호가 마중을 나왔더군. 우선 걔가 살고 있는 퀸즈 젝슨하이츠의 한 아파트에다 짐을 풀었지. 그때 윤호는 동포가 운영하는 야채가게에서 일하고 있더군. 나도 동포가 운영하는 다른 야채가게에 일자리를 얻었지. 미국에서는 이런 이야기가 있어. 미국 땅에 내릴 때 마중 오는 사람의 직업을 따르기 마련이라고. 막상 미국 땅에 내리면 자리를 잡을 때까지는 한국에서 전직이나 전공은 잊어야 해. 한국에서 영문학을 전공한 나도 무역학을 전공한 윤호도 야채가게에서 채소를 다듬었으니까."

"하기는 그렇더군. 한국에서 전직 화학 선생님이 미국에 와 제약회사에 다닌다고 해서 가 봤더니 제품 포장 일을 한다더군."

"출발은 다들 그래. 사실 나도 처음에는 무척 고생했어. 처음에는 윤호 아파트에서 생활하다가 곧 독립했어. 미국에서는 친한 사이일수록 프라이버시를 침해해서 안 된다는 것도 알았고.”

　“좀더 구체적으로 얘기하면?”

　“나와 같이 지내니까 걔 여자 친구가 올 수 없잖니?”

　“알겠다. 그래서….”

　“그런 중 먼저 온 중 고등학교 동창인 용배를 만났지. 걔는 옷가게를 했는데 그때까지 기반을 잡지 못해 몹시 어려웠어. 둘이서 한 아파트를 같이 쓰는 룸메이트가 된 거야. 그런데 그 녀석이 내가 조금 돈이 있다는 걸 알고는 자기가 하던 옷 장사를 인수받으라고 꼬드기더군. 네덜란드에서 번 돈과 그때까지 야채가게에서 번 돈을 몽땅 주고 걔 옷가게를 인수했는데 나중에 알고 보니 빈껍데기로 완전히 바가지를 썼지 뭐야. 내가 친구 사이 그럴 수 있느냐고 심하게 따졌더니 이 친구가 이민국에다가 찔러버렸더군. 그날로 이민국 직원에게 체포되었지. 다행히 윤호가 달려와 다른 고교 대학 친구들의 도움을 받아 보석금을 문 뒤 풀려났지. 미국에서 자유롭게 살려면 영주권이 필요했어. 가장 좋은 방법이 영주권을 가진 여인과 결혼하는 거야. 근데 정식 결혼은 엄청 어려우니까 편법으로 위장 결혼을 하는 거지. 오천 달러를 주고서 쿠바 출신의 글로리아라는 여성과 서류상 결혼을 했어. 옷가게를 접고 자동차를 하나 산 뒤 거기다가 옷을 싣고는 뜨내기 옷 장사를 시작했어. 뉴욕 구석구석 안 다닌 곳 없이 다녔고, 멀리 보스턴, 필라델피아까지 다녔어. 처음에는 무척 고생을 많이 했는데, 차차 장사 이력이 나자 요령이 생기고, 어디가면 옷이 잘 팔리는지 알게 되었어. 마침 어머니가 잘 아는 서울 남대문 옷가게에서 한국 옷을 수입 해다가 팔았는데 짭짤했어. 1980년대 후반에는 뉴욕 한인의류연합회장에 추대될 만큼 잘 나갔어. 어느 날 용배가 찾아와 무릎을 꿇고 빌더군. 심장병을 앓는 자기 아들 때문에 그랬다고 눈물을 흘리기에 용서해 줬어. 그랬더니 내 마음도 편하더군."

"잘 했군. 용서는 가해자의 잘못을 잊는 것이지."

"어느 하루 용배 그 친구랑 애틀랜타에 갔다가 돌아오는 길에 뉴저지에 있는 아틀란틱시티 도박장 앞에다가 차를 세우더군. 기분 전환 겸 슬롯머신을 한 번만 당겨보고 가자는 거야. 20달러를 넣었는데 400달러짜리 블랙잭이 터졌어. 그게 나를 파멸로 몰아넣을 줄은 몰랐지. 나는 시간이 나는 대로, 나중에는 장사도 집어치고 그곳에 달려가 슬롯머신을 당겼지. 그동안 모아놓은 꽤 큰돈을 모두 다 날렸어. 돈이 나가는 동시에 주량과 흡연이 비례하여 늘었고. 폐인되는 거 잠깐이더구먼. 어느 날 각혈로 쓰러진 뒤 병원에 가니까 식도암이래. 그리고 몹시 심하댔어. 동창회를 통해 내가 쓰러진 소식을 듣고 이철우 목사가 달려왔더구먼. 그때부터는 이 목사의 인도로 살았지."

"……."

지수의 이야기를 듣는 현은 주룩주룩 눈물을 흘렸다.

"얘, 괜히 얘기를 꺼냈나 보다."

"아니야. 죄다 얘기해 줘. 친구가 아니면 누구에게 속 깊은 얘기를 하겠니?”

“살았을 때에는 아무에게도 이런 이야기 하기가 싫더라.”

“아마 네가 마음속에만 간직하고서 그걸 시원하게 쏟아내지 못해 몹쓸 병에 걸렸을 거야. 누구에게 이야기하다 보면 의외로 해결책도 나올 수 있는 게 인생인 것을.”

“그 말은 정말 명언이다. 우리 가족 그 누구도 불행의 씨앗을 정면으로, 선의로 풀려고 노력하지 않고, 가족간 서로 원망하면서 자기만 피해버렸기에 계속 그 씨앗이 눈덩이처럼 커져서 마침내 온 집안을 덮쳐 결딴 난 거야. 불행의 씨앗은 누구에게나 오기 마련인데, 그것을 가족들이 단합해서 슬기롭게 넘기면 아름다운 삶이 되고, 그것을 이기지 못하면 집안이이 뒤죽박죽이 되지. 화가 복이 되고 복이 화가 되는 게 인생인 것 같아.”

“역시 인생을 다 살아보고 난 다음의 이야기라서 다르군. 세상살이에 아주 정곡을 찌르는 말인데도 사람들은 잘 듣지 않지.”

“그럼, 나도 그랬으니까.”

“사실 나 세상에서 무척 많은 죄를 지었다.”

“네가 무슨?”

“내 아버지와 동생 지철이를 미워한 죄야.”

“그건 다 그럴 만한 까닭이 있었잖아?”

“그건 속좁은 사람의 눈으로 보니까 그랬던 거야.”

“어쨌든 아버지가 실수였든, 의도적이었든 간에, 아내를 두고 다른 여자와 살림을 한 것은 잘못인 거야. 아내나 자식들에게 비난받아도 마땅하지. 하지만 아버지의 그 잘못을 용서해 주지 못하고, 두고두고 탓하고 원망한 것은 아들로서 결코 잘한 일은 아니야. 게다가 아무 죄도 없는 이복동생 지철이를 미워한 것은.”

“왜 그를 그토록 미워했니?”

“아무래도 네 아버지가 남의 자식을 데리고 온 것 같다는 어머니의 말에 나도 묵시적으로 동조한 점이야. 어머니는 부부싸움이 거칠어질 때마다 ‘누구 씨인지 모르는 술집 에미네 새끼를 바보 멍청이처럼 받아줬다’고 아버지를 마구 윽박질렀어. 그때마다 아버지는 그 에미네는 술집에서 술 따르던 에미네가 아니고, 술집 부엌에서 일하던 에미네라고 대꾸해도, 어머니는 부엌일하던 에미네가 술 따르는 년이 되기 마련이라고 아버지 말을 듣지 않았어. 그런 이야기를 다 들은 지철이의 마음이 어떠했겠니. 그러자 그 녀석은 10대의 반항기로 튄 것이고. 그 때문에 집안이 하루도 편한 날이 없었어.”

“사리 판단을 하지 못할 너로서는 어머니 말을 그대로 좇을 수밖에.”

“물론 어려서는 그럴 수 있지. 하지만 철이 들고 난 다음에는 이성적으로 판단했어야 옳았는데 그렇지 못하였던 점이야. 나도 그 녀석이 계속 미웠던 거야. 우리 집안에 재앙을 가져온 녀석이라고. 솔직히 아버지를 제외한 우리 가족들은 마음속으로는 걔가 조용히 사라져주기를 바랐어. 나중에 내가 몹쓸 병이 든 뒤 병상에서 곰곰이 지난날을 되씹어보니까 그동안 내 생각과 행동이 잘못이라고 깨우친 거지. 그때는 이미 아버지도 어머니도 형도 모두 세상을 뜬 뒤였어."

"뒤늦게라도 깨달았으니까 다행이다."

"그때는 너무 늦었어. 나도 한창 투병중이었고."

"그래도 깨닫지도 못하고 세상을 떠난 사람이 얼마나 많아?"

"하지만 내 죄가 무척 크고, 내 인생이, 우리 가족의 삶이 너무 불쌍해. 속좁게 한 생명을 껴안아 주지 못하고 서로 미워하다가 세상을 떠났으니까. 나 네덜란드에서 미국으로 건너온 뒤 불법체류자로 미국인들에게 무척 괄시받고, 한때는 체포도 되어 이민국에 붙들려도 갔어. 여러 친구들의 도움으로 간신히 영주권 얻고도 인종차별로 얼마나 불이익을 당한지 몰라. 간디가 인도에서 보다 아프리카에 간 뒤 더 반영주의자가 되었다고 하는데, 나는 그 말이 이해돼. 아프리카로 갈 때도 유색인이라 하여 침대권도 살 수 없었다든지, 아프리카에서 1등 차표를 가졌음에도 경관에게 모욕을 당하면서 백인들이 타는 찻간에서 쫓겨났다든지, 역마차의 좌석표를 가지고 있었지만 영국인들이 같이 앉기를 거부해 밖으로 쫓겨나왔다든지… 아무튼 차별과 편애는 가장 속이 상하는 일이야. 사실 따지고 보면 아메리카는 지네 땅도 아닌데 주인 노릇하면서 가난한 나라에서 먹고 살기 위해 찾아온 사람들에게 걸핏하면 불법 이민자라고 체포하거나 학대를 할 때는 그들이 얼마나 미웠는지 몰라. 입 바른 말로 하자면 그들 조상도 모두 불법 이민자인데 말이야.”

“차별이나 편애처럼 사람을 화나게 하는 것은 없어. 네가 나보다 더 잘 알겠지만 인류 최초의 살인 사건도 형제간의 차별 편애에서 일어났잖아. 여호와께서 형 카인의 제물은 거들떠보지도 않고, 동생 아벨의 재물만 받아들이자 카인이 아벨을 질투하여 아우를 돌로 쳐 죽였잖아.”

“맞아. 구약 창세기에 그 이야기가 나와.”

“공자의 말씀에도 그와 비슷한 이야기가 있어. ‘국가를 다스리는 사람은 백성이 적음은 걱정하지 않고 고르지 않음을 걱정하며, 가난함은 걱정하지 않고 편안치 않음을 걱정한다. 고르게 되면 가난이 없어지고, 화락하면 백성이 적지 않게 되고, 편안하면 나라가 기울어지는 일이 없을 것이다’라고.”

“미국에 오래 살다보니까, 미국인 가운데는 고개가 숙여지는 사람도 많았어. 한국에서 버린 아이들을 입양한 뒤 제 자식처럼 키우는 것을 보고, 지체 장애아나 자폐증 아이들을 데려다가 지극정성으로 돌보는 미국인들을 보고는 나는 몹시 부끄러워서 얼굴을 들 수가 없었어. 그리고 자신이 모은 재산을 과감히 사회에 환원시키는 걸 보고는. 그것이 바로 보이지 않는 곳에서 미국을 지탱하는 힘이요, 양심이라고 생각해.”

“이철우 목사도 같은 얘기를 하더군.”

“인도적인 서양인들은 남의 나라 장애아도 입양해서 기르는데, 나와 우리 가족은 남도 아닌 아버지가 데려온 자식을 이복동생이라고, 내 동생이 아닐 거라고, 괄시한 것은 너무나 큰 죄였어. 하지만 그는 비명에 갔기에 미처 내 죄를 빌 수도 없었어.”

“비명에 가다니?”

“존속 상해죄로 복역한 뒤 교도소를 나오니까 걔를 맞아주는 사람은 아무도 없었어. 단 한 사람 자기편이었던 아버지마저 세상을 떠난 줄 알고서는 그는 더욱 갈피를 못 잡았나 봐. 나도 그때 미국 있을 때였으니까. 그 후 그는 계속 교도소를 들락거리다가….”

“……”

현은 자리에서 몸을 일으켜 잠시 묵도를 드렸다.

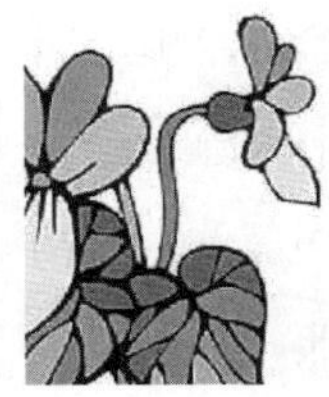

30. 지수의 아버지

"참 세상은 넓고도 좁더군. 뉴욕에서 아버지의 친구를 만났어. 내가 죽기 몇 해 전인데 모처럼 뉴욕 한인회 연말 모임에 나갔지. 거기서 함경도 사투리를 쓰는 한 노인을 만나 이런저런 이야기를 나누다가 그분이 아버지 중학교 동창생이란 걸 알았어. 그분은 아버지의 한 평생을 거의 꿰뚫고 있었어. 그분을 통해 아버지가 이복동생을 얻게 된 자세한 이야기를 들었어."

"속 깊은 사연이 있었나 보군."

"나도 그때까지 전혀 알지 못하였던 이야기였어. 피란시절 부산 남포동과 국제시장에는 북에서 내려온 사람들로 북적거렸다고 하더군. 대부분 1950년 12월 흥남 철수 때 배를 타고 내려온 피란민들이었대. 당국에서는 피란민들을 거제도나 다른 도시로 분산시켰지만, 다른 곳으로 간 피란민들은 먹고살기 위해 그나마 사람과 물자가 많은 부산으로 꾸역꾸역 몰려들었기 때문이었대. 그때 아버지는 미군부대 피엑스에 다녔으니까 막노동이나 장사를 하는 다른 피란민들보다는 여유가 있었을 테지. 그래 이따금 고향사람들은 만나면 남포동 선술집으로 가서 순대국밥이나 대포를 사면서 피란살이 설움들을 나누곤 하였나 봐. 어느 하루 비 오는 날 남포동 선창가 부두 대폿집에서 젓가락을 두들기며 향수를 달래는데 부엌에서 일하는 에미네가 낯이 익어 자세히 살펴보니까 옛날 함흥 우리 집 마름의 딸이더래. 그 마름은 아버지가 어렸을 때 강에서 멱 감다가 떠내려갈 때 뛰어들어 살려준 생명의 은인이었다고 하더군. 얼마나 반가웠겠어. 그날 이후 아버지는 퇴근하면서 그곳에 자주 들려 그 에미네에게 미제 피엑스 물건을 떨어트려 주곤 하였나 봐. 내일을 알 수 없고 삶과 죽음이 순간에 뒤바뀌는 현실을 눈으로 본 두 사람은 쉽게 가까워졌나 봐. 그래 아버지와 그 에미네는 부산 초량동 한 문간방에다 살림을 차렸나 봐. 그러다가 우리 어머니에게 발각되어 머리끄덩이가 북새통이 되는 난리를 치르기도 하고. 다시는 아버지 앞에 나타나지 않기로 한 그 에미네가 약속을 저버리고 나타난 것은 서울 수복 뒤 상도동 집으로 아이를 안고 찾아왔어. 아버지는 그 에미네가 아이를 데리고는 도저히 살아갈 수 없다는 하소연을 듣고는 깊이 생각지 않고서 우리 식구로 받아들였던 거야. 그것이 두고두고 집안에 큰 화근이 될 줄은 아버지도 몰라서 그랬을 테지."

"그 여자의 뒷이야기는?"

"아버지에게 아이를 맡긴 뒤 몇 해 지나 결혼했다더군."

"분단과 전쟁이 남긴 상흔들이군. 집집마다 그런저런 상흔이 없는 집은 드물 거야. 저번과 이번 미국에 와 아카이브에 드나들며 숱한 한국전쟁 사진을 살펴보았는데 그야말로 전쟁 때문에 온 나라가 쑥대밭이 되었더군. 특히 북한의 원산, 함흥, 흥남 지역은 폭격이 무척 심했어. 좀 과장된 이야기일는지 모르나 북한 전역이 석기시대로 돌아갔다고 하더군.”

“아무튼 폭격이 엄청 심했나 봐. 함경도 사람 대부분은 흥남 철수 때 원자폭탄이 떨어진다고 거의 다 내려왔다고 하더군. 어떤 이는 만삭의 아내와 같이 올 수 없어서 한 보름 피란 후 돌아간다고 철석같이 맹세하고 떠나왔다는데 그 보름이 50년도 더 지나버렸대.”

“이번에 아카이브에서 발굴한 사진 가운데 함흥 덕산 광산 갱도에서 학살된 300여 구의 시신을 들것으로 꺼내놓았는데 유족들이 울부짖으며 혈육을 찾는 장면이 있었어. 바로 네 할아버지가 하시던 광산이었을지도.”

“글쎄다. 그곳에는 광산이 여러 개 있었다고 하니까. 아버지 고향사람들 말로는 한국전쟁중, 원산 함흥 흥남 일대가 가장 피해가 심했다고 하더군. 이번에 네가 발굴한 사진들은 그때를 다 말해주고 있으니까 좋은 전쟁 비망록이 될 거다. 요즘 젊은 세대들 가운데는 전쟁을 잘 모르는 이들도 많은데, 그때의 참상 사진은 백 마디 말보다 더 호소력이 있을 거야.”

“글쎄다. 그런데 왜 아버지는 그런 앞뒤 이야기를 가족들에게 자세히 하지 않았을까?”

“우리 아버지가 좀 그런 분이야. 그리고 우리 어머니가 평안도 태생으로 무척 억센 여자이기에 앞뒤 이야기를 해봤자 동정 받을 수도 없었을 테니 그냥 잠자코 지낸 거지."

"아버지 어머니는 언제 돌아가셨니?"

"아버지가 먼저 돌아가셨는데 내가 미국 온 지 얼마 되지 않았을 때야. 영주권이 없어서 그때 한국에 돌아가면 다시 미국에 오기 어렵기 때문에 아버지가 돌아가셨다는 소식을 듣고도 가보지도 못 했어. 그 뒤 어머니는 뉴욕까지 와서 나랑 지냈는데 내가 또 불효했어. 집안의 불행이 모두 어머니 탓이라고 내가 자주 쏘아붙였거든. 세상의 어머니들이 다 그러하셨지만 어머니가 나에게 쏟은 정은 유별났어. 아버지에게서 받은 실망감과 형과 누나보다 조금 더 공부를 잘 했기에 나에 대한 기대와 사랑은 지극 정성이었어. 어머니가 남대문시장에서 달러장사를 해서 그런지는 몰라도 아주 극렬한 친미주의자였어. 나에게 날이면 날마다 영어공부를 많이 하라고 일렀어. 그러면서 당신도 내 덕에 미국에 와서 사는 걸 꿈으로 여겼으니까. 내가 대학 영문학과에 입학하자 어머니의 나에 대한 관심과 사랑은 더욱 극성스러웠어. 집안에, 동네에, 남대문시장 골목에도 어머니는 내 자랑만 하고 다녔다니까. 그러면서 어머니는 내 옷차림까지도 일일이 챙겨주셨어. 남대문시장에 흘러나오는 미군부대 피엑스 옷을 줄곧 사다 주셨어. 내가 대학 다닐 때 또래 대학생 가운데 가장 옷을 잘 입고 다니는 축에 끼었을 거야. 내 처지를 잘 모르는 친구들은 내가 재벌 2세나 되는 줄 알았을 테지. 나는 그것을 위대한 모성애로 착각하면서 살았어. 내가 그것이 잘못이라고 깨달은 것은 미국에 온 뒤야. 부모로서 자식에 대한 편애는 가장 나쁜 거지. 어머니가 나에게 다른 형제보다 더 관심과 사랑을 가지는 것은 결국은 우리 형제들에게는 비수였어. 특히 동생 지철에게는. 나중에 어머니는 그렇게 그리던 미국에서 이태 동안 나와 함께 사시다가 다시 서울로 돌아갔어. 내가 쫓은 셈이지. 귀국 후 홀로 된 누나와 사시다가 세상을 뜨셨어. 그때 나는 투병중이라 장례식에 참석도 못했어. 또 큰 불효를 저지른 거지. 행복이네 불행이네 하는 것도 사람이 마음먹기에 달렸고, 역경에서 벗어나는 것도 역시 마음에 달린 것 같아.”

“그것 맞는 말이야. 행복이네 불행도 매우 주관적이지. 눈보라치는 허허벌판에서 굶주림과 추위에 죽어가면서도 행복을 느끼는 독립투사가 있는가 하면, 누가 봐도 남부러울 것 없는 한국제일의 재벌 딸도 미국 유학생활을 하면서 스스로 목숨을 끊는 것을 보면, 쉽사리 행복이나 불행의 정의를 내릴 수 없을 거야.”

“그래서 인생길이 힘든 거야. 가장 똑똑한 것 같지만 가장 어리석은 게 사람이기도 해. 참 재미있는 사실은 사람들이 ‘용서’를 가장 아름다운 덕목이라고 말하면서도, 정작 자기 남편이나 시집식구에게는 그렇지 않다는 점이야. 내가 살았을 때 한 독실한 신자는 신구약 성경을 대학노트에 깨알같이 써서 목사님에게 바치기까지 하는 지극정성인 신자인데도 남편의 실수는, 시집식구의 눈에 거슬린 행동은 용서를 못하더군. 예수를 믿으면서, 부처를 믿으면서, 기도하고 염불하면서 '용서'란 말을 수없이 뇌까려도 그걸 행동으로 옮기는 사람은 매우 드문 것 같아. 용서는 나와 하나님과의 관계를 회복하고 기쁨과 희망, 그리고 밝은 미래를 주는데도 사람들은 이 좋은 덕목을 실천하지 못해. 사실은 나도 생전에 그랬으니까."

"대체로 사람들은 자기는 예외라고 착각하기 때문일 거야. 부정부패 비리도 그래. 내가 학교 있을 때, 쉬는 시간 선생님들이 신문 사회면을 보면서 부정 비리 기사에 게거품을 물고서 흥분하지만, 정작 자기의 부정 비리는 인식조차 못하는 걸 숱하게 봤어. 나도 예외가 아니었지만. 그야말로 '내가 하면 로맨스요, 남이 하면 불륜'인 게지."

"얘, 내 이야기만 많이 했다. 네 이야기도 들려줘."

"나는 너보다 더 불효자야."

"그럴 리가?"

"……."

"……."

"사실 나는 너보다 훨씬 더 큰 불효자야. 난 여태 어머니의 생사도 모르고 살고 있어."

"뭐!… 네게도 그런 아픔이."

"변명 같지만 그래서 로테르담에서 보낸 너의 엽서를 받고도 답장도 못하고…. 네가 엽서 보내주던 그 무렵이 나에게는 심적으로 참 힘들 때였어. 그래 너에게 답장을 할 만큼 마음의 여유도 없었어. 그렇다고 그 뒤로도 편치 않았지만.”

“어쩐지 네 얼굴에는 깊은 우수가 숨겨져 있는 듯했어. 아직
도 그 아픔이 진행중이구나.”

“……”

현은 대답 대신 고개를 끄덕였다.

“네 사연을 들려줄 수 있니?”

“아직은 좀 그래. 언제 날 받아서 할게.”

“미루지 마. 가슴에 맺힌 건 하루라도 빨리 풀어야 해. 그대
로 두면 나처럼 병이 돼. 나한테라도 하면 가슴에 맺힌 게 좀 풀
어질 거야. 또 내가 그걸 풀어주는 것이 네가 나를 찾아 멀리 온
정성에 대한 갚음도 되고.”

“……”

“벌써 얘기도 하기 전에 네 눈 가장자리에 눈물이 솟아오르
는 걸 보니까 무척 아픈 상처였나 보구나.”

“……”

“……”

“잠깐 실례할게.”

현은 자리에서 일어나 욕실로 갔다. 문을 닫고서 거기서 한
참 흐느꼈다. 다시 얼굴을 닦고 자리로 돌아왔다.

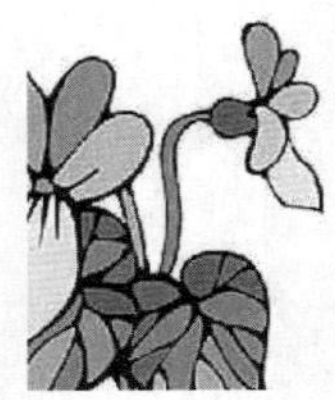

31. 현의 어머니

"1967년 가을로, 내가 대학 3학년 때였어. 동생과 함께 서울 사직동에서 자취생활을 하고 있었는데 어느 하루 학교에서 돌아오니까 아버지가 보낸 편지가 쪽마루에 있었어. 아버지는 나에게 자주 편지를 보냈기에 예사 때처럼 무심코 뜯었는데, 곧 쇠망치로 뒤통수를 맞은 듯 눈앞이 캄캄했어. 편지 내용은 어머니가 집을 나간 지 사흘 되었는데 여태 들어오지 않았다고 하면서, 혹 서울 너희 집에 가지 않았느냐는 사연이과 함께, 만일 어머니가 서울 집에 없으면 외가로 가서 찾아본 뒤 곧장 부산으로 내려오라고 했어. 편지 문맥으로는 예사 가정에서 흔히 있을 수 있는 일일지 몰라도 그때 나는 마치 절벽에 떨어지는 느낌이었어. 이튿날 아침 서울역에서 외가로 가는 열차를 탔지. 외가에 도착하자 오후 두세 시 무렵이었는데 그때 외삼촌 내외가 마당에서 벼를 말리다가 갑자기 주중에 내가 도착하자 예사 때와는 달리 무척 놀라시더군. 그분들에게도 무슨 불길한 예감이 스치셨나 봐. 내가 어머니를 찾으러 왔다고 하였더니 외삼촌이 전후 사정을 듣고는, 네 어머니는 성격이 아주 곧기에 구질구질하게 목숨을

연명할 사람이 아니라고 하면서 그 자리에서 '네 엄마는 죽었다'
고 단정하더군. 그 길로 곧장 부산 집으로 내려갔더니 아버지는
두문불출하시고 동생들은 훌쩍이더군. 아버지의 얘기로는 어머
니가 집을 나가신 날, 사소한 문제로 다투고는 동생과 시장에 간
다고 하기에 그런 줄 알았더니, 나중에는 동생 혼자만 집에 돌아
오더래. 동생의 말로는 어머니가 시장을 본 뒤 사장바구니를 주
면서 먼저 집에 가라고 하면서 바람 좀 쐬고 뒤따라가겠다고 하
기에 별 의심 없이 집에 왔는데, 그게 생이별이 될 줄 몰랐다고
울먹였어. 어머니가 갈 만한 곳을 찾아다니며 수소문해 보았지만
가는 곳마다 꿩 구워 먹은 소식이었어. 경찰서에 가 혹이나 그
무렵에 발견한 변사자를 확인하였더니 그 무렵 발생한 행려 변
사자 사진을 보여 주는데 거기도 없었어. 방송국에 가서 사람 찾
는 방송을 부탁하니까 한 번은 거저 해 주는데 더 이상은 안 된
다고 하더군. 신문사에 갔더니 사람을 찾는다는 광고를 내라고
하더군, 신문 하단 광고란에 사람을 찾는다는 그 흔한 광고가 이
래서 내게 되는 줄도 알았지. 하지만 돈이 없어 돌아섰지. 그때
는 아버지도 돈이 없었어. 나는 광고비를 구하고자 다시 외가로
갔어. 그날 밤 사랑에서 외삼촌과 나는 저녁밥도 먹지 않고 불도
켜지 않은 채 혀를 깨물고 통곡만 했어. 이튿날 아침 떠나오는데
외삼촌 내외는 내가 몰랐던 이야기를 들려주더군. 어머니가 몇
차례 외가에 돈을 얻으러 오면서 동구 들머리 덤벙에 빠져죽고
싶었다는 말을 한 적이 있었다는 것을 외할머니가 살아계실 때

들었다는 거야. 그런 얘기를 하면서 신문에 광고 내는 헛돈 쓰지 말라고 딱 자르더군. 나는 뒤돌아보지 않고 눈물을 흘리면서 외가를 떠났어. 더 이상 어머니를 찾을 곳도 없는데다가 학교에 여러 날 빠질 수도 없어 그대로 서울로 돌아왔어. 그날 이후 40년이 된 오늘까지 어머니 행방을 모른 채 살고 있어.”

“그럴 수가. 그야말로 마른하늘의 벼락이었구나. 어머니가 집을 나간 까닭은 뭐였니?”

“글쎄, 어머니 심중의 말을 듣지 못해 적확하게는 모르겠어. 오남매를 두고서 집을 떠날 때는 당신 나름대로 그럴 만한 사연이 있었을 테지. 추측건대 가장 큰 요인은 아버지로부터 받은 모멸감이 가장 컸을 거야. 외할아버지는 매우 완고한 분으로, 여자가 배우면 못 쓴다고 어머니를 학교에 보내지 않았어. 어머니는 외할아버지 몰래 야학에만 조금 다녔을 뿐, 한글도 떠듬거릴 정도였어. 그런데 아버지는 전문학교까지 다녔고, 두 분 성격도 매우 달랐어. 아버지는 현실문제에 대단히 민감했고, 어머니는 현실문제에 둔감한 채 조용히 살고 싶었던 거야. 그런데 세상은 배운 사람이 조용하게 살 수 없는 격동의 세월이었지. 해방과 좌우익의 대립, 한국전쟁, 4·19, 5·16 이런 정변들이 우리 집안을 비켜가지 않았어. 아버지는 집안 종손에다가 2대 독자로 과보호로 자란데다가 가부장제 인습에 젖은 탓으로 어머니를 무시하는 독단적 면이 강했어. 해방 후 현실에 정면으로 맞서다가 살림을 다 날린 뒤부터는 어머니가 무식하고 무능하다고 원망하기 시작했어. 몇 차례 어머니를 앞세워 처가로부터 도움을 청했지만 매번 거절당하자 어머니는 더욱 힘들었을 거야. 그 무렵 외가는 외할 아버지 외할머니가 이미 고령으로 돌아가시고, 외삼촌조차도 이 미 집안 재정권을 아들에게 물려준 때요, 피땀으로 농사를 지어 이룬 살림을 한 뭉텅이 떼어 매부에게 줄 수가 없었나 봐. 어머 니는 오남매의 무거운 짐에다가 남편의 억지를 감내할 수 없어 순간적으로 극단적인 방법을 선택한 지도. 당신이 연기처럼 자취도 없이 사라지면 모든 게 해결될 거라고 단순하게 생각하셨나 봐.”

“그게 어리석고 나약한 인간의 한계야. 자식과 집안을 위해 좀더 참지 못한….”

“이런 일들이 우리 집, 나에게 일어날 줄은 전혀 생각지도 못 했어. 영화나 연극, 소설에 나오는 일이요, 남의 집에서만 일어나 는 일로 여겼지.”

“나도 그랬어. 지철이가 감히 내 어머니에게 칼부림을 할 줄이야.”

“이듬해 봄, 아버지가 불러 부산 집으로 내려갔더니 낯선 여 인에게 인사를 하라고 하더군. 새 어머니라고.”

“어머니 생사도 모른 채?”

“…….”

“그럴 수가….”

“그동안 살아오면서 아버지를 많이 원망했어. 아버지가 돌아 가실 때까지 부자 모두 서로 편치 않았어. 내 성격도 많이 닮혀

버렸어. 너와 우정이 단절된 것도….”

“이제야 조금은 이해가 된다. 사실 나도 집안일로 고뇌에 빠져 무척 허우적거렸거든. 몹쓸 병이 들고부터는 사람 만나기가 싫더라.”

“나도 그랬어. 다른 사람들이 위로하는 말조차도 싫었어.”

“그런데 수십 년 동안 어쩌면 그렇게 생사의 행방을 모를 수가 있니?”

“글쎄 말이야. 세상에는 내가 상상치도 못할 일도 많다는 걸 그때 체득하게 되었어. 마치 캄캄한 밤길을 가다가 맨홀에 빠진 것처럼. 언저리의 많은 사람들이 어머니가 이 세상사람 아니라고 해도 나는 믿을 수가 없어. 나는 아직도 어디에선가 어머니가 살아있다는, 다시 만날 수 있다는 그런 환상에 살고 있어.”

“그럴 테지. 자식으로 어머니의 주검을 보기 전에야 그럴 수밖에. 네 가슴에는 피멍이 들었겠구나.”

“40년 동안 단 하루라도 잊은 적은 없으니까 그럴지도.”

“네게도 그런 아픔이 있을 줄이야. 나는 네가 단지 가난 때문에 고통받는 줄로만 알았는데,”

“너랑 만날 때는 가난 때문에 그랬지. 지나고 보니 가난은 아무 것도 아니야. 가난은 일시적인 것으로 노력하면 얼마든지 벗어날 수 있어. 내가 대학교를 졸업하고 육군 장교로 복무한 뒤부터는 극심했던 가난의 굴레에서 헤어날 수 있었어. 하지만 곧 닥친 집안의 불행 늪에서는 벗어날 수가 없었어. ‘인간 세상이 고

해'라는 부처님의 말씀을 절감했어.”

“그런 아픔 속에서도 용케 살아왔다.”

“아마 문학의 힘이었어. 그게 없었다면 버티지 못했을 거야.”

“위대한 예술가 가운데는 가정적으로 불행한 이가 많지.”

“나야 그런 반열에 오를 수도 없지만, 내가 작품을 잘 쓰면 어머니를 만날 수 있다는 그런 바람이 있었어. 마치 대중적으로 성공한 가수가 어느 날 무대 뒤에서 어머니를 만난 것처럼 나도 그러고 싶었던 거야. 그런 바람이 아직도 붓을 들게 하는 힘일 거야.”

“그런 집념이 위대하다는 거지. 그런 게 없는 사람은 쉬이 포기하고 말 거야. 평범한 삶을 산 사람은 감동적인 작품을 쓰기가 어려워.”

“내가 처음 소설집을 냈을 때 무척 흥분했어. 출판사에서 신문 하단 광고란 전체에다가 내 사진을 싣고 책을 광고해 줄 때는 마치 내 꿈을 이룬 듯 가슴이 벅찼어. 메이저 신문에 두 번이나 광고가 나갔지만 어머니에게 연락은 없었어. 또 한 번은 ‘아버지는 언제나 너희들 편이다’라는 자녀교육에 관한 책을 펴냈는데, 출판사 측에서 책 표지에다가 내 사진을 싣겠다고 양해를 구하기에 나는 내심 쾌재를 부르며 승낙을 했지. 사실은 내가 감히 청할 수는 없는 일로 지극히 바라던 바였거든. 그 책의 반응이 괜찮으니까 출판사 측에서 서너 번이나 메이저 신문하단 전면에 광고를 내더군. 그때도 남 몰래 눈물을 흘리면서 얼마나 어머니의 소식을 기대했다고.”

“네 얘기를 듣는 나도 궁금하구나. 그래 소식이 있었니?”

“……”

“이 세상 사람이 아닌가 보다.”

“그렇게 생각이 들다가도 다시 새로운 집념이 생기는 거야. 우리 어머니는 신문을 잘 안 보기에 그럴 거라고. 어머니는 영화나 드라마를 좋아하셨는데 내 작품을 영화나 티브이 드라마로 만들든지, 내가 직접 티브이에 출연하고픈 욕망이 생기더군.”

“그래, 그랬니?”

“내 작품을 몇 몇 영화제작자와 티브이 제작자에게 부탁했지만 성공하지는 못했어. 그런데 티브이 출연은 전혀 엉뚱한 데서 이루어졌어. ‘TV는 사랑을 싣고’라는 프로에 학교 선생으로 주인공을 찾는 개그맨의 상대로 단역 출연했는데, 그 반응은 즉각적이고 전파력이 대단해서 많은 사람들에게 전화를 받았어. 하지만 정작 기다리는 전화는 끝내 없더군. 그 뒤로도 꾸준히, 심지어는 문광부 출판 담당자가 조현 씨 또 책을 냈다고 할 만큼 여러 권의 책을 냈지. 그럴 때마다 신문에 신간 안내나 서평이 나가고 티브이에서도 소개가 나가곤 했지. 하지만 그 정도로는 성이 차지 않더군. 그런데 지난해는 뜻밖에 사건이 터졌어.”

“사건이라니. 무슨?”

“몇 해 전, 중국대륙에 흩어진 항일유적지를 답사하고 쓴 책으로 한 항일 전문기자를 알게 되었지. 그 기자가 인터넷신문 편집국장으로 자리를 옮기면서 나에게 시민기자가 되기를 권유하더군. 그래 자의반 타의반 기자가 되었지."

"너 학교 다닐 때 학생 기자였잖니?"

"그랬지. 신문배달을 할 때도 나중에 기자가 되고픈 꿈도 가졌고. 그때의 꿈이 쉰 세대에 이루어졌다고 할까, 그래서 부지런히 취재하고 열심히 기사를 썼어. 마침 백범 선생 암살범을 추적했던 한 우국지사를 취재하는데 그분이 마지막 소원으로 여비가 마련되면 미국 국립문서기록보관청에 가서 그 당시 문서를 뒤져 보고 싶다는 얘기를 했어. 그 기사가 나가자 뜻밖에도 누리꾼들의 모금운동이 벌어졌어. 애초의 예상을 뛰어넘어 두 주일 만에 목표액 3천만 원이라는 모금액을 거뜬히 초과 4천여 만 원이나 쌓였어. 그래서 작년에 바로 이곳에 왔던 거야. 그러자 한 텔레비전방송국 피디가 카메라를 메고 이곳으로 날아와 일주일간 밀착 취재하고 돌아가 3·1절 특집프로로 '마지막 추적자'라는 다큐멘터리를 방송하였어. 그날 낮 시간과 밤 시간에 두 차례나 방영한 모양인데 그 프로그램 시청률이 대단했나 봐. 우리 일행은 그때 바로 이곳 아카이브에 체류하면서 검색작업을 계속하는 중이었는데 숱한 격려 메일을 받았고, 이미 마감한 계좌로 성금도 꽤많이 답지하였어. 귀국할 때도 기자회견도 하고…. 그 모든 게 신문이나 텔레비전으로 보도되었지만 내가 기다린 전화는 끝내 연결되지 않았어. 그 뒤 아카이브에서 발굴한 사진을 모아 한국전쟁 사진첩 〈지울 수 없는 이미지〉를 펴내자 전 매스컴에서 보도해 주고 각 방송국마다 불러줬어. 나는 원거리도 사양치 않고,

티브이나 라디오 가리지 않은 채 모두 달려갔지. 그 뒤로도 책을 펴낼 때마다 방송에서 불러주면 달려갔지만 끝내 전화벨은 울리지 않았어. 곁에서 지켜보던 아내는 나에게 그만 단념하라고 충고하더군. 이승에서 당신 어머니와 나의 인연은 이미 끊어진 거라고. 이 문제로 우리 부부는 상당히 심각한 갈등도 빚었어. 아내는 내가 아버지를 미워하면서 닮아간다고, 어머니의 가출 원인을 내면에서 찾으려 하지 않고, 밖에서 찾으려 한다고 내 행동들을 서슴지 않고 비판했어."

"곁에서 지켜보기가 안타까워 그랬을 테지. 네 정신을 온통 어머니 찾는 데에만 쏟으니까 가족들의 불만이 커질 수밖에."

"아무튼 나는 아내가 아버지를 닮아간다는 말이 가장 듣기 싫었어."

"왜 미워하면서 닮아간다는 말이 있잖니."

"그럴지도 모르지. 아버지는 나이가 들수록 당신의 삶에 후회하는 빛이 역력했어. 나중에는 지난 당신의 삶이 인생을, 세상을 너무 몰랐다는 무지의, 무명의 세월이었다고 많이 반성했어. 하지만 나는 그런 아버지는 진심으로 껴안지 않고 이 세상을 떠나보냈어."

"어머니에 대한 앙금이 가라앉지 않았기 때문일 테지."

"막상 두 분 다 내 곁을 떠나보낸 뒤 곰곰 생각해 보니까 잘못은 나에게도 있다는 걸 점차 깨닫기 시작했어. 내가 정말 괜찮은 자식이었다면, 어머니가 나에게 말 한 마디 없이 떠나셨을까

하는 죄의식에 사로잡히더군. 늘 못 배워서 열등감에 빠진 어머니를 자식이 변호하는 역할을 제대로 하지 못하고, 나도 모르는 게 어머니의 무능을 무시했을 거라는 생각도 들더군.”

“아마 지난 세대 한국여성 대다수가 받았던 고통이었을 거야.”

“우리 어머니는 결혼 전에도 결혼 후에도 남존여비의 천대를 받은 분이었어. 여자는 배우면 못 쓴다는 완고한 부모 밑에 자랐고, 결혼 뒤에는 못 배워서 무식하다고 남편에게 무시당했던 불쌍한 분이야. 거기다가 휘발유 냄새만 맡으면 머리가 아프다고 자동차를 타지 못하셨으니 당신도 불편했지만 다른 가족도 힘들었어. 거기다가 성격이 어찌나 여리고 보드라운지 남에게는 쌀 한 되 꿔 달라 못하는, 제 것 없으면 굶는 사람이었으니까 집안이 기운 뒤 아버지도 참 힘드셨어. 그런 분에게 아버지는 친정에 가 사업자금 좀 융통해 오라고 내몰았으니까 감히 맞서지를 못하고 덤벙에 빠지고 싶었을 테지.”

“사실 한국사회의 남존여비 사상이나 가부장적 봉건사상이 여성의 인권을 무참히 유린한 건 사실이야. 전근대적 사고방식으로 살다가 결국 나라조차 빼앗겼잖아. 서양에서는 양성 평등으로 여성도 사회발전에 한 몫을 담당하였는데 우리는 암탉이 울면 집안이 망하다는 뚱딴지같은 사고로 가정의 틀에 옭아매었으니 결국 국력이 뒤질 수밖에.”

“사실은 아버지는 자칭 진보주의자이면서도 그랬으니 할 말이 없는 거지. 당신 스스로 ‘사람 위에 사람 없고, 사람 밑에 사람 없다'고 주장하면서도 가장 가까운 당신 부인에게는 적용이 안 됐으니 진리나 양심에 대한 무지요, 무명한 탓일 거야. 나도 뒤늦게야 그런 사실을 깨닫고는 몹시 부끄러웠어. 무지한 사람이 산다는 것은 죄를 짓는 일이야. 그래 나의 업죄와 부족함을 알고는 수행의 길을 걷고자 출가를 결심하고 산문을 찾았지. 그런데 산문에서는 나이가 많아 세속의 때에 너무 절었다고 받아주지를 않았어. 내가 크게 낙담하니까 스님이 이런 말씀을 하더군. 출가에는 두 가지가 있는데 그 하나는 마음의 출가인 심출가(心出家)요, 몸의 출가인 신출가(身出家)라고. 그러면서 신출가보다 심출가가 더 중요하다며 나에게 심출가를 권했어. 먼저 이제까지 내가 가졌던 삶의 세계관과 생활 버르장머리를 확 뜯어고치라고 조언하더군. 앞으로 삶의 문제를 골똘히 생각하며 근원적으로 해결하는 길을 찾아보려고 해. 다행히 죽기 전에 깨우치면 내가 깨달은 진리를 글로 남겨 무명의 사람을 깨우치고 싶은데 아마 이것도 아마 내 욕심이 아닐는지."

"그런 욕심은 가질수록 좋아. 아무튼 너의 결론이 나를 기쁘게 하는구나. 네가 삶의 문제를 근원적으로 깨우쳐 무지한 사람들을 깨우친다면 그보다 보람된 삶이 어디 있겠니. 나는 예수님을 믿었지만 사실 모든 종교가 지향하는 삶의 근원문제는 같다고 생각해. 다만 그 방법과 해석이 조금 다를 뿐일 거야. 모든 걸 다 얘기한 네 표정이 이제는 한결 밝아 보이는구나. 어때 좀 시원하지."

“그런 것 같아. 아직 얘기 다 끝나지 않았는데도.”

“그게 신원이라는 거야. 왜 옛날사람들이 무당을 데려다가 굿을 하잖아. 그게 다 신원의 효과였어.”

“하지만 한편으로는 찝찝해. 아버지의 허물을 비판하였기에.”

“너 아직도 유교적인 관습에서 벗어나지 못했구나. 그것을 뛰어넘어야 발전이 있을 거야. 아버지의 허물을 말하지 않는 게 그간의 윤리관이라 거기에서 벗어나지 못한 게 우리나라 가정이 민주적으로 발전하지 못한 거야. 더 이상 얘기하지 않아도 미루어 짐작이 간다. 너는 작가니까 못다 한 얘기는 작품으로 써라.”

“충고 고마워.”

“네가 서울을 떠나 강원 산골로 간 이유도 알 만하구나. 이제는 시골로 갔으니 글만 쓰면서 편히 살아라.”

“글쎄다. 마음대로 되지 않는 게 인생인데 미리 앞날을 말할 수가 없구나.”

“왜 시골생활도 힘드니?”

“시골생활이 힘들다기보다 나 자신과 건강, 그리고 언저리 여건들 때문이지. 시골은 도시보다는 사람의 일로 덜 부딪히지만, 살아있는 동안은 벗어날 수 없는 게 세상일일 거야. 자식노릇도 힘들지만, 부모 노릇, 남편 노릇은 더 힘들어. 그래서 앞으로는 마음을 더 많이 비우고 살려고 해. ‘글만 쓰면서 편히 살아라’고 했는데, 글이 그렇게 편히 써지지 않아.”

“내가 몰라서 그랬다. 하기는 글이 쉬 써지면 좋은 작품이 될

수가 없지."

"아직도 연습만 하고 있는 걸."

"그런 자세가 바람직해. 그래, 그동안 결혼생활을 어땠니?"

"나에게는 쉬운 일이 하나도 없더라. 요즘 한국에서도 부부 간에 이혼이 부쩍 늘어나고 있어. 심지어는 퇴직 후 황혼 이혼까지. 다행히 우리 부부는 이제까지는 티격태격하면서도 잘 견뎌왔지만 앞으로 어떨지는 솔직히 장담할 수 없구나. 집안을 꾸려가는 일이 사회생활보다 더 힘들어. 프랑스의 어떤 황제가 시골길을 가다가 먼지 쌓인 모자를 쓰고 일하는 다정한 부부를 보고는 '그대의 먼지 쌓인 모자가 나의 이 왕관보다 더 값지다'고 하였대. 원만하고 단란한 가정이 참 힘든 것 같아."

"그래 맞아. 사실 나도 가정을 꾸려갈 자신과 용기가 없었기에 끝내 혼자 살았던 거야. 그리고 누군가는 우리 가족들의 죄를 참회해야 한다는 생각, 그리고 인간의 원죄 의식도 작용했고."

"참회하면서 혼자 산 이 세상에서의 네 모습이 아름답다. 너야 말로 이 세상에서 삶이 수도생활이었구나."

"얜, 남자가 늙도록 혼자 사는 건 궁상맞지 뭐가 아름다워. 성직자로 산다면 몰라도. 만일 다시 태어난다면 신부나 스님이 되고 싶어."

"그래 우리 다시 태어나면 너는 신부님이 되고 나는 스님이 되어 때때로 삶의 근원문제를 토론하자."

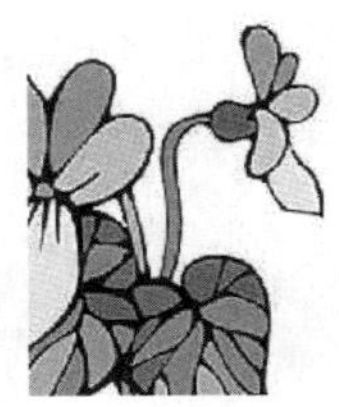

32. 러브스토리

"새벽 3시가 넘었네. 곧 날이 밝아지겠다."

"벌써? 우리 여기서 헤어지기 전 한 가지만 더 얘기해 줘. 너 여기까지 찾아온 숙자 씨를 그대로 돌려보낸 건 너무 심하지 않았니?"

"그때 난 그럴 수밖에 없었어. 솔직히 그때는 경제적으로도 매우 힘들었어. 누나가 매부와 결혼한 후 별거중이었는데, 어린 조카가 심장병을 앓고 있었어. 그 때는 의료보험도 안 될 때였잖아. 누나가 국제전화에다 어린 조카를 살려달라고 울부짖는 데 거절할 수가 있어야지. 조금 모아둔 돈은 물론 친구들에게 빌려서까지 보내줬어. 나중에 알고 보니 어머니도 누나를 돌봐 주느라고 알량한 재산 모두 다 날리고 빚까지 상당히 졌더라. 아무튼 그 누나 때문에 집안이 더욱 기울어졌어. 결혼도 가족들의 반대를 무릅쓰고 하더니…. 누나는 어머니가 돌아가실 때까지 애물단지였어. 그런 소용돌이 속에 정말 나는 결혼할 용기가 나지 않더라. 결혼하면 내 가정에도 뭔가 불길한 일이 일어날 것 같은 불안감에 휩싸였어. 그래서 그때 그를 돌려보내는 게 진정으로 그를 사랑하는 길이라고 생각했지. 사실 나도 그를 돌려보낸 뒤 얼마나 후회했는지…. 그를 다시 부르려고 한동안 수화기를 매일 밤마다 들었다가 놓곤 하였지. 지금도 그를 돌려보낸 게 잘 했다는 생각과 잘못했다는 생각이 반반이야.”

“숙자 씨와 지난 러브스토리를 들려줄 수 없니?”

“새삼스럽게….”

“그 얘기를 듣고 싶어.”

“너는 잘 알 테지만 숙자와 나는 시내버스에서 서로 처음 만났잖아. 아마 그때가 중2 때로 그도 여중 2학년이었어. 내가 143번 상도동 종점에서 맨 뒤 구석진 자리에 앉아 장승배기 고개를 오를 때면 숙자는 무거운 가방을 들고서 버스에 올랐지. 그가 내 자리로 올 때면 가방도 받아주기도 하고 자리를 양보해주기도 하였어. 나도 그도 동계 고등학교에 입학하였기에 고등학생이 된 뒤에도 우리는 자주 만날 수 있었어. 그러다가 고1 때 어느 날 그에게 치근대는 한 녀석의 멱살을 잡고 혼 내준 뒤부터 무척 가깝게 됐지. 고2 가을, 어느 날 하교길에 나는 그가 내리는 장승배기 정류장에서 따라내려 뒤꽁무니를 따랐어. 나는 그날 그의 어머니를 만나서 남자친구로 인정받고 싶었어. 그런데 그는 나의 그런 낌새를 눈치 채고는 집에서 알면 큰일 난다고 한사코 돌아가기를 요구했지만 남자가 칼을 뽑은 이상 그대로 집어넣을 수 없다는 오기로 끝까지 추적했던 거야. 그랬더니 그가 도망도 가고 남의 집에 들어가기도 하더니, 나중에는 경찰서에 들어가기도 했어.”

“그래서 포기했니?”

“아니, 정문 앞에서 기다렸어. 한 10분 기다리자 나타나더라고. 그는 그제야 포기하고는 집으로 들어가더니 대문을 ‘쾅’ 닫고는 빗장을 지르더라고. 나는 대문 앞에서 또 무작정 기다렸어. 한 시간은 더 기다렸을 거야.”

“그래서.”

“이윽고 대문이 열리더니 그의 어머니가 미소로서 반겼어. 대청마루로 올라가자 다과상을 내놓더군. 나는 용기백배하여 숙자 씨를 좋아한다고 말했더니, 활짝 웃으시며 당신 딸을 예뻐해 줘 고맙다는 말과 이미 딸에게 아침저녁 버스에서 이따금 마주친다는 얘기도 들었다고 했어. 그래서 내가 심호흡을 한 뒤 앞으로 서로 사귈 수 있게 허락해 달라고 무릎을 꿇고 청했지.”

“그랬더니?”

“안 된다는 거야. 지금은 서로 공부해야 될 때라고.”

“그래서 물러났니?”

“그렇게 쉽게 물러나려면 애초부터 쫓아가지를 않았지. 그래서 바로 그 말씀을 들으려고 왔다고 능청을 떨고는, 대학생이 된 뒤에 다시 찾아오겠다고 넙죽이 큰절을 하고 물러났지.”

“그래 대학 입학 후 다시 찾아갔니?”

“그럼, 마침 숙자도 미대에 합격했다는 얘기를 듣고 곧장 대문을 두드렸지. 그날은 어머니가 반겨 맞아 주시더군. 그날 이후부터 연인 사이가 된 거지. 주말 스케치 갈 때는 매번 같이 간 뒤 그림보다 이야기를 더 많이 하기도 했어.”

“첫 키스는 언제 했니?”

“그건 말할 수 없어.”

“왜?”

“그는 여태 살아 있잖아. 사회적인 지위도 있을 테고.”

“괜찮아. 이제는 할머니일 텐데.”

“그래도 남편이 알면 기분 나쁘잖아.”

“나만 알고 있을게.”

“세상의 비밀은 ‘나만 알고 있을게’라는 말 때문에 더 빨리 번져나가.”

“애, 친구끼리 그런 얘기도 안 하고 뭔 얘기를 하니?”

“아마 대학교 1학년 제비꽃 필 무렵이었을 거야. 그가 송추 계곡으로 야외스케치를 간다기에 따라 갔지. 그가 스케치하는데 나는 잔디밭을 뒹굴었지. 그런데 잔디밭 한 편에 제비꽃이 활짝 핀 게 보였지. 보랏빛 제비꽃이 어찌나 예쁜지. 그때부터 숙자 씨를 제비꽃으로 비유했지. 그런 나를 숙자 씨도 좋아하더라. 아 마 그날 거기서 첫 키스를 했을 거야.”

“그런 사연이 있었군. 그래서 넌 유독 제비꽃을 좋아했 나 보지.”

“그런 셈이야. 그 뒤 제비꽃 꽃말도 찾아보니까 좋더라구. ‘성실’ ‘겸손’, 특히 보랏빛 제비꽃은 ‘진실한 사랑’ ‘나를 생각해 주세요’ ‘당신만을 사랑하리’ 등 좋은 말은 다 들어 있더군. 보랏빛 제비꽃이 아주 요염하고 예쁘거든. 그때 내 눈에 비친 숙자 씨가 그랬어.”

“아무튼 아름다운 이야기다. 그래서 이 목사에게 허드슨 강 언덕 소나무 그루터기 옆 제비꽃이 핀 곳에다가 유해를 뿌려달라는 유언을 남겼군.”

“그랬어. 그는 나에게 제비꽃이었어.”

“서울에 돌아간 뒤 숙자 씨를 만나면 제비꽃 이야기를 해야겠다.”

“그가 아직 그것을 기억할까?”

“그에게도 첫사랑일 텐데 잊을 리야.”

지수는 대학 2학년을 마치고 군에 입대하였다. 애초에는 학훈단 장교나 공군 학사장교로 입대하려고 하였지만, 그 무렵 동생 지철이가 말썽을 부리고 갓 결혼한 누이마저 가정 분란을 일으켰다. 그는 그런 집안 분위기가 무척 싫어 도피하다시피 재학 중 군에 입대하였다. 손을 써 카투사로 가려다가 내버려뒀더니 중부전선 최전방부대 소총수가 되었다. 그는 밤마다 철책선에서 잠복근무를 하는 고달픈 생활을 하는데, 같은 근무조인 분대장 김 하사가 걸핏하면 호모로 괴롭혔다.

어느 날 밤 경계근무를 서고 있는데 분대장 김 하사가 치근거려 참다못한 지수는 김 하사를 흠씬 두들겨준 뒤, 겁이 나서 초소에서 탈영을 했다. 서울로 가는 길에 검문소에서 붙들렸다.

상관폭행죄 및 근무지 이탈죄로 사단영창에 유치되었다. 지수는 숙자 생일에 맞춰 첫 휴가를 받아놓고 기다리던 중, 그런 불상사가 났다. 숙자는 기다리던 지수가 오지 않자 불길한 예감에 전방부대로 면회를 갔다. 그제야 지수가 사단 영창에 유치된 걸 알았다. 숙자는 사건의 전말을 전해 듣고는 백방으로 탄원을 하여 다행히 지수는 실형을 받지 않고 영창생활 15일 만에 풀려났다. 지수는 사단 영창에서 풀려난 뒤 다른 부대로 전출명령을 받고 다시 배치된 곳은 동부 전선 전방부대 향로봉 아래 아무개 여단 행정병 보직을 받았다.

그가 보직을 받은 지 한 달 후, 숙자가 지수의 부대로 면회를 갔다. 그 부대는 고성 진부령 너머에 있었다. 그날은 크리스마스를 앞둔 날로 함박눈이 펑펑 쏟아졌다. 숙자는 면회를 마치고 돌아가려는데, 서울로 돌아가는 버스가 폭설로 끊어져 버렸다. 지수는 숙자가 돌아가지 못한 사정을 중대장에게 말하자 그는 싱긋 웃으며 특별 외박을 허락해 주었다. 단 부대 경계지역을 벗어나지 않는 조건으로. 갑자기 폭설이 내린 탓으로 차가 다닐 수 없어 그들은 멀리 갈 수도 없었다. 그들이 묵을 집은 진부리 산골 너와집으로 전기 불도 들어오지 않았다. 지수 동료들은 양초를 선물했다. 진부리 이장 댁인 너와집 건넌방이 그들의 화촉동방이었다. 그 방 윗목에는 추수한 곡식들이 차곡차곡 쌓였고, 벽에는 낡은 사진틀에 퇴색된 사진들이 촘촘히 배열되어 걸려 있었다. 아궁이에서는 장작불이 탔다. 연기가 장판지 틈으로 새어

나와서 코가 매캐했다.

"오늘 귀한 손님이 오신 것 같아 새로 꾸민 거라오."

이장 부인이 이불호청에 풀 먹인 냄새가 물씬 나는 이불을 가지고 왔다. 밖에는 계속 함박눈이 소록소록 내렸다.

"산골이라 먹을 건 이것밖에 없다오."

이장 부인은 구운 감자를 담은 바가지를 방안으로 들여보냈다. 지수와 숙자는 촛불을 가운데 두고 마주앉아 구운 감자의 껍질을 벗겨 서로의 입에 넣어주었다.

"무서워?"

숙자는 대답 대신 고개를 흔들었다. 문틈으로 들어오는 바람에 촛불이 너울거렸다. 지수는 숙자를 꼭 껴안았다. 그는 착한 암사슴처럼 눈을 감았다. 그들은 촛불이 저절로 꺼질 때까지 아무 말 없이 쌔근거리면서 서로의 입술을 더듬었다. 불이 꺼졌다. 지수와 숙자는 소꿉놀이를 하는 소년 소녀처럼 손을 잡고 멧부리도 오르고, 솔밭도 헤매다가 덤벙에서 서툴게 자맥질도 하면서 긴 겨울밤을 지켰다. 새벽닭이 울 때까지.

"중2 때 처음 만나 대학졸업 후까지 만났으니 10년 넘게 사귄 거 아냐?"

"내가 한국을 떠날 때까지 정확히 14년 11개월이야."

"사연도 많았겠구나."

"세월만큼이나."

"사랑은 자기를 버리는 거라는데, 숙자 씨 편에서는 네 절교 사연을 이제라도 알면 얼마나 섭섭하겠어?"

"그래서 네가 만나 내 대신 사죄해 달라고 부탁드렸잖니. 다시 한 번 더 부탁하는데 이번에 귀국하면 그를 찾아 내 말을 꼭 전해 줘."

"알았어. 꼭 만나서 네 말 전할게. 그런데, 너 섹스하고 싶어 독신으로 어떻게 살았니?"

"그게 그렇게 궁금해."

"친구끼리니까."

"우리 고등학교 때 생물 선생님이 라마르크의 '용불용설'을 가르쳐 준 거 기억하니?"

"응, 이두원 생물 선생님한테 배운 기억이 나. 개체에서 자주 사용하는 기관은 발달하고, 반대로 그다지 사용되지 않는 기관은 차츰 퇴화한다는 거지."

"섹스도 마찬가지 같아. 우리 속담에도 '고기도 먹어 본 사람이 많이 먹는다'는 말이 있잖아. 섹스는 쾌락도 주지만 화근도 주지."

"하기는 섹스 욕구가 종족 번식과 화목한 가정을 이루는 근본 요인이기도 하지만, 이 세상의 모든 부조리와 재앙의 원인 제공도 하지. 어느 책에 한 스님의 말씀으로 이런 구절도 있더군. '차라리 남근(男根)을 독사의 입에 넣을지언정, 여자의 자궁에 넣지 말라'고. 특히 정당치 않은 남녀 교접은 나중에 화근의 원인이 되는 경우가 십상이야. 내가 군사교육을 받을 때 군법시간 교관은 군법 내용은 교재를 읽어보라고 한 뒤, 섹스 욕구 처리 문제만 강의했어. 그 교관 지론은 부부간 섹스가 아니면, 첫째 '반드시 정당한 대가를 지불하라', 둘째 '반드시 장화를 착용하라'였어. 공짜 좋아하다가는 된통 '피박' 쓴다고, 실례를 들어가면서 누누이 강조했어. 그러면서 공짜로 재미보다가 된통 피박 쓴 예로 '하룻밤을 자도 만리장성을 쌓는다'는 속담의 유래를 이야기하더군."

"그 얘기 재미있겠다. 어서 해 봐."

"알았다. 옛날 중국 진시황제 때, 신혼의 단꿈에 젖은 부부에게 나라에서 만리장성 쌓는 부역령이 내려 그만 남편이 일꾼으로 잡혀갔대. 일 년을 기다려도 남편이 돌아오지 않았대. 기다림에 지친 새댁이 남편을 찾아 공사현장에 갔지만 공사감독은 면회를 허락지 않았다더군. 그런데 새댁의 미모가 뛰어났나 봐. 거기에 홀린 공사감독이 자기와 하룻밤 동침해 주면 그 대가로 면회를 시켜주겠다고 했대. 새댁은 그 제의를 받아들여 공사감독을 하룻밤 정성껏 모셨나 봐. 그러자 공사감독은 매우 흡족해 하면서 약속대로 남편을 면회시켜 주더래. 이튿날 밤, 공사감독 복장을 하고 몰래 나타난 남편을 만나 한밤중에 두 사람은 몰래 그곳을 탈출해 버렸나 봐. 이튿날 끝내 새댁의 남편이 나타나지 않자 공사감독은 하룻밤 잠잔 대가로 그만 자기가 대신 평생 만리장성을 쌓았대."

"그 친구 강의 일리 있구먼. 공짜라고 덥석 주워 먹지 말고 그때그때 정당한 대가를 치르거나 장화를 신었다면, 우리 집과 같은 비극은 없었을 테지. 아버지의 무지로 봐야 할지, 야만으로 해석해야 할지."

"대개 수컷들은 앞뒤 가리지 않고 일을 벌이는 게 동물의 세계일 거야. 그러다가 목숨까지 잃는 경우도 많지. 세상의 분쟁이나 비극은 대부분 이성 문제와 먹이 때문일 거야."

"그 말 맞아. 우리 집이 몰락한 것도…. 아버지가 한창 바람을 피울 때는 피임 방법이나 장화 같은 콘돔 피임기구가 일반적으로 보급되지 않았을 테고, 사회적인 분위기도 잘 나가는 남자들이 시앗 두는 걸 아주 당연시했으니까."

"너 그동안 금욕생활 힘들지 않았어?"

"그냥 혼자 지내면 그런대로 지낼 수 있어. 한때는 힘들었지만… 미국이나 유럽에서는 독신주의자들만이 사는 방법도 있고. 거리마다 집집마다 널려있는 게 여자 아니니. 유럽이나 미국에서는 남녀 간의 매너가 아주 좋아. 더 이상의 이야기는 프라이버시니까 네 마음대로 상상해."

"형이하학적인 얘기를 하여 미안해."

"친구간에 무슨 소리야. 사람은 때로는 형이상학적이기도, 형이하학적이기도 한 거야. 그 둘이 병행하는 게 사람다울 거야. 그나저나 네가 오늘 떠난다고 하니까 내 마음이 벌써 울적해지는구나. '서러운 임을 보내드리니 가자마자 곧 돌아서 오소서'라는 노래가 있지.”

“‘가시리’를 말하는군. 알았어. 이번에 펴낼 사진집이 반응이 좋으면 메릴랜드 주 아카이브에 다시 오게 될 거야. 그때 다시 뉴욕 허드슨 강변을 찾을 게.”

“내가 너 잘 되기를 빌어야겠다. 그래야 뉴욕에서 다시 만날 테니까.”

“고맙다. 정말 너는 언제나 나를 감싸주고 도와주는 진정한 친구야. 너에게 내 마음속에 맺힌 것 훌훌 털고 가니까 어쩐지 마음도 가볍다. 오래 됐지만 조금도 변치 않은 네 우정을 확인하고 떠나게 되어 정말 이번 여행이 보람 있구나.”

“나도 그래. 마음에 맺힌 걸 네게 모두 털어놓으니까 기분이 아주 상쾌해. 잘 가 설송! 현아!”

“잘 있어. 운성! 지수야”

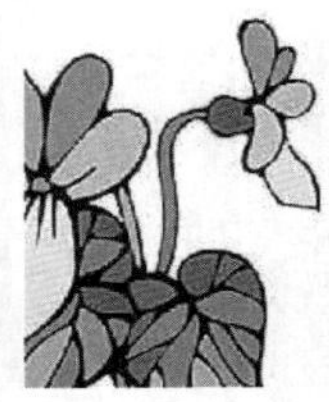

33. 브로드웨이 32번가

　현이 새벽녘에 잠이 들면서 늦잠을 자기로 작정했다. 하지만 눈을 뜨자 여느 날과 다름없이 6시 30분이었다. 커튼을 젖히자 눈이 내리고 있었다. 서울에서 본 눈과 똑 같았다. 엊그제 내린 눈이 다 녹지 않았는데 그 위에 내렸다. 세면을 한 뒤 구내식당으로 가서 아침을 들었다. 예삿날처럼 우유 한 잔에 빵 두 조각을 먹었다. 박유종이 10시에 오기로 약속하였기에 시간이 많았다. 그래서 현은 다른 날보다 더 먼 곳까지 산책했다. 그리고는 숙소로 돌아와 인터넷을 연결하여 이번 여행에 신세진 몇 곳에다가 출국인사 겸 귀국 인사를 한 뒤, 남은 시간 미처 정리하지 못한 사진에 설명을 달았다.

　9시 30분, 박유종이 예정보다 일찍 와서 숙소에 체크아웃을 한 뒤 짐을 차에 실었다. 아침에 필라델피아에 사는 제자가 뉴욕 가는 길에 꼭 자기 집에 들러 가라고 전화가 왔지만, 현은 곧장 워싱턴 DC에서 뉴욕으로 직행하는 고속버스를 타기로 하였다고 사양했다. '떠나는 손님의 뒷모습이 아름답다'는 말도 있듯이, 지난번에 만나서 회포를 풀었으면 됐지 모두들 바쁘게 사는 미국에서 다시 만나는 일은 그에게 부담을 주기 때문이었다. 이철우 목사와 김윤호 친구도 뉴욕 케네디 공항에서 탑승 수속을 마친 뒤 출국인사를 전화로 하기로 마음을 굳혔다. 뉴욕까지는 이수영이 주고 간 고속버스표를 이용키로 하였다.

출발시간까지 다소 여유가 있었다. 마침 딸이 메일로 서점에 가는 기회가 있으면 자기 전공인 영화 관련 책을 사주면 좋겠다고 하기에, 박유종에게 부탁하였더니 큰 마트에 데려다주었다. 서점에서 영화 관련 책을 산 뒤 기왕이면 딸에게 옷도 한 점 사주려고 옷가게에 들르자 거의 대부분 중국제 아니면 태국제 등 동남아제품이었다. 굳이 미국에 와서 다른 나라 제품을 살 필요가 없을 것 같아 선물용 초콜릿만 한 봉지 산 뒤 정류장으로 갔다.

워싱턴 DC에서 12시 40분에 출발하는 뉴욕 행 버스에 올랐다. 현이 버스에 오르자 박유종은 뉴욕의 토마스 정 택시기사에게 전화를 걸었다. 그는 6시 정각에 버스 도착지점인 미드타운 브로드웨이 32번가 신문가판대 옆에서 기다리겠다고 하였다. 영어도 서툰 강원도 산골 사람이 뉴욕 워싱턴을 누비고 다니는 것은 순전히 여러 동포들의 도움 덕분이었다.

워싱턴을 출발한 고속버스는 볼티모어에 잠깐 들른 뒤 계속 북으로 달렸다. 지난번 뉴욕에서 워싱턴으로 내려올 때는 고속도로 언저리 나무들이 앙상하여 썰렁했는데 이번 길은 그새 눈으로 뒤덮여 햇빛에 눈이 부셨다. 차창을 바라보며 이런저런 생각

도 하면서 잠깐 잠깐 눈을 붙이는 새, 짧은 겨울 해가 지고 버스
는 길이 막히는 뉴욕시가지에 접어들었다.

중국인 기사는 육중한 버스를 아주 자유자재로 몰면서 퇴근
시간으로 복잡한 맨해튼 시가지를 미꾸라지처럼 잘도 헤집고 들
어갔다. 그는 예정시간보다 30분 빠른 5시 30분에 미드타운 브
로드웨이 32번가 신문가판대 옆에 내려주었다.

현은 짐도 있는데다가 손 전화도 없기에 토마스 정에게 공중
전화를 하지 못하고 약속시간까지 길에서 마냥 기다렸다. 언저리
를 두리번거리니 미드타운 도로변에도 한글 간판이 심심찮게 보
였다. 코스모스 백화점도, 서울부동산도 보였다. 간판뿐 아니라
지나가는 사람들을 살펴보니까 열 사람에 한두 사람 꼴은 동양
계로 그 가운데는 한국 사람도 꽤 많을 듯했다. 미국 전역에는
200여 만 명의 한인 동포가, 뉴욕에도 20만 명 가까운 동포가
살고 있다는데 실제 거주자는 이보다 훨씬 많다고 한다.

이제 미국은 먼 나라도, 미국인만의 나라도 아닌 느낌이었다.
시간이 흐를수록 브로드웨이 32번가는 사람들로 더욱 붐볐다.
사람 피부색도 옷차림도 천차만별이었다. 모두들 바쁘게 움직였
다. 인파가 거대한 강물처럼 흘러갔다. 한국의 산골 촌놈이 뉴욕
브로드웨이 한복판에서 지나치는 사람의 물결을 살피는데 링컨
타운카가 멎었다.

"안녕하세요. 조 선생님이시죠?"

"네, 그렇습니다."

"저는 토마스 정입니다. 어서 타세요."

택시기사가 내려 트렁크를 열어 가방을 넣고는 얼른 운전석
으로 돌아왔다.

"여기는 주차금지구역입니다."

현이 재빨리 차에 오르자 그는 급히 출발했다.

"어디로 모실까요?"

"케네디 공항으로 갑시다."

"조금 전에도 이 박사한테 전화가 왔어요. 자기는 로스앤젤
레스에 있다고 하면서 한국에서 오신 손님 잘 모시라고."

"이 박사와는 어떤 사이입니까?"

"한때 동지였습니다. 이 박사도 한때 택시를 몰았지요. 한국
식으로 말하자면 한솥밥을 먹은 운동권 동지이기도 했고요. 한국
의 군정종식 모임이나 반독재 규탄 모임이 있을 때마다 늘 함께
했던…. 한국에 문민정부가 들어선 뒤부터는 그 모임이 다소 느
슨해졌지요."

"재미있군요."

"그럼요, 이곳 뉴욕에도 한국에 있을 건 다 있습니다. 38선
까지도…."

"네? 38선이라니요."

"한국과 같은 눈에 보이는 DMZ는 없지만, 동포들 마음속에
는 38선이 있어요. 그것도 요즘은 많이 완화됐지만. 아마 수구골
통들은 한국보다 이곳 뉴욕이 훨씬 더 많을 겁니다. 1950년대

미국에 건너온 사람은 아직도 50년대식 사고로 살고 있고, 1960년대 건너온 사람은 여태 60년대식으로 살고 있어요. 한국에서 산 사람은 민주화 과정에 따라 사고도 많이 변했지만 이곳 동포들 중에는 조금도 변하지 않은 사람이 많아요. 이곳 동포 가운데는 아직도 '북진통일'을 주장하는 이도 있어요. 그들의 의식은 미국으로 건너온 그 시간에 머물고 있지요."

"저도 연전에 중국 연변조선족자치주에 갔더니 그곳이 우리 고유의 민속을 더 잘 지키고 있더군요. 심지어 사투리까지도 원형 그대로예요. 연변 조선족 자치주는 함경도 평안도 말씨가, 하얼빈 부근에는 경상도 사투리가 원형 그대로 우리나라에서보다 더 정확히 쓰이고 있는 데 놀랐습니다."

"몸은 비록 떠나왔지만 의식은 그 시절에 머물고 있기 때문일 겁니다. 이 박사가 손님은 한국에서 온 브이아이피라고 하던데요?"

"브이아이피라니요, 무슨, 그저 글줄이나 쓰면서 삽니다."

"이곳 서구에서는 글 쓰는 분이나 그림 그리는 분이 바로 브이아이피입니다. 문화선진국일수록 예술가들을 더 우대하지요. 저도 한국에서는 한때 기자였습니다. 신군부 녀석들이 정권을 잡은 뒤부터는 날마다 기사를 쓴 뒤 걔네들에게 검열 받는 게 어찌나 모욕적이었던지 맨 정신으로 살 수가 없었습니다. 그렇다고 대학 때처럼 투쟁할 용기도 없었고요. 그래서 몇몇 동료들과 날마다 술독에 빠져 살았지요. 그랬더니 몸도 마음도 배겨낼 수가 없었습니다. 도저히 견딜 수 없어 가방 하나 달랑 들고 미국 행 비행기를 탔지요."

"그러셨군요. 고생이 많았겠습니다."

"그럼요, 이곳에 와서 안 해본 일이 없습니다. 생활에 기반을 잡고서는 차차 가족들도 다 불러들였지요. 갖은 고생 다하여 미국에 온 지 십여 년 만에 사업체 하나 장만해서 겨우 자리잡아 먹고살 만하니까 그만 가정이 결딴나더라고요. 생활에 여유를 찾게 되자 와이프가 달라지더군요. 미국화가 된 거죠. 저는 그러질 못하고. 아내의 이혼 요구를 들어주고 창피한 나머지 저만 한국으로 돌아갔지요. 한국은 그새 민주화가 됐다고 하지만 별로 세상이 바뀌지 않았더군요. 언론계조차도 군사독재시절 목에 힘주던 친구들이 더 윗자리를 차지하고요. 먹고 살기 위해 다단계 상품 판매원, 보험 모집인, 학원 강사, 그리고 밤에는 술집손님 대리운전까지도 했습니다."

"왜 다시 미국에 오셨습니까?"

"한국사회에서는 여전히 직업에 대한 차별이 심해요. 미국에서는 무슨 일을 하든 조금도 흉이 아닌데…. 그래도 막벌어 먹기에는 이십 년 가까이 몸담았던 미국이 낫더군요. 지금 생각해 보니 조금 부족할 때가 행복했던 것 같습니다. 미국에 온 뒤 와이프와 함께 세탁소를 차려 다리미질하며 저녁에 그날 번 돈을 셈할 때가."

"대체로 사람들은 배가 부르면 교만해 지나 봅니다."

"그런 것 같습니다. 그게 어리석은 인간의 한계 같습니다. 이렇게라도 제 하소연을 손님에게 하고 나니 마음이 좀 후련합니다. 한국을 다시 떠나올 때는 그쪽으로는 눈도 안 돌린다고 그랬는데 그게 아니더군요. 세월이 흐르고 나이가 들수록 점점 더 그리워지는 거 있죠. 그걸 향수병이라고 해야 하나."

"여우도 죽을 때는 머리를 고향 쪽으로 둔다고 하지 않습니까?"

"그 말이 맞습니다. 택시를 몰다보면, 한국 손님도 이따금 만나는데 그때마다 얼마나 반가운지 몰라요. 그리고 요즘은 뉴욕 거리에도 날이 갈수록 한국산 자동차가 차츰 늘어나고 있는 걸 제 눈으로 보고 있어요. 자동차 뒤에 붙은 한국산 로고를 볼 때마다 뿌듯해지더라고요. 선생님은 아시겠습니다. 왜 1960년대까지만 해도 드럼통을 망치로 두들겨서 버스 만들고, 지프차에 덮개 씌워 시발택시 만들었지요."

"그럼요, 미군들이 버린 깡통 주워 그걸 펴서 판잣집 지붕도 씌웠지요."

"그런 우리나라가 이제는 자동차를 만들어 자동차 종주국 미국에다 되팔고 깡통 펴던 솜씨로 컴퓨터를 만들어 미국 공항 출입국 심사대에까지 올려놓고 있어요. 브로드웨이 번화가 가장 비싼 전광판 광고에 한국 전자제품 선전이 번쩍거리는 것을 볼 때는 아주 신이 나지요. 그러다가 한국사회에 아직도 전근대적인 부정부패 비리 정치인 뉴스가 나오면 피가 거꾸로 흘러요. 미국 사회는 나쁜 점도 많지만 그래도 이 사회에는 사람들이 법과 질서를 지키며 정의감이 살아 있어요."

"핸들을 잡고 있으면 세상 돌아가는 걸 잘 알 수 있겠습니다."

"그럼요, 서울에서도 그렇지만, 이곳 뉴욕에서도 바삭하지요. 한국에서 별별 사람들이 다 입국해요. 무일푼으로 일확천금을 꿈꾸며 오는 사람, 한국에서 한 탕하다가 쫓겨서 도망 오는 사람, 한국정치체제에 반기를 들다가 도망 오는 사람, 그 반대로 정권이 바뀌자 그동안 부정 축재한 돈 보따리 싸들고 피신해 오는 사람, 저마다 사연이 다 있는데 대체로 뭔가 한두 가지가 부족하거나 구린 사람이 꽤 있어요. 초기에는 아메리카 드림을 꿈꾸고 오는 이들이 많았는데, 그 뒤로는 자녀교육 때문에 오는 이가 많았어요. 한국에서 대학에 갈 실력이 없자 미국으로 오는 골 빈 애들이 많았는데 도대체 말도 안 되는 이야기지요. 여기서 어학연수만 받고 돌아간 뒤에는 무슨 학위를 받았다고 뻥치는 이들도 숱하지요. 그들의 꼴불견은 이루 말할 수 없어요. 한국이 외환위기를 맞은 원인 가운데 하나도 그들의 무분별한 해외유학이 한몫했을 겁니다."

토마스 정은 그동안 가슴속에 담긴 말을 털어놓지를 못해 답답하다가 자기 말에 귀를 기울여주는 현을 만나자 자기 얘기뿐 아니라 단골손님들의 이야기조차도 하나하나 풀어놓았다.

퇴근 시간이라 길이 많이 막혔지만 토마스 정이 들려주는 이런저런 이야기로 현은 지루한 줄 몰랐다.

"아무튼 미주 동포사회가 이제는 해외 동포사회에서 가장 크게 발전하였고, 한국의 정치 경제 발전에 결정적으로 기여를 한 것은 부인할 수 없을 겁니다."

"그럼요, 정치 경제 문화 등 모든 분야에 미주 동포들의 힘이 무척 컸지요. 하나의 예를 들면, 남북한 이산가족 상봉도 애초에는 미주 동포사회에서 먼저 시작한 겁니다. 한국의 민주화도 미주 동포들이 관계기관에 숱하게 압력을 넣었고요."

"한국에는 지금도 미국에 이민을 못 와서 안달복달하는 사람이 많습니다."

"이제는 서서히 나라 사이의 국경 개념이 무너지고 있어요. 앞으로는 이민을 부정적으로 보지 말고 한국사회를 더 넓혀간다고 의식을 바꿔야 합니다. 사실, 오늘 한국이 이만큼 사는 것도 해외동포들의 힘이 컸습니다. 지금은 세계 어디를 가나 한국 사람이 없는 곳이 없어요. 이곳 뉴욕 케네디 공항만 하더라도 하루에 수백 명이 한국으로, 미국으로 오가지요. 한국 사람이 있는 곳에는 한국 상품이 따라가게 마련이거든요. 맨해튼 한복판에 한국의 점집까지 진출한 것을 조금 전에 보셨지요. 나라간 서로 교역하지 않고는 국제사회에서 뒤떨어질 수밖에 없어요."

"해외 동포들이 고국에서보다 이곳에서 더 열심히 사는 것 같네요."

"그렇습니다. 여기서는 열심히 살지 않으면 안 됩니다. 미국에 와서 고생하겠다고 독한 마음을 먹고 온 사람만이 성공합니다. 성공 여부는 미국 온 지 10년 정도면 판가름 납니다. 참고 견디는 사람은 성공할 수 있습니다. 그 성공이 가능한 나라가 미국이고요. 이민생활의 고비를 넘기지 못하고 돌아가는 이도 더러 있지요."

"현재의 생활에 만족하십니까?"

"글쎄요. 만족하려고 노력하는 편이랄까….."

"미국에는 무슨 일로 오셨습니까?"

"고교 동창을 만나러 왔습니다."

"대단한 우정입니다. 미국까지 찾아오신 걸 보면."

"그랬지요. '술과 친구는 오래될수록 좋다'고. 그는 내가 가장 어려웠을 때 만난 친구였습니다. 말하자면 '조강지우'라고 할까? 쉬운 말로 하면 가난할 때 친구였지요."

"어려울 때 도와준 친구가 진짜지요. 그래 회포는 풀고 가십니까?"

"……."

"왜 약속이 어긋났나요?"

"아닙니다. 그는 이 세상 사람이 아니었습니다. 그의 뼛가루가 뿌려졌다는 허드슨 강 언덕 록펠로우 전망대 아래에서 추도식을 가진 후 돌아가는 길입니다."

"네?! 죽은 친구의 영혼을 찾아 뉴욕까지…."

"그런 셈입니다."

"정말 멋있고 아름다운 우정입니다. 제가 핸들을 잡은 뒤 술

한 한국인을 태웠지만, 죽은 친구의 영혼을 위로하러 이곳까지 온 사람은 선생이 처음입니다."

"감사합니다."

어느 새 택시는 공항 주차장에 멎었다. 토마스 정 기사는 트렁크의 짐을 내려준 뒤 출국장으로 앞장섰다.

"돌아가세요. 저 혼자 탑승 수속할 수 있습니다."

"아닙니다. 이 박사가 출국 수속까지 다 돌봐주라고 신신 당부하였습니다. 이미 팁까지도 텔레뱅킹으로 받았습니다."

"네?"

"설사 그런 부탁을 받지 않았더라도 제가 돌아가신 친구를 대신해서 배웅하고 싶습니다."

"감사합니다. 고맙습니다."

"선생의 우정이 부럽습니다. 오늘 좋은 손님을 만났습니다."

현이 출국수속을 마치고 탑승 대기장으로 들어가자 그제야 토마스 정 기사가 손을 흔들고는 떠났다.

현은 출국 대기장 공중전화박스에서 이철우 목사와 김윤호 친구, 제니 정, 이수영에게 전화로 출국인사를 한 뒤 트랩에 올랐다. 두 친구는 뉴욕까지 와서 그럴 수 있느냐고 몹시 나무랐다.

귀국 여객기는 만석이었다. 여객기는 출발예정시간을 20분이나 넘긴 0시 30분에 케네디 공항을 이륙했다. 여객기가 이륙하자 현은 두 주일간의 피로가 한꺼번에 쓰나미처럼 덮친 듯 이내 잠이 들었다.

　현이 눈을 떴을 때 여객기는 그새 알라스카 상공을 날고 있었다. 기내 창 덮개를 올렸다. 하늘이 조금 더 가깝고 대기가 맑은 탓인지 수많은 별들이 더욱 맑고 영롱했다. 그 별들 사이에 지수가 상도동 자기 집 신발장에서 꺼내주던 목 자른 '워커'에 이어서, 현에게 잘 가라고 손을 흔드는 모습이 클로즈업되었다. 현이 고개를 끄덕이자 지수의 환영은 금세 유성처럼 은하수 사이로 까마득히 사라졌다. 현은 기내 창 덮개를 내렸다. 현은 다시 눈을 감았다.

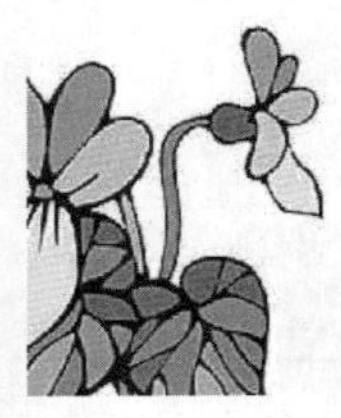

에필로그: 합 장

　조계사 경내 범종루에서 저녁 예불을 알리는 범종과 목어, 운판 소리에 이어 법고 소리가 울렸다.

　"어머, 그새 저녁 예불시간이네요."

　강숙자는 시계를 보면서 멈칫 놀랐다. 6시를 막 지나고 있었다. 범종루 아래 산중다원에서 현과 숙자는 찻잔을 앞에 둔 채 그때까지 줄곧 이야기를 나눴다. 주로 현이 이야기를 하였고, 숙자는 담담히 들었다. 때때로 숙자는 손수건을 꺼내 눈자위를 닦곤 했다. 그새 꼬박 세 시간이 흘렀다.

　"오늘 얘기 잘 들었습니다. 제가 잘 모르던 세상 공부도 많이 했고요. 오랫동안 수고하셨습니다."

　"아닙니다. 지수가 숙자 씨를 꼭 만나 자기 대신에 미안하였다는 말을 들려주라고 부탁했습니다. 괜히 잔잔한 호수에 돌을 던지지 않았는지 모르겠습니다."

　"이제 그럴 나이는 아니잖아요. 두고두고 좋은 추억으로 반추하겠습니다."

　"그때 강 교수님이 미국까지 가 그냥 돌아온 것은 이해가 안 되네요."

"저는 그때 지수 씨가 쿠바 여인과 실제로 사는 줄 알았어요. 그래서 돌아섰지요. 꼬박 속은 셈이네요. 아마 지수 씨와 저는 이승에서 서로 부부가 될 인연이 아니었나 봐요. 솔직히 그때 저는 지수 씨가 그렇게 집안 일로 고뇌에 빠진 줄도 몰랐고요. 지수 씨는 저와 데이트하면서도 집안 얘기는 잘 하지 않았어요. 아마 결혼과 연애는 다른가 봅니다. 연애는 낭만이고 결혼은 현실인가 봐요."

현이 가방에서 지갑과 만년필을 꺼냈다.

"이거 윤호가 지수의 유품이라고 저에게 주었습니다. 특히 이 지갑은 지수가 끝까지 쓰면서 무척 아꼈답니다. 그러면서 윤호가 이 지갑을 숙자 씨에게 전해 주라고 하더군요. 자기가 지수가 운명한 뒤 두어 번 귀국했지만 번번이 숙자 씨를 찾지 못하였다고 하면서 제가 대신 전하라고 하였습니다."

숙자는 현이 전해 준 지갑을 들고는 유심히 살폈다.

"어머 이 지갑, 제가 지수 씨의 스물한 번째 생일 기념 선물로 준 겁니다. 기억이 또렷해요. 그때 지금은 사라져 버린 화신 백화점에서 샀어요."

"그럼 이제 돌려받으세요. 저는 지수의 만년필을 기념으로 간직하겠습니다."

"아니에요. 제가 준 걸 다시 받을 수는 없잖아요. 저 그것 가지면 너무 깊은 추억에 빠질지 몰라요. 그게 두렵네요. 그냥 가벼운 추억으로… 어쩌다가 한 번씩 반추하는 옛 사랑의 그림자

정도로 기억하겠습니다. 조 선생님이 만년필과 함께 잘 보관해 주세요. 좀 더 세월이 흐른 뒤 어쩌다 제가 불쑥 그 지갑이 갖고 싶은 생각이 나면 돌려받을 게요.”

“그러십시오. 제가 그 친구의 엽서와 함께, 이 두 가지 유품도 잘 보관하겠습니다. 그런데 실례가 아니라면 강 교수님의 뒷이야기와 근황 좀 들려주세요.”

“그냥 그렇게 남들처럼 살았어요. 오늘은 지수 씨 이야기만 해요.”

“알겠습니다. 좀더 세월이 흐른 뒤 날을 잡아 다음 이야기를 듣겠습니다.”

“사양하겠습니다. 작가에게 들려줄 만큼 아름답게 살지 못했어요. 그저 그렇게 내 집 아파트 값이 오르면 좋아하고 친구가 산 땅이 서너 곱 올랐다면 배 아파하며 살았어요.”

“아무튼 저는 이 세상에서 지수 그 친구를 만난 것이 행운이었습니다.”

“저도 그런 생각이 듭니다. 많은 세월이 흘러도 그를 아름답고 깔끔한 분으로 기억하고 있어요.”

“그랬습니다. 그 친구는.”

“저에게 좋은 추억만 남기려고 매정하게 돌려보냈나 봐요.”

“놓친 고기가 더 크듯이 이루어지지 않은 사랑이 더 아름답지요.”

“글쎄요. 그건 제삼자의 얘기겠지요. 당사자들의 아픔이란….

하지만 그의 이야기를 통해서 새삼 인생을 배웠어요. '용서하라'
는…. 누구나 '용서하라'는 말은 쉽게 하지만, 실천은 잘 안 되지요."

"그렇지요. 대부분 사람들이 용서를 실천하기는 어렵나 봅니
다. 용서는 자비를 베푸는 것이요, 현실을 정직하게 받아들이는
것이기도 하지요."

"용서는 현실을 정직하게 받아들이는 것이라는 그 말이 너무
좋습니다. 그만 일어날까요?"

"그럽시다. 너무 늦었지요. 저녁식사라도."

"죄송해요. 이미 딸네 가족과 선약이 돼 있어요."

그는 자리에서 일어나 옷걸이에 걸어둔 버버리코트를 입고
창이 넓은 귤빛 모자를 썼다. 그리고는 바이올렛 빛깔의 스카프
를 목에 둘렀다.

"오늘 오랜만에 지수 씨가 좋아할 차림을 해 봤지요. 나이에
맞지 않는 차림이지요."

"아닙니다. 아직도 잘 어울립니다."

"잘 봐주셔서 감사합니다. 그때는 무척 섭섭했는데… 말씀
듣고 보니 조금은 이해가 되네요. 사랑하면서도 꼭 결혼하지 않
는다는 것도 나이가 들면서 알게 되었고요."

두 사람은 밖으로 나왔다. 그새 땅거미가 졌다. 강숙자는 산
중다원을 나와 옛 숙명학교 교문자리에 섰다.

"바로 이 자리에 우리 학교 교문이 있었어요. 이따금 하교 시
간에 지수 씨가 저 건너편에서 기다렸지요. 제가 교문에서 나오

면 10미터 정도 뒤처져 따라오다가 지금은 사라진 국제극장 옆 광화문 버스정류장에서 슬쩍 합류했어요. 그리고는 같은 버스를 타고 가다가 저는 장승배기에서 내리고 지수 씨는 상도동 종점에서 내렸지요."

"따님과 약속장소가 어디입니까?"

"신촌 쪽이에요. 조 선생님은 어디로 가세요?"

"저는 독립문 쪽입니다. 안국역에서 3호선을 탈 겁니다."

"오늘 슬프고 즐거웠습니다. 우리 학교다닐 때 가정 선생님이 중동학교 학생이 말을 붙여도 대꾸도 하지 말고 땅만 보고 가라고 했거든요. 그런데 그때 저는 불량학생이었나 봅니다. 그 중동학생을 10년 이상 졸졸 따라 다녔으니까요. 하지만 지금 생각해도 지수 씨는 좋은 친구였습니다. 지난 겨울, 갑자기 지수 씨가 불쑥 생각나서 요즘 그를 화제로 작품을 만드는 산고를 치르고 있어요. 반 추상으로 그리고 있는데 '환'(幻)이라고, 벌써 제목도 정해 뒀어요. 우연의 일치인지 작품 제작중에 그의 이야기를 들었습니다. 그동안 이미지가 잘 떠오르지 않아서 지지부진했는데, 조 선생님 덕분에 잘 마무리가 될 것 같습니다. 작품 전시회를 열게 되면 초대장을 보내드리겠습니다."

"보내주십시오. 꼭 가겠습니다."

"그런데 그날 오셔서 작품 해설은 하시면 안 됩니다. 우리 가족 아무도 지수 씨를 몰라요. 무덤까지 혼자만 간직하고 싶어요."

숙자는 그 말을 마치고는 싱긋 웃었다.

"하지 말라고 하니 오히려 더 해야겠습니다. '환'(幻)의 실체는, 강숙자 화백 첫사랑의 주인공 장지수라고."

"초대장 보내드리겠다는 말 취소합니다."

"강 교수님이 그렇게 속좁은 분은 아니실 테지요."

"조 선생님이 그렇게 속 얕은 분은 아니실 테지요."

"일반적으로 남자보다 여자들이 첫사랑의 추억을 빨리 잊어버린다고 하는데 강 교수님은 예외네요."

"아니에요, 저도 거의 잊고 살았어요. 그런데 지난 겨울 갑자기… 나이가 들수록 새록새록 지난 추억이 돋아났습니다."

"그래서 '청춘은 희망에 살고, 백발은 추억에 산다'고 하나 봅니다. 아름다운 추억으로 간직하면서 사십시오."

"그 추억을 일깨워주셔서 고마워요. 나이가 들어서 추억이 없으면 남은 인생이 삭막하지요."

두 사람이 산중다원 앞에서 막 헤어지려는데 조계사에서 저녁예불 목탁소리가 크게 들렸다.

"아이들과 약속 시간에 쫓겨도 법당에 잠깐 들러 갈래요."

"그러십시오. 저는 법당 밖에서 구경만 하겠습니다."

산중다원 옆길로 들어서자 곧 조계사 대웅전이었다. 강숙자가 옆문을 통해 법당에 들어가서는 본존불을 향해 깊이 삼배를 드리자, 그 광경을 멀찍이 조계사 뜰에서 지켜보던 현도 부처를 향해 합장 배례를 했다. 아마도 두 사람 모두 지수의 명복을 비는 삼배요, 합장이리라. 숙자는 슬그머니 법당을 빠져나왔다.

"문득 어느 책에서 본 '용서가 가장 아름다운 미덕'이라는 말
이 떠오르네요."

"한 스님은 법문에서 '용서는 가장 큰 수행'이라고도 하셨
지요."

"오늘 정말 귀한 시간이었어요. 사실… 저… 별거중이거든요.
오늘 지수 씨의 이야기를 들으면서 곰곰 제 자신을 돌아보니까 아
이 아빠보다 제 허물이 더 큰 것 같아요. 왜 이런 말이 있지요. '남
의 눈에 티끌은 보면서도 제 눈의 들보는 보지 못한다'는. 제가 내
흠은 모르고 그동안 아이 아빠 흠만 매몰차게 따진 것 같네요. 곰
곰이 따져보니까 아빠를 그렇게 만든 단초는 저에게 있었어요."

"바깥양반과 무슨 일이 있었나요?"

"아직도 남은 알량한 자존심으로 자세한 말씀을 드릴 수가
없네요. 한편으로는 요즘 황혼 부부간에 흔히 있을 수 있는 하찮
은 일이기도 하고요. 그냥 미루어 짐작하세요."

"알겠습니다. 사실은 하찮은 일이 쌓이면 큰일이 되지요."

"그 말씀 명심하겠습니다. 무엇보다 아이들을 위해 곧 제가
그이를 찾아가겠습니다."

"잘 생각하셨습니다. 두 분간 무슨 일인지는 잘 모르겠으나
바깥 분도 대단히 반가워할 겁니다."

"그럴까요?"

"그럼요. 이제 나이가 몇인데요? 자녀들에게 상처를 줘서는
안 되지요."

“오늘 말씀 고맙습니다. 오랜 시간 선생님 말씀 들은 보람이 있네요. 내일 당장 그이를 찾아가겠습니다.”

“감사합니다. 저도 강 교수님을 찾아 뵌 보람이 있네요. ‘비 온 뒤에 땅이 굳어진다’는 말도 있지요. 아마 지수도 하늘에서 이 소식 들으면 무척 좋아할 겁니다.”

“지수 씨가 제게 준 가장 큰 선물이네요.”

“그럼요, 가정보다 더 소중한 게 없지요. 저도 옛 친구를 통해 용서의 소중함을 배웠습니다.”

“저도 그렇습니다.”

두 사람은 더 이상 말없이 조계사 정문까지 나란히 걸었다.

“사나이들의 우정이 참 아름답네요. 이런 맑고도 고귀한 사귐을 ‘지란지교’라고 하나요? 다음 작품 화제로 삼고 싶네요.”

“저는 ‘제비꽃’이라는 제목으로 장편소설을 써야겠습니다.”

“어머, 제 이야기 쓰시면 안 되는데.”

“쓰지 말라면 더 쓰고픈 게 작가입니다. 소설 형식인데 뭘 그러세요. ‘제비꽃’과 같은 지순한 사랑과 ‘목 자른 워커’와 같은 두터운 우정을 그려보고 싶네요.”

“조금은 두렵기도 하고, 한편은 기다려지네요. 책 나오면 연락해 주세요.”

“한 권 보내드리겠습니다.”

“아니에요. 제가 사 보겠습니다.”

“솔직히 작가로서는 그게 가장 고맙지요. 혹 제비꽃의 꽃말을 아세요?"

"네, 지수 씨가 알려줬지요. '진실한 사랑'이라고."

"그럼 '진실한 사랑'의 정의를 내린다면."

"글쎄요, 갑자기 물으시니까… '진실한 사랑'이란 자신의 잘못에 대한 참회, 상대에 대한 배려, 상대 잘못에 대한 용서 등등이 아닐까요. 곰곰 생각하니까 저는 지수 씨에 견주어 많이 부족하네요."

"… 참회… 배려… 용서…"

현은 고개를 끄덕이며 혼잣말처럼 중얼거렸다.

그새 조계사 어귀 큰길에 이르렀다.

"어느 쪽으로 가세요?"

"종로로 갈 거예요."

"저는 안국동 쪽입니다."

"그럼, 여기서 헤어져야겠습니다."

"따님 가족과 즐거운 시간 되세요."

"네, 감사합니다. 조 선생님도….."

거기서 두 사람은 깊이 고개 숙여 인사를 나누고는 헤어졌다. 강숙자는 종로 쪽으로, 현은 안국동 쪽으로 향했다. 곧 현도, 숙자도 도심의 인파와 어둠에 묻혔다.

박 도(朴鍍)

　　1945년 경북 구미에서 태어나다. 중동고등학교, 고려대 국문학과를 졸업하다. 서울에서 33년간 교단생활을 마무리한 뒤, 지금은 강원도 원주에서 글쓰기에 전념하고 있다. 1994년 장편소설 〈사람은 누군가를 그리며 산다〉로 등단하다. 한국작가회의 회원이며, 작품집에는 장편소설 〈사람은 누군가를 그리며 산다〉와, 산문집 〈비어있는 자리〉 〈길 위에서 아버지를 만나다〉 〈일본기행〉 〈안흥 산골에서 띄우는 편지〉 〈길 위에서 길을 묻다〉 〈그 마을에 살고 싶다〉 〈카사, 그리고 나〉, 그리고 역사유적답사기로 〈항일유적답사기〉 〈누가 이 나라를 지켰을까〉 〈영웅 안중근〉, 그 밖에 엮어 펴낸 사진집으로 〈지울 수 없는 이미지 1·2·3〉 〈나를 울린 한국전쟁 100장면〉 〈사진으로 엮은 한국독립운동사〉 〈한국전쟁 Ⅱ〉 〈일제강점기〉 등이 있다.

 소설 **제 비 꽃**

초판인쇄: 2011. 6. 15
초판발행: 2011. 6. 20

지은이: 박　도
발행인: 황인욱
발행처: 도서출판 오 래

　　주 소: 서울특별시용산구한강로2가 156-13
　　전 화: 02-797-8786, 8787; 070-4109-9966
　　팩 스: 02-797-9911
　　홈페이지: http://www.orebook.com
　　이메일: ore@orebook.com
　　출판신고: 제302-2010-000029호 (2010. 3. 17)

ISBN 978-89-94707-31-0 03810
정가 14,000원